Herzsprung
Verlag

Impressum:

Besuchen Sie uns im Internet:
www.papierfresserchen.eu

© 2025 Papierfresserchens MTM-Verlag + Herzsprung-Verlag
Mühlstr. 10, 88085 Langenargen
info@papierfresserchen.de
Alle Rechte vorbehalten. Erstauflage 2025

Illustrationen Cover: © olegganko - Adobe Stock lizenziert,
Bild S. © 140 labibhasan106 Freepik Premiumlizenz

alle anderen Fotos © bei den
jeweiligen Autorinnen und Autoren.

ISBN: 978-3-99051-350-7 - Taschenbuch
ISBN: 9978-3-99051-351-4 - E-Book

Martina Meier (Hrsg.)

Leben pur

Wintergefühle

Herzsprung-Verlag

Inhalt

Die Autorinnen und Autoren

Andrea Tillmanns

Andreas Herkert-Rademacher

Andreas Rucks

Anna Christin Stahl

Babette Engels

Barbara Neymeyr

Beate Rola

Bernhard Finger

Birgit Clüsserath

Chantal Wobito

Charlie Hagist

Christa Blenk

Christian Günther

Christian Knieps

Christine M. Bigley

Christina Reinemann

Claudia Engelhardt

Denise Schäfer

Dorothea Möller

Doreen Pitzler

Dustin Sobek

Edda Gutsche

Elisabeth Behrendt

Emma Summer

Eva Joan

Florian Geiger

Gila Trojman

Hartmut Gelhaar

Hedwig Schulz-Gade

Helga Licher

Helmut Blepp

Hanna Walder

Ingrid Baumgart-Fütterer

Ingrid Hägele

Ines Reimer

Jennifer Warwel

Jochen Stüsser-Simpson

Jörg Harder

Juliane Barth

Lily N. Hope

Luna Day

Manuela Klemenz

Marcel Friedli-Schwarz

Marlene Ingendahl

Matthias Liebelt

Mirja Seim

Monika Konopka

Nicole Gabrys

Oliver Fahn

Olyvia Noak-Christ

Pamela Murtas

Petra Kesse

Simon Harper

Sieglinde Seiler

Susanne Weinsanto

Thordis Ziemons

Ulla Tesch

Ulli Krebs

Vanessa Boecking

Volkmar Trepte

Volker Liebelt

Wolfgang Rinn

Wolfgang Rödig

Zero Alala

Kälte rockt

Schlittenfahren, rote Wangen
und nicht vor der Kälte bangen
Blauer Himmel, weißer Schnee,
dem Sommer sag ich gern: „Ade!"

Schneeballschlacht bis in den Morgen,
Winter bringt uns keine Sorgen.
Vögel füttern, Auto kratzen
und dabei mit Nachbarn schwatzen!

Städte wie mit Zuckerguss,
erster Schnee ein Hochgenuss!
Mützen, Schal und warme Socken
lassen Kälte doppelt rocken!

Freu mich auf den Winterwald,
schau nach oben, Schnee kommt bald!
Kalte, wunderbare Luft
und in der Stube Kerzenduft!

Dörte Müller, *geboren 1967, schreibt und illustriert Bücher für Kinder. Sie erinnert sich gerne an die Winter ihrer Kindheit im Harz. Jetzt lebt sie im Rheinland und findet, dass der Winter viel zu lang ist.*

Winterfreud
und Winterleid ...

Erinnern Sie sich noch an die Zeit, als jedes Jahr im Winter die Wiesen und Felder mit einer dicken Schneeschicht bedeckt waren? Als es in unseren Stuben noch keinen Fernseher und kein Telefon gab und die Kinder unbeaufsichtigt bis in die Abendstunden draußen herumtoben konnten?

Immer wenn sich der Winter ankündigte und die erste dünne Schneedecke die Felder um unsere Siedlung herum bedeckte, standen meine Geschwister und ich voller Ungeduld mit leuchtenden Augen am Fenster und warteten. Gräben und Teiche waren mit einer dicken Eisdecke überzogen. Neugierig probierten wir, ob uns das Eis tragen würde. Und so mancher holte sich dabei nasse Füße.

Und wenn der herabfallende Schnee unseren Garten in einen weißen Märchenwald verwandelt hatte, gab es für uns kein Halten mehr. Rasch wurden die Schlitten aus dem Keller geholt und unsere kleine Siedlungsstraße wurde zu einer Rodelbahn. Jauchzend vor Freude fuhren wir mit unseren Holzschlitten die abschüssige Straße hinunter. Schneller, immer schneller ...

Wir bauten riesige Schneemänner, die wie eine Armee Soldaten unsere Siedlung bewachten. Die Kohlen für die Augen haben wir heimlich aus dem Keller unserer Eltern stibitzt. Irgendwann, wenn die Füße vor Kälte schmerzten und die dicken, handgestrickten Socken keine Wärme mehr spendeten, machten wir uns auf den Weg nach Hause.

Mutter stand an der Haustür und schaute lächelnd zu, wie wir bibbernd vor Kälte die angewärmten Pantoffeln aus dem Backofen des alten Kohleofens nahmen und hineinschlüpften. Die einzige Hose, die ich besaß, war völlig durchnässt und steif gefroren. Wie meine Mutter diese Hose bis zum nächsten Schultag wieder trocken bekam, war mir stets ein Rätsel. Und während wir in eine warme Decke gehüllt am Ofen saßen, brachte Mutter uns frisch gebackene Mandelplätzchen und heißen Früchtetee.

Wenn sich draußen langsam die Dunkelheit ausbreitete und in den umliegenden Häusern die Lichter angezündet wurden, begann die schönste Stunde des Tages. Während wir in kleinen Schlucken den heißen, honigsüßen Tee tranken, erzählte Mutter Geschichten von früher. Und in der Nacht, während der klirrende Frost bizarre Figuren aus Eis an die Fenster zauberte, träumten wir von rasanten Schlittenfahrten und riesigen Höhlen aus Schnee. Unter den dicken Federbetten spürten wir die bitterkalten Nächte nicht. Geheizt wurden nur die Küche und manchmal auch die gute Stube. In den Schlafzimmern dagegen war es eisig kalt. Wenn wir am Morgen aus unserem wohlig warmen Bett krochen, hatte der Winter über Nacht wunderschöne Eisblumen an den Fensterscheiben erblühen lassen. Staunend standen wir Kinder davor und versuchten mit unserem warmen Atem, die Blüten zum Schmelzen zu bringen. Nie wieder habe ich dieses Gefühl der Behaglichkeit und Vertrautheit erlebt.

Doch für meine Eltern war diese Zeit nicht nur schön. Oft fehlte das Geld … Im Keller stapelten sich Gläser mit eingemachtem Obst und Gemüse. Auch wenn es nur wenige Zutaten gab, uns Kindern hat immer geschmeckt, was auf den Tisch kam. Heute vermisse ich diese Tage sehr. Ich möchte noch einmal die Schneeflocken mit dem Mund auffangen, mit den Nachbarskindern eine Schneeballschlacht machen und schließlich mit klammen Füßen aus den nassen Stiefeln schlüpfen. Omas Kohleofen, der noch immer in ihrer Küche steht, erinnert mich an diese Geborgenheit, die wir als Kinder erleben durften. Wie gerne möchte ich noch einmal dieses ganz besondere Gefühl spüren und beim Schein der Kerzen den Geschichten meiner Mutter lauschen. Doch ich werde ihn nicht mehr finden – diesen Zauber meiner Kindheit.

Die Eisblumen an den Fenstern blühen heute nicht mehr …

Die Autorin **Helga Licher** *schreibt seit Jahren Kolumnen, Artikel und Geschichten für verschiedene Zeitschriften. Sie lebt mit ihrer Familie in einer beschaulichen Kleinstadt im Osnabrücker Land, dort findet sie die Ideen für ihre Geschichten.*

Lichterfest

Hinter den Hügeln im Süden der Stadt geht langsam die Sonne unter. Der Himmel färbt sich rot und die letzten Sonnenstrahlen erhellen die Erde. Es ist ein wunderschöner Anblick, als ob man in eine Postkartenlandschaft abtaucht. Oder wie man es von den Gemälden aus der Renaissance kennt. Ein blutroter Himmel, der in vielen Facetten schimmert und darunter der helle Sand, der beinahe unscheinbar aussieht.

Aus meinem Küchenfenster kann ich das Spektakel jeden Abend sehen. Die Verfärbung des Himmels erinnert mich an meine Heimat, die viele Kilometer entfernt ist. Weit weg. Und dort verfärbt sich der Himmel nicht blutrot oder weinrot, sondern grün in allen seinen Schattierungen. Ein unglaublicher Anblick. Viele Europäer fahren extra nach Skandinavien, um einmal die Nordlichter zu bewundern. Als Kind konnte ich es nicht verstehen, sah ich sie doch jeden Winter. Jahr für Jahr verfärbte sich der Himmel. Und nach dem Farbspektakel am Himmel kam die Dunkelheit. Wenn die Sonne es kaum über den Horizont schaffte und jedes Tageslicht ausblieb.

Ich weiß noch genau, dass ich mich oft gefragt habe, warum ich im Dunkeln in die Schule muss. Nachts schläft man doch, so sah ich es im Fernsehen – und bei uns war es immer Nacht. Jeden Morgen und jeden Abend. Umso mehr freuten wir uns, wenn im Frühjahr die ersten Lichtstrahlen wieder auf den Boden fielen und dem Schnee und der Kälte Einhalt geboten.

Mit diesen extremen Jahreszeiten, einer dicken Winterjacke und einer Wollmütze bin ich groß geworden. Genauso wie mit der Selbstverständlichkeit, dass die Schule online stattfand, wenn es mal wieder unmöglich war, den Weg zur Schule zurückzulegen. Meine Eltern hatten vier Huskys, die uns immer gute Dienste erwiesen und mich auch im kältesten Winter sicher zur Schule brachten, aber an einigen Tagen war selbst dies zu gefährlich, wenn Schneestürme drohten oder über Nacht zu viel Neuschnee gefallen war.

Jahreszeiten oder Schnee waren meinem Mann vollkommen fremd, als er in meinen Ort kam, um die Nordlichter zu sehen. Einmal nur wollte er diesem Spektakel beiwohnen. Geblieben ist er drei Jahre. Drei Jahre, in denen wir in meinem Heimatort Führungen für Touristen organisierten, lebten und uns kennenlernten. Es war der Anfang unserer Beziehung. Und es war wundervoll. Er war so anders als alle Männer, die ich bisher kennengelernt hatte. Er kam aus dem fernen Nahen Osten – bis heute weiß ich nicht, warum es Naher Osten heißt, wo meine Eltern doch Hunderte von Kilometern entfernt wohnen. Selbst Kanada ist näher an meiner Heimat und das wird nicht als nah bezeichnet. Aber ich schweife ab.

Wir lernten uns kennen und verliebten uns. Als er nach drei Jahren in seine Heimat zurück wollte, wollte ich unbedingt mit. Raus aus der Kälte. Weg vom Weihnachtsmann. Rein ins Leben, das mir so bunt und weltoffen von den Bildern aus seiner Heimat entgegenstrahlte. „Naher Osten", ging es mir damals immer wieder durch den Kopf, „das ist doch gar nicht so weit." Doch als ich dann am Flughafen stand und in der Hand mein Ticket nach Dubai hielt, da wurde mir doch mulmig zumute. Mein Mann war schon drei Tage vorher geflogen, er wollte sich um ein Haus kümmern, damit ich einen sorglosen Start in meiner neuen Heimat haben würde. Ich hatte ihm verschwiegen, dass ich mein kleines Haus in direkter Nachbarschaft zum Weihnachtsmannhaus nicht verkauft hatte, wie er es gefordert hatte. Es sollte meine Zuflucht bleiben, ich wollte mir ein kleines Stück Unabhängigkeit erhalten. Das ist nun vier Jahre her.

Heute findet das Santa Lucia Fest in meiner Heimat. Der Tag, dem ich meinen Namen verdanke. Lucia. Licht. Als Kind hasste ich es, wenn an Santa Lucia die Menschen meinen Namen feierten, so kurz vor Weihnachten. Ausgerechnet an dem Tag, an denen unser Ort in Dunkelheit versank, feierte man das Licht. Für mich passte das nicht zusammen. Doch heute vermisse ich es. Vermisse die Kinder, die mit Kerzen durch die Straßen laufen und Lieder singen. In den letzten vier Jahren habe ich gelernt, dass man immer das vermisst, was man nicht hat. Die Dunkelheit, die Kälte, den Schnee und eben auch die Bräuche und Traditionen, mit denen man aufgewachsen ist.

Und so hole ich einen Teil meiner alten Heimat in meine neue. Heute ist Santa Lucia und das feiern wir! Auch wenn der Abend noch hell ist und die Nacht klar sein wird. Wir werden Kerzen im

Garten aufstellen, ein Lagerfeuer machen, Grog – natürlich alkoholfrei – trinken und Süßigkeiten essen, so wie ich es aus meiner Heimat kenne. Mein Mann sagte immer: „Feste sind zum Feiern da", und so sind wir auch die einzige Familie, die in Dubai einen künstlichen Weihnachtsbaum aufstellt, Weihnachtskugeln in den Vorgarten hängt und eine christliche Andacht verliest. Im ersten Jahr waren unsere Nachbarn, die fast alle dem muslimischen Glauben angehören, verwundert. Aber ihre Kinder liebten uns, denn es gab Geschenke. Kleine Gaben für jedes Kind. Und schon im zweiten Jahr kamen zahlreiche Nachbarn mit ihren Kindern zu uns ins Haus, um mit uns zu feiern. Und da ich neben dem Weihnachtsmann groß geworden bin, lud ich in diesem Jahr zum Schreiben von Wunschzetteln ein. Für meine muslimischen Nachbarn etwas ganz Neues, aber ich wusste, dass die Geschenke an Weihnachten fein säuberlich verpackt unter unserem Weihnachtsbaum liegen würden und ich in viele strahlende Kinderaugen schauen würde.

Doch heute würden wir erst mal mich und meinen Namenstag feiern. Die ersten Nachbarn hatten schon Kerzen in ihren Gärten aufgestellt. Laternen wurden gebastelt und eine Freundin von mir hatte einen Gang durch das Viertel organisiert, bei dem die Kinder das Lucia-Lied singen sollten. Ein kleines Stück Heimat in einem weit entfernten Land.

Und so stehe ich heute, an meinem Namenstag, in der Küche und backe Korvapuusti, Zimtschnecken, und Ohuet Piparkakut. Mein Mann liebt Korvapuusti, also knete ich Milch, Hefe, Ei, Zucker, Mehl, Butter und ein bisschen Kardamom und Salz zu einem Teig und stelle ihn auf die Fensterbank. Hefeteig muss gehen, hat meine Mutter immer gesagt, und die musste es wissen, denn sie hat viele Jahre für den Weihnachtsmann in der Weihnachtsbäckerei gebacken. Alle die vielen Leckereien, die es in unserem Ort zu Weihnachten immer gab, kamen von ihr. Leider hat sie dieses Talent nicht an mich weitergegeben und so beschränke ich mich auf zwei kleine Spezialitäten aus meiner Heimat, die ich den Kindern anbiete.

Die Zimtschnecken bekommen natürlich noch eine Füllung, die ich aus Butter, Zucker und Zimt zusammenrühre. Auf eine Glasur verzichte ich, es wird sonst zu süß – und eines habe ich in den Jahren, in denen ich bereits in Dubai lebe, gelernt, Menschen aus dem arabischen Raum haben ein anderes Verständnis von Süßigkeiten und Süßem als Europäer. Aber meine Korvapuusti werden von allen immer gerne gegessen und es macht mir Freude, diesen Teil meiner Heimat weiterzugeben.

Neben den inzwischen sehr beliebten Zimtschnecken backe ich dieses Jahr noch Ohuet Piparkakut, die ich als Kind immer gemocht habe. Es wird eine Premiere, alleine habe ich diese Plätzchen noch nie gebacken. Aber dadurch, dass der Teig für die Korvapuusti immer wieder warm auf der Fensterbank stehen muss, um in aller Ruhe zu gehen, möchte ich die Zeit nutzen und eine zweite Spezialität backen. Es ist ja immerhin mein Tag und da möchte ich mich wohlfühlen, umgeben von Leckereien aus meiner Kindheit. Also nehme ich eine neue Schüssel und verrühre Butter, Zucker, Sahne, Natron und Zuckerrübensirup. Danach gebe ich noch Gewürze hinzu, Zimt darf natürlich nicht fehlen, genauso wenig wie Nelken, Ingwer und Pfeffer. Und da dieser Teig nicht so lange warten muss, bis er mich wiedersieht, rolle ich ihn aus, nehme meine Plätzchenausstecher und mache mich an die Arbeit. Am Ende werde ich alles auf einem großen Teller zusammen platzieren, es wird wunderschön aussehen.

Neben diesen zwei Leckereien aus dem Land des Weihnachtsmanns, wie meine Nachbarn und Freunde mein Heimatland immer nennen, bereite ich noch eine Köstlichkeit aus der Heimat meines Mannes zu. Eine süße Köstlichkeit, ein Dessert, wie er immer wieder betont. Aber ein Dessert mit Mozzarella ist kein Dessert. Trotzdem mache ich mich daran, Hakimis zuzubereiten. Hakimis, so nannte ich das Dessert, benannt nach meinem Mann Hakim. Den richtigen Namen konnte ich mir nicht merken und ihn noch weniger aussprechen. Als Vorspeise würde ich es noch durchgehen lassen und eines musste man dem Gericht – ich weigere mich, es Dessert zu nennen – lassen, lecker ist es. Und ich kann mich noch gut daran erinnern, wie ich Hakimi zum ersten Mal gegessen habe. Es war bei unserem dritten Date. Mein Mann wollte mich verzaubern und mich in seine kulinarische Küche entführen, also kochte er mithilfe seiner Mama über eine Videokonferenz dieses Dessert. Und wer die Kochkünste meines Mannes kennt, der weiß, dass ich froh sein konnte, dass es überhaupt essbar war. Doch entgegen aller meiner Erwartungen war es verdammt lecker. Also bat ich ihn, mir das Rezept aufzuschreiben, da ich es gerne nachkochen wollte. Und siehe da, es war einfach, schnell und lecker. Und es passt hervorragend zu Zimtschnecken, wie ich finde. Aber das ist ja Geschmackssache. Und für alle, die es nicht so süß mögen und lieber Käse als Nachspeise bevorzugen, ist es das ideale Dessert. Deswegen passt es perfekt zu dem heutigen Abend.

Immerhin wird das Lichterfest, wie Santa Lucia auch heißt, auch in den arabischen Ländern gefeiert. Nur wird hier nicht das Licht gefeiert, denn davon gibt es hier weiß Gott genug. Hier feiern sie die Wintersonnenwende, den kürzesten Tag im Jahr. Wobei das für mich alles etwas relativ ist, denn während bei uns im Winter die Sonne nie aufgeht und die Temperaturen kaum den Schmelzpunkt erreichen, kann ich mich vor Sonne und T-Shirt-Wetter am Persischen Golf kaum schützen. Und dabei spielt es keine Rolle, ob ich von Sommer oder Winter spreche. Den einzigen Unterschied macht im Sommer das leise Surren der Klimaanlage, damit man es überhaupt aushält. Umso zufriedener bin ich, dass ich jedes Jahr im Winter feiere, wo die Temperaturen es zulassen, dass wir mit unseren Freunden zusammen draußen sitzen und grillen. Und so sehr ich meine Heimat liebe und so gerne ich in der Werkstatt des Weihnachtsmannes mitgeholfen habe, so sehr freue ich mich nun darüber, dass ich endlich die Möglichkeit habe, an meinem Jahrestag die Sonne zu genießen. Das Licht zu feiern und es auch am Tage zu erblicken. Abends wird es dunkel genug, sodass wir im Kerzenschein zusammensitzen. Ein bisschen Skandinavien im Arabischen Emirat.

Aus meinem Küchenfenster kann ich an der Straßenecke die ersten Laternen und Kerzen erkennen. Meine Freundin hat Wort gehalten. Sogar Lieder in meiner Muttersprache haben sie einstudiert, um mich zu überraschen, um mir eine Freude zu machen. Die ersten zwei Jahre hatte ich gezweifelt, ob ich jemals ankommen würde, ob die Emirate jemals mein Zuhause werden könnten. Alles war so fremd, die Menschen, die Kultur, die Sprache. Aber egal, wie fremd alles wirkte, und egal, wie schwierig es war, meine neuen Freunde haben mir immer das Gefühl gegeben, dass ich dazu gehöre, dass wir eine Familie sind.

Und heute merke ich, dass dieses Gefühl unglaublich stark ist. So sehr ich meine Familie an diesem besonderen Tag vermisse, so sehr freue ich mich gleichzeitig über diese wunderbare neue Familie. Außerdem weiß ich ja, dass wir Weihnachten beim Weihnachtsmann verbringen werden. Von der Wüste in den Schnee, von einer Familie zur anderen Familie.

Ja, ich bin angekommen und vielleicht gewöhne ich mich mit der Zeit auch daran, Weihnachten Sandburgen zu bauen, aber bis dahin wird es wohl noch etwas dauern. Heute erfreue ich mich erst einmal an dem Geschenk meiner Freundin und daran, dass Kinder durch die Straßen ziehen und Santa Lucia feiern – mitten in der Wüste. Insgeheim frage ich mich, ob ich damit eine neue Tradition begonnen habe. Werden nun jedes Jahr im Dezember Kinder durch die Straßen Dubais ziehen und Santa Lucia feiern?

Christina Reinemann wurde 1982 in Kassel geboren. Sie studierte Geschichte, Psychologie und Chemie an der Universität Oldenburg. Im Jahre 2023 erschienen ihre Kurzgeschichten „Ich", „Zartbitter bis herb" und „Der Antrag" in einer Anthropologie.

Dezembertag

Da, plötzlich fällt der Schnee,
nach trügerischen Tagen,
aus blassem Himmel, leise,
wie vergessenes Sagen,
und bleibt auf feuchter
Erde wie ein Bett.
Ein Bett, das unberührt
in weißer Helligkeit
die Liebesnächte spürt,
die sich darin verträumen.

Edda Gutsche *ist freischaffende Autorin und Publizistin und widmet sich der sogenannten kleinen Form. Ihre Gedichte, Kurzgeschichten und Märchen wurden sowohl als Einzeltitel als auch in diversen Anthologien und Literaturzeitschriften veröffentlicht. 2018 ist ihr zweiter Lyrikband „Die Heide hat lila Augen" erschienen. Edda Gutsche hat mehrere Preise gewonnen, darunter den „Opus Magnus Discovery Award" in den USA für ein englischsprachiges Romanmanuskript. Sie ist auch journalistisch tätig und hat insbesondere zu kulturhistorischen Themen diverse Artikel, Buchbeiträge und Bücher auf Deutsch und Polnisch verfasst.*

Ein Wintermorgen
voller Freude

Es war ein Wintermorgen, der mich immer an meine Kindheit zurückdenken ließ. Ich war etwa zehn Jahre alt, unser kleines Haus lag am Rand eines dichten Waldes. Der erste Schnee des Jahres hatte die Landschaft in eine weiche, weiße Decke gehüllt, die Sonne schien durch die Bäume, was die Schneeflocken wie Diamanten funkeln ließ.

Meine Geschwister und ich waren schon früh aufgestanden, um das erste Schneegestöber zu genießen. Wir hatten uns dick eingepackt – mit warmen Mänteln, Mützen, Schals und Handschuhen – und stürmten nach draußen. Der Schnee knirschte unter unseren Stiefeln und jeder Schritt hinterließ eine kleine Spur in der glitzernden Landschaft.

Der Höhepunkt unseres Winters war immer die Rodelpartie auf dem Hügel hinter dem Haus. Wir schleppten unsere Schlitten den steilen Hang hinauf, wobei wir vor Aufregung und Kälte rote Nasen hatten. Oben angekommen, saßen wir uns auf unsere Schlitten und warteten darauf, dass es endlich losging. Der Abstieg war immer ein wildes, fröhliches Abenteuer. Wir sausten den Hügel hinunter, der Wind blies uns ins Gesicht, und unser Lachen hallte durch die Luft.

An einem besonders sonnigen Morgen schneite es so heftig, dass der ganze Wald in eine traumhafte Winterlandschaft verwandelt wurde. Wir beschlossen, den Teich in der Nähe zu besuchen, der inzwischen zugefroren war. Mit Schlittschuhen an den Füßen glitten wir über das glatte Eis. Es war ein fantastisches Gefühl, über das Eis zu gleiten, als ob wir fliegen würden. Wir führten kleine Kunststücke auf, versuchten uns an Pirouetten und lachten über die wackeligen Versuche, die wir immer wieder machten.

Die ganze Zeit über war das Wetter perfekt: frisch, klar und kalt, aber angenehm. Wenn wir nach den Abenteuern draußen nach Hause kamen, roch es in der Küche nach frisch gebackenem Keksen und heißem Kakao. Wir setzten uns um den Tisch, tranken unseren Kakao und die warme Küche schien uns wie ein behagliches Nest nach den kalten Stunden im Freien.

Diese Wintertage waren für mich ein Symbol für Freude und Geborgenheit. Es waren die einfachen Momente – das Lachen im Schnee, das Glitzern der Sonne auf dem Eis und die Wärme der Familie bei einer Tasse Kakao – die diese Zeit so besonders machten. Die Erinnerungen an diese Tage sind wie ein warmer Lichtstrahl, der mich durch die kalte Jahreszeit begleitet und mir immer wieder ein Lächeln ins Gesicht zaubert.

Wenn der erste Schnee fällt und die Welt wieder in eine weiße Decke gehüllt wird, denke ich gerne an diese unbeschwerten Wintertage zurück und lasse die Erinnerungen an diese glücklichen Stunden in meinem Herzen aufleben.

Emma Summer

Miniaturen

raues Wintermeer –
Sommererinnerungen
rollen an Land

frühmorgens –
kalte Gischtdusche
auf der Mole

fahles Morgenlicht
die Brandung atmet mit mir –
winterschwer

Winter in Yukon –
dreiundsechzig Grad minus
kein Laut von draußen

Eisblumenfenster –
Zeit als weißes Rauschen
nichts geschieht

wintermüde –
das Jahr klingt
leise aus

Eva Joan: geboren 1960 in Augsburg, lebt in Gronau an der Leine. Seit 2001 gab es zahlreiche Veröffentlichungen in Anthologie, Zeitschriften, auf Haiku-Internetseiten und sieben Publikationen im Selbstverlag. Ihre Hobbys sind Lesen, Schreiben, Musik hören, Yoga und Stricken.

Kalt

Durchgefroren von der eisigen Kälte des Tages trat Sören in die warme Stube und setzte sich auf seinen Stuhl, auf dem er immer saß. Draußen waren es deutliche Minustemperaturen, in denen er den ganzen Tag über gearbeitet hatte. Sören war für das Asphaltieren der Autobahn zuständig. Eigentlich ein gutes Zeichen für die Autofahrer, dass er schon asphaltierte. Denn bald konnten sie die Autobahn wieder normal nutzen und mussten nicht elendig lange im Stau stehen.

Doch die Wirklichkeit sah anders aus. Obwohl er sogar am Wochenende arbeitete, im Schichtdienst und in der Kälte, wurde er ausgehupt und beinahe täglich angefahren – dabei wollte er den Autofahrern doch nur helfen!

Die Stiefel standen vor Sören auf dem Boden und ihm war immer noch kalt. Die Kälte hatte sich in seinem Inneren festgesetzt. Eine Kälte, die nicht so leicht zu vertreiben war, selbst wenn man sich direkt in eine heiße Badewanne legen würde. Das würde Sören auch gleich machen, doch für den Moment wollte er nur einen heißen Tee. Seine Frau Annelore brachte ihm eine Tasse und stellte sie vor ihm auf den Tisch. Dazu stellte sie die Kanne mit dem heißen Tee auf das Heizstövchen und setzte sich auf ihren Stuhl.

Er nahm den Löffel und ließ einen Zuckerbrocken in die Tasse gleiten. Er griff zur Kanne und goss den dampfenden Tee ein, der eine rötlich, leicht braune Farbe hatte. Nun hielt er für eine kurze Zeit inne. Auch seine Frau schwieg und lauschte dem Knistern des brechenden Zuckers, der den Tee am Boden der Tasse süßte. Sören griff zum Sahnelöffel und hob eine kleine, gar feine Haube aus der Schale. Langsam senkte er die kleine, weiße Haube an den Rand des Tees und ließ die Sahne hineingleiten. Jedes Mal war es ein besonderes Schauspiel, wie die Sahne zu einem Bild verfloss, das immer einzigartig war. Beide sahen wie gebannt zu und erst als die Sahne verteilt war, nahm Sören die Tasse auf und blies den Dampf von der

Oberfläche. Jetzt probierte er den heißen Tee. Erst den reinen Tee, dann die Sahne und zum Schluss die letzte süße Schicht zur Abrundung des Schlucks.

Sören spürte, wie er unter seiner kalten Haut langsam an Wärme gewann. Nach und nach kehrte das Leben in ihn zurück. Es kribbelte zuerst in seinem Bauch, dann in seinen Beinen. Ihm ging es mit jedem Schluck besser. Den Kampf gegen die Kälte hatte er einen weiteren Tag gewonnen. Die Rücksichtslosigkeit der Autofahrer hatte er ebenfalls überlebt. Nun blieb ihm der Rest des Abends, um sich zusammen mit seiner Frau des Lebens zu erfreuen, bevor es am nächsten Morgen in aller Frühe wieder aus dem Haus ging. Raus auf die Autobahn, raus in die Kälte. An einem Sonntag, an dem es keine Aussicht auf bessere Temperaturen gab. Und an dem die Autofahrer besonders rücksichtslos fahren würden. Doch das war Sören in diesem Moment, in dem er das Spiel der Sahne im Tee beobachtete, ganz egal.

__Christian Knieps,__ geboren 1980, lebt und arbeitet in Bonn, schreibt Romane, Theaterstücke, Novellen und Kurzgeschichte. Zuletzt: „Tynn. Magischer Roman". Mehr Infos zu den Veröffentlichungen auf christianknieps.net.

Der Garten
jenseits der großen Esche

Das ist ein Gartenstuhl, auf dem niemand sitzt, denn es ist Winter und der Garten ist von gefrorenem Schnee gepudert, weil die Nacht klirrend kalt war. Neben dem Stuhl liegt ein Stapel Zeitungen ohne jede Botschaft an uns, denn wir sind nur die Beobachter.

Natürlich wissen wir, dass die Frau immer schon ganz früh am Morgen hier gesessen hat. Sie hat es sich stets auf diesem Stuhl bequem gemacht, wenn sie die Hitze der Nacht ausschwitzen oder sich bei Raureif abkühlen wollte. Und dabei rauchte sie, füllte den Aschenbecher auf dem Beistelltisch mit Filterkippen, während sie wartete und ihre rot lackierten Fingernägel polierte oder ihr Haar richtete. Sie wusste genau, wann sie zum Gartenzaun gehen musste. Der Mann war pünktlich. Jeden Tag brachte er die Zeitung, unterhielt sich dann ein wenig mit ihr, machte kleine Witze, bevor er weiterging und sie wieder ihren Platz am Tisch einnahm, wo sie rauchend die Neuigkeiten las, bis es Zeit war, die Kinder zu wecken. Tagsüber dachte sie manchmal an den Zusteller, nachts träumte sie von ihrem verstorbenen Mann.

Wir wussten, wie es kommen musste. Sie verliebten sich. Diese Frau mit Schlafstörungen und dieser Zeitungszusteller lebten nun unter einem Dach. Die Kinder nahmen das zur Kenntnis. Sie verfolgten, wie er das Haus renovierte, neue Böden verlegte, Wasserrohre austauschte und Wände frisch verputzte. Sie staunten, weil mehr Fleisch auf den Tisch kam und vor dem Essen gebetet wurde. Im Schuppen war das Holz gestapelt.

Dieses Leben ging nicht lange gut.

In ruhigen Stunden bemerkte sie, dass sein Humor nur aufgesetzt war und ihr Herz nicht mehr erreichte. Und er musste sich eingestehen, dass sie nicht diejenige war, die ihn aus seiner Traurigkeit erlösen konnte.

Es folgte ein Frühling der Sprachlosigkeit. Die Kinder gewöhnten sich an, zu flüstern. Wir lauschten ihren bangen Gesprächen, weil sogar wir uns wünschten, dass dieses schweigende Haus uns wieder etwas zu erzählen hätte.

Der Sommer mit seinen glühenden Winden ließ uns alle ermatten. Selbst der große Baum bot keinen Schatten, und die Fäden ruhten in unseren Händen. Die Welt schien stillzustehen. Nur die Kinder spielten leise im Garten.

Dann kam der stürmische Herbst mit verzweifeltem Geschrei, mit Vorwürfen im Zorn, mit zugeschlagenen Türen und verwehenden Flüchen, sodass die Kinder aneinandergeklammert zitterten in der Höhle unter ihrer Bettdecke.

Und an einem trüben Wintertag erschlug er sie und bereitete ihr ein Lager im Lehmboden des Kartoffelkellers, der nun endlich seinen Estrich erhielt. Wir, die wir von klein auf im Norden gewandert sind, schauderten in Betrachtung seiner mühseligen Arbeit, die er weinend und seufzend vollbrachte. Den Nachbarn erzählte er, sie habe ihn verlassen. Für die Kinder war sie verreist, doch die ahnten, wohin, und flüsterten sich Befürchtungen zu.

Im Frühjahr blieb der Garten unbestellt. Wir mussten mit ansehen, wie zwischen den Steinplatten, auf denen der Gartenstuhl stand, Unkraut ins Licht wuchs. Aufgeweichte Zigarettenfilter schwammen in einer braunen Brühe. Die Zeitungen waren feucht und rochen muffig. Einsilbig spielten die Kinder in blindem Einverständnis in dieser sich heranschleichenden Wildnis. Der Mann trug weiter Zeitungen aus und verbrachte ansonsten die meiste Zeit im Bett. Das Essen kam jetzt aus Dosen. Gebetet wurde schon lange nicht mehr.

Eines Tages brachte der Postbote einen wichtigen Brief vom Amt. Unbefangen betrat er den Garten durch die kleine Tür im Jägerzaun und stieß auf die Kinder.

„Hallo“, rief er fröhlich. „Ich habe Post für euren Papa.“

„Der schläft“, sagten die Kinder im Chor.

„Und eure Mama?“

Die Kinder sahen sich lange an. Dann nickten sie sich zu.

„Die Mama ist im Himmel.“

„Das tut mir sehr leid“, sagte der Postbote betroffen. „Aber wer passt denn dann auf euch auf?“

Wieder war zu beobachten, wie die Kinder mit sich rangen. Sie schauten sich lange in die Augen, bis sie schließlich zu einer Entscheidung kamen.

„Geh mal mit", forderten sie den netten Postboten auf. Sie drehten sich um und liefen Richtung Haus.

Aufgrund ihres seltsamen Verhaltens neugierig geworden, folgte er ihnen, und als sie vor dem Kartoffelkeller anhielten, wiesen sie wortlos auf den Eingang. Sich vorsichtig unter dem niedrigen Türstock beugend, betrat er den wenig einladenden Anbau. Durch ein fensterloses Kellerloch fiel genug Licht, um alles zu erkennen. Die Sandsteinwände trieben Wasser und waren von Schimmel bedeckt. Es roch nach Moder und Fäulnis. Der Boden lag aufgeworfen vor ihm und war in bröselnde Schlacken gebrochen, durch die der braune Lehm zu erkennen war.

Zu wenig Bindung im Material, stellte er sachkundig fest. Wurde vom Frost zerstört. Stümperhafte Arbeit. Er schüttelte den Kopf und wollte sich schon zum Gehen wenden, da fiel ihm etwas zwischen den Steinbrocken auf. Er bückte sich hinunter zu dem kleinen Objekt. Es waren Knöchelchen, verziert mit einem roten Fingernagel.

Der Postbote rief umgehend die Polizei. Das ganze Dorf stand tagelang kopf, während das Lokalblatt den unglücklichen Finder zum Helden ausrief.

Der Zeitungszusteller bekam nach so langer Zeit Ruhe in einem vergitterten Sternenbau. Die Kinder leben jetzt bei einer Oma, die sie Aufpasserin nennen.

Nur wir wandeln nach wie vor durch diesen Garten. Er ist zum Urwald geworden. Zarte Kleider verfangen sich im Gestrüpp. Ungeschützte Haut wird blutig gerissen und verheilt schlecht. Uns ficht das nicht an.

Da steht der alte Gartenstuhl, vom Schnee befreit und nach wie vor einladend. Seine Gegenwart ist verwoben mit der Vergangenheit, und die Zukunft wird uns nicht überraschen, denn im Aschenbecher auf dem Beistelltisch brennt eine Zigarette herunter. Der Stapel Zeitungen ist angewachsen. Obenauf liegt die heutige Ausgabe.

Helmut Blepp: geboren 1959 in Mannheim, selbstständiger Trainer & Berater (Arbeitsrecht); lebt in Lampertheim; vier Lyrikbände, zahlreiche Veröffentlichungen in Anthologien und Zeitschriften; Mitglied Gesellschaft für zeitgenössische Lyrik e. V., Joachim Ringelnatz-Verein e. V., Gruppe 48 e. V.

Winterlicht

Zaghaftes Licht
Traut sich nicht
In den Winterwind.
Eisig herrscht er,
Frostig fährt er,
Bärbeißig, bockig, blind,
Durch die nackten Bäume,
Durch die kalten Räume
Zwischen Häusern,
Zwischen Menschen,
Vermummt und vermauert,
In Polyester-Festung kauernd,
Wetterabweisend,
Kontaktabweisend,
Auf den falschen Kanälen
Liebe heischend.

Wie einfach schiene nun
Es der Wintersonne gleich zu tun,
Zu lächeln ein zaghaftes Licht,
Doch auch wir trauen uns nicht.

Kristin Hogk, geboren 1978 in Salzwedel. Schon als Kind bereitete es ihr Vergnügen, oft auch Erleichterung, Gedichte und kurze Texte zu verfassen. Aus Liebe zur Sprache absolvierte sie ein Studium zur Diplomübersetzerin. Heute arbeitet sie als Sprachlehrerin. Daneben schreibt sie Gedichte, Kurzgeschichten und Rezensionen, die sie vorrangig digital veröffentlicht. Im August 2021 begann sie ein Fernstudium zur Autorin.

Das Silberschiff

In der abgelegenen Hafenstadt Snezhnygrad, versteckt im eisigen Herzen Nordrusslands, wo die dunklen Kiefernwälder sich bis ans frostige Ufer erstreckten und die Meere unter schweren Eisschollen verborgen lagen, lebten der Fischer Ivan und sein Sohn Alexej. Gemeinsam stellten sie sich den eisigen Winternächten, um für ein reich gedecktes Weihnachtsfest zu sorgen. Ihr schlichtes Holzhaus stand fest verwurzelt am Rand des Hafens, dessen stille Gewässer im Sternenglanz funkelten wie ein verstreutes Diamantenmeer.

An einem besonders kalten Abend, als die Glocken der alten Dorfkirche zur Mitternachtsmesse läuteten, erblickte Alexej ein geheimnisvolles Leuchten am Horizont. Es näherte sich langsam, und bald nahm daraus ein prachtvolles Schiff Gestalt an, das im Mondlicht zu schimmern begann. Es wirkte, als sei es ganz aus purem, glitzerndem Silber gefertigt, das in der klirrenden Nacht strahlte.

Die Segel, gewoben aus eisblauen Stoffen, flatterten leise im Wind, fingen das Mondlicht ein und warfen es in funkelnden Mustern zurück. An der Spitze des Schiffes thronte eine majestätische Galionsfigur, ein Frostgeist in weißen Pelzen gekleidet, deren Ränder reich mit glänzenden Eiskristallen verziert waren.

Überwältigt von der Erscheinung erinnerte sich Alexej an die Legenden der Frostgeister, die ihm sein Großvater in den langen Winternächten erzählt hatte. Diese Geschichten sprachen von mächtigen Wesen, die in der Weihnachtszeit aus ihrem eisigen Reich herabstiegen, um den Mutigen und Reinen ihr Wohlwollen zu zeigen. Ohne zu zögern, ergriff Alexej die Hand seines Vaters und zog ihn eilig zum Hafen hinunter.

Als sie den Kai erreichten, funkelte das silberne Schiff im geisterhaften Schein des Mondlichts – eine Vision aus Eis und Silber. Angst ergriff Ivans Herz, als er in die leuchtenden Augen seines Sohnes blickte. Der frostige Wind trug das Knirschen des Eises und das ferne Läuten der Kirchenglocken herüber.

„Vater", sagte Alexej leise, „siehst du das Schiff? Es ist das Zeichen der Frostgeister, von denen Großvater sprach. Es ruft nach mir. Ich muss an Bord gehen."

Ivan runzelte die Stirn und legte seine warme Hand auf die Schulter seines Sohnes. „Mein Junge, fürchtest du nicht, was jenseits des Hafens lauert? Die Frostgeister sind mächtig, ihre Prüfungen streng. Was, wenn du nicht zurückkehrst?"

Alexej blickte seinem Vater fest in die Augen. „Ich fürchte mich nicht, Vater. Die Frostgeister prüfen nur jene, die guten Herzens sind. Wenn ich würdig bin, werde ich ihre Geheimnisse entdecken und mit einem Geschenk heimkehren. Und wenn nicht, dann soll der Frost mich in die Arme des Winters tragen."

Ivan seufzte schwer, zog seinen Sohn an sich und umarmte ihn fest. „Du hast das Herz eines Helden, Alexej. Möge Väterchen Frost dich beschützen. Kehre mir heil zurück."

Als Alexej das Deck des silbernen Schiffes betrat, glitten die Segel leise im eisigen Wind und das Holz knarrte sanft unter seinen Füßen. Vor ihm erstreckte sich die See, deren Oberfläche im bleichen Mondschein flackerte. Sie war eine glitzernde Eiswüste, die bizarre Formen annahm. Über ihm spielten die Polarlichter ihr stilles Schauspiel, malten mit lebhaften Pinselstrichen aus Grün und Violett den Himmel um und enthüllten in der Stille der Polarnacht ihre tiefsten Geheimnisse.

Der eisige Wind trug das leise Grollen ferner Gletscher zu ihm herüber, während geisterhafte Eisbrocken wie verlassene Inseln vorbeizogen. Unter der spiegelglatten Wasseroberfläche glitzerten Fische, deren Schuppen in der Dunkelheit funkelten. Neugierige Seehunde mit ihren dichten Pelzen umkreisten das Schiff, als wären sie dessen treue Beschützer. Tiefer in der Dunkelheit des Ozeans schälten sich Seeschlangen aus dem Schatten, ihre Körper glänzten und schlängelten sich durch das eisige Wasser, während sie Alexej mit einer stummen Ehrfurcht beobachteten.

In der Ferne erhob sich ein majestätischer Palast aus Eis und Schnee, der im kalten Sternenlicht zu glitzern begann, als wären seine Zinnen und Türme aus Tausenden winzigen Diamanten geschnitzt. An den Türmen hingen schwere Eiszapfen, die im Glanz der Nordlichter in betörenden Farben strahlten. Zarte, filigrane Brücken aus kristallklarem Eis verbanden die Türme miteinander, so leicht und luftig, als würden sie schweben und nicht von der Schwerkraft gehalten. Das Silberschiff legte an einem Strand an. Vor ihm erstreckte sich ein labyrinthartiges Netz aus massiven Eiswänden, deren Oberflächen mit zarten, kristallinen Frostmustern überzogen waren.

Kaum hatte Alexej einen Fuß in das Labyrinth gesetzt, verschluckte die Dunkelheit das flackernde Licht der Sterne. Die eisige Luft schnitt messerscharf durch seine Kleidung und der Wind heulte geisterhaft durch die verschlungenen Gänge, die sich vor ihm erstreckten. Jeder seiner Schritte hallte unheimlich zwischen den Eiswänden wider.

Als er eine enge Biegung nahm, trat er unvermittelt auf eine weite, offene Fläche. Der Mond brach durch die Wolkendecke und beleuchtete das Herz des Labyrinths – eine klare, von Eis umschlossene Lichtung. Ohne Vorwarnung tauchten Schatten aus dem Nebel auf: Ein Rudel Schneelöwen, majestätisch und bedrohlich, stand reglos und beobachtete jeden seiner Schritte. Der Anführer, ein gewaltiger Löwe mit einer Mähne, die im Mondlicht wie frisch gefallener Schnee glänzte, trat vor. „Wer wagt es, das Reich des Eises zu betreten?", donnerte seine Stimme durch das Labyrinth.

Mit festem Blick und klarer Stimme antwortete Alexej: „Ich bin Alexej, auf der Suche nach der Thronhalle der Schneekönigin. Ich komme mit reinem Herzen und mutigem Geist."

Der Löwe fixierte ihn mit durchdringenden Augen, bevor er schließlich zur Seite trat. „Dann mag der Pfad dich zu deiner Wahrheit führen."

Mit einem respektvollen Nicken schritt Alexej vorbei. Er durchquerte das letzte Stück des eisigen Labyrinths und trat in den schimmernden Thronsaal, wo die Schneekönigin bereits auf ihn wartete. Ihr Gewand war aus einem Gewebe von Schneeflocken gefertigt, während ein Diadem aus flimmernden Nordlichtern ihr Haupt krönte.

„Willkommen, Alexej", sprach sie. „Du hast den Ruf des Nordwinds vernommen und bist mutig meinem silbernen Pfad gefolgt. Was treibt einen jungen Menschen wie dich dazu, die Sicherheit seines Zuhauses zu verlassen und sich den Unwägbarkeiten des ewigen Eises zu stellen?"

„Eure Majestät, es ist der Geist meines Volkes, der in mir brennt. Ein Verlangen nach Wissen und Wahrheit, das mein Großvater in mir geweckt hat. Ich kam nicht nur, um Eure Herausforderungen zu bestehen, sondern auch, um zu verstehen, was jenseits der Grenzen unserer Vorstellungskraft liegt."

Die Schneekönigin neigte leicht den Kopf, ihre Augen funkelten interessiert. „Und was hast du auf deinem Weg hierher gelernt, Alexej? Was hat dich der Frost gelehrt?"

„Dass der Mut wahrhaftig ist, wenn er auf die Probe gestellt wird, und dass die Einsamkeit des Nordens nicht Kälte, sondern Klarheit bringt. Dass jede Herausforderung ein Geschenk ist, das uns lehrt, wer wir wirklich sind."

„Wohl gesprochen", erwiderte die Königin und ein Lächeln umspielte ihre eisigen Lippen. „Deine Worte zeigen eine Weisheit, die selten ist in jemandem deines Alters. Doch sage mir, Alexej, fürchtest du nicht den Verlust dessen, was du liebst, während du den Geheimnissen der Welt nachjagst?"

Alexej blickte kurz zum Boden, dann wieder direkt in die leuchtenden Augen der Königin. „Die Liebe zu meinem Vater und unserem Volk wächst mit jeder bestandenen Prüfung. Die Angst vor Verlust begleitet mich zwar, doch sie wird niemals die Hoffnung oder den Glauben an das Gute überdecken."

Die Schneekönigin stand auf, trat majestätisch aus dem Licht des Nordlichts hervor und näherte sich ihm. „Dein Herz ist mutig und rein, Alexej. Solche Seelen sind selten und kostbar im ewigen Eis." Sie streckte ihre Hand aus und reichte ihm eine funkelnde Silbermünze. „Nimm dies als Zeichen unserer Begegnung. Es soll dir und deinen Lieben Glück und Schutz bringen, solange der Winter währt."

Alexej nahm die Münze an und spürte die Kühle des Metalls. „Ich danke Euch, Eure Majestät, für Eure Worte und Euer Geschenk. Ich werde beides in Ehren halten."

„Gehe nun", sagte die Schneekönigin, „mit der Gewissheit, dass die Wege des Winters immer offen stehen für jene, die wahrhaftig mutig sind. Mein Palast wird dich willkommen heißen, sollte der Wind dich wieder zu mir führen."

Als das silberne Schiff durch den dichten Nebel des Nordmeeres schnitt und Alexej die ersten goldenen Lichter von Snezhnygrad am Horizont erblickte, fühlte er sich erleichtert. Eine Träne der Dankbarkeit rann über seine Wange, als das Schiff wie ein Schatten in den heimatlichen Hafen glitt.

Als Alexej zurückkehrte, fand er Snezhnygrad festlich erleuchtet vor. Glitzernde Eiszapfen und leuchtende Schneeflocken zierten die Tannenbäume entlang der Gassen, Girlanden aus Beeren und Zweigen schmückten die Dächer. Kinder spielten ausgelassen auf dem gefrorenen Platz, ihre Lieder erfüllten die klare Luft. Die Dorfbewohner hatten den Hafen in ein Winterwunderland verwandelt, um die Fischer willkommen zu heißen.

Ivan stand unweit vom Kai. In seiner Vorstellung malte er sich die stürmischen Gewässer aus, die sein Sohn hatte durchqueren müssen. „Hoffentlich ist Väterchen Frost bei dir gewesen, mein Junge", murmelte er leise. Sein Herz machte einen Sprung vor Freude, als er Alexej sicher und gesund vom Schiff steigen sah. Er lief zu ihm und umarmte ihn. „Willkommen zurück, mein Junge! Was für ein Abenteuer hast du erlebt?", fragte er, während Tränen des Glücks in seinen Augen schimmerten.

Alexej, umringt von den staunenden Dorfbewohnern, enthüllte die Geschichte seiner unglaublichen Reise und der wundersamen Begegnung mit der Schneekönigin, die ihm eine silberne Münze als Zeichen ihres Segens überreicht hatte. „Diese Münze wird uns vor Armut schützen. Die Schneekönigin hat versprochen, dass unsere Netze bis zum nächsten Weihnachtsfest voll von Fischen sein werden."

Über Nacht schien sich das Versprechen der Schneekönigin zu erfüllen, denn die Netze der Fischer waren praller gefüllt als je zuvor. Mit jedem Fang holten sie reichlich Heringe, Dorsche und Lachse aus dem eiskalten Wasser, sodass bald die Vorratskammern im Dorf überquollen. Die Bewohner von Snezhnygrad feierten die Heilige Nacht mit einem Überfluss an festlichen Speisen, während fröhliche Lieder und ausgelassene Tänze die klare Nachtluft erfüllten.

Alexej ging zum Hafen. Die Sterne funkelten über ihm und der Mond warf sein bleiches Licht auf die schneebedeckten Dächer von Snezhnygrad. Er stand allein am Rand des Wassers und blickte auf das silberne Schiff, das sich langsam im aufsteigenden Nebel des frühen Morgens auflöste.

In diesem Moment trat Ivan zu ihm und legte seine Hand auf die Schulter seines Sohnes. „Du bist zurückgekehrt, aber du scheinst verändert", bemerkte er.

Alexej nickte langsam und blickte immer noch auf die Stelle, wo das Schiff verschwunden war. Er betrachtete die Silbermünze, die im Mondlicht glänzte. „Ich habe mehr als nur Fische und Geschichten mitgebracht, Vater", begann er. „Ich habe Teile von mir im Eis zurückgelassen und andere Teile neu entdeckt." Er drehte die Münze zwischen seinen Fingern und fuhr fort: „Ich habe gelernt, dass jeder von uns mehr ist als das, was wir sehen. Und manchmal müssen wir uns verlieren, um unseren wahren Weg zu finden."

„Das ist der Lauf der Welt, mein Sohn", sagte Ivan. „Jede Reise verändert uns und jede Rückkehr ist ein Neubeginn."

Sie standen eine Weile schweigend da, umgeben von der Stille des erwachenden Tages. Dann, mit einem letzten Blick auf das Meer, kehrten Vater und Sohn zurück in das Dorf.

***Volker Liebelt,** Jahrgang 1966, lebt in dem idyllischen Öhringen, einer Stadt, die seine Inspiration und Heimat gleichermaßen ist. Sein Schreibstil zeichnet sich durch die Fähigkeit aus, lebendige Bilder und Emotionen zu erzeugen, die die Leser tief in die Handlung eintauchen lassen. Die Liebe zur Natur und die Faszination für das Übernatürliche sind wiederkehrende Themen in seinen Geschichten, die oft von märchenhaften Orten und wundersamen Begegnungen geprägt sind.*

Zauber des Raureifs

Ein eisigkalter Wintermorgen vor Weihnachten!
Beim Öffnen der Rollläden fällt der erste Blick
auf ein kleines Wunder, das sich Raureif nennt.
Die Wintersonne scheint verhalten durch einen
nebeligen Film auf die zauberhafte Landschaft,
denn jeder Morgen hat seine eigenen Gesetze.

Einen überraschenden und betörenden Anblick
bietet dieses morgendliche Gesamtkunstwerk,
das die Natur im Dezember für uns bestellt hat.
Mit dem zarten zauberhaften Weiß verwandelt
der Reif die Nässe der Tannennadeln und Äste,
feiert zum Auftakt im Winter eines seiner Feste.

Der Raureif hat sich mit dem Blütenweiß seiner
duftigen Eiskristalle auf eine Rosenblüte gesetzt,
deren geschmücktes Rot ein letztes Mal leuchtet.
Kontrastvoll hebt sich das kräftige Himmelsblau
vom funkelnden Weiß der Winterlandschaft ab.
Festlich wirkt sie auf mich, wie in Watte verpackt.

Ein sonst gar unscheinbarer Maschendrahtzaun
zieht unweigerlich Blicke der Passanten auf sich.
Ihm setzte der Raureif die Krone des Winters auf.
Von feinen Raureifkristallen sind Kanten, Ecken
und Bäume überzogen, bis sie die Sonne küsst.
Weiß glitzernd werden sie uns zur Augenweide.

Sieglinde Seiler *wurde 1950 in Wolframs-Eschenbach geboren. Sie ist Dipl. Verwaltungswirt (FH) und lebt mit ihrem Ehemann in Crailsheim. Seit ihrer Jugend schreibt sie Gedichte. Später kamen Aphorismen, Märchen und Prosatexte hinzu. Ferner fotografiert sie gerne. Bislang hat sie bereits über 200 Gedichte im Internet und diversen Anthologien veröffentlicht.*

Wintersonnen-Illusionen

Rosi kommt am 30. Dezember gegen 14.00 Uhr im Hotel an. Während sie aus dem Taxi steigt, fällt ihr Blick auf ein großes Thermometer an der Apotheke gegenüber. 8 Grad plus! Die Sonne scheint. Der von einer leichten Schneedecke überzogene Ort glitzert.

Dem Auspacken folgen ein Wellness-Paket und ein leichtes Abendessen. Rosi schläft himmlisch. Leise rieselnder Schnee begleitet ihr ausgiebiges Frühstück am nächsten Morgen. Dann bricht die Sonne durch. Rosi beschließt, das Mittagessen ausfallen zu lassen und die wunderbare Winterstimmung zu genießen. Rosi liebt Schnee, jedenfalls in Verbindung mit Sonne.

Am späten Vormittag zieht sie ihre neuen Winterschuhe und den hellen Anorak mit künstlichem Pelzkragen an. Darunter trägt sie einen modischen Skianzug in Rot. Rot steht ihr gut. Sie hat ihn erst vor ein paar Tagen gekauft. Größe 38. Dafür hat sie den ganzen Dezember über gehungert, kein einziges Weihnachtsplätzchen hat sie gegessen.

Über zwei Stunden führt Rosi ihr todschickes Winter-Outfit unter dicker werdenden und auf ihrer Nase herumtanzenden Schneeflocken spazieren. Es sind nicht viele Menschen unterwegs. Rosi mag das, so hat sie das Gefühl, alle anderen verpassen etwas. Die Stimmung ist märchenhaft.

Gegen 14.30 Uhr hört es auf zu schneien. Gut gelaunt fährt Rosi mit dem Lift nach oben. Aber nicht, um Ski zu laufen, dafür ist der Anzug viel zu elegant. Rosi ergattert einen Liegestuhl vor einer angesagten Skihütte in der Sonne. Sie setzt ihre Designer-Sonnenbrille auf, bestellt einen Kir royal und rekelt sich in ihrem Liegestuhl. Rosi träumt vor sich hin, bis plötzlich ein Schatten auf sie fällt. Sie blinzelt und formuliert in Vorfreude die Bemerkung: „Geh mir ein wenig aus der Sonne.“ Sie wollte das schon immer mal sagen. Dionysos, vor seiner Tonne liegend, soll den Satz zu Alexander dem Großen gesagt haben, als dieser ihm einen Wunsch gewährte. Warum das so war, weiß sie nicht mehr, aber das war ja auch egal. Dazu kommt es allerdings nicht, denn durch das Gegenlicht lächelt ein Gesicht mit Aureole auf sie herab und will sich neben sie setzen.

Und da ist sie, die Belohnung, sich in vier harten Wochen in diesen großartigen Skianzug hineingehungert zu haben. Rosi schiebt ihre Brille ein wenig weiter hoch, zwinkert erneut und bittet das himmlische Wesen mit einer Handbewegung, denn sagen kann sie vor Aufregung nichts, Platz zu nehmen. Der Mann sieht aus wie Ralph Fiennes in seiner besten Zeit, also in der des *Englischen Patienten* – vor dem Flugzeugabsturz. Ralph Fiennes' weißes Lächeln im gebräunten Gesicht vertieft sich, während er es sich in dem Korbsessel neben ihr bequem macht.

„Danke, ich bin übrigens Ralph, sagt er nun und Rosi traut ihren Ohren nicht."

„Mit f oder ph", fragt sie aufgeregt.

Ralph blickt sie an und sagt amüsiert: „Mit ph, ist das wichtig?"

„Nein, gut. Ich bin Rosi", sagt sie, lehnt sich wieder zurück und nimmt genussvoll einen Schluck vom Champagner-Cocktail.

Kurz darauf fällt ihr siedend heiß ein, dass sie um 17.15 Uhr einen Termin beim Friseur hat. Glatte Haare passen besser zum neuen Silvesterkleid und Föhnen ist nicht Rosis Stärke. Ein Blick auf die Uhr macht ihr klar, dass ihr noch eine knappe Stunde bleibt. Sie bedauert nun den Friseurtermin. Auf der anderen Seite – vielleicht kommt Ralph auch zum Ball. Sie würde mit einem stilvollen Brushing, dem roten Seidenkleid und den schicken Pumps allen anderen die Schau stehlen.

„Bleiben Sie länger?", will Ralph wissen.

„Bis zum 2., aber jetzt muss ich leider gehen. Ich habe noch einen Termin."

„Schade, ich hatte mich gerade an Ihren Anblick gewöhnt. Aber dann sehen wir uns vielleicht beim Ball heute Abend. Sie sind doch im Schneehotel, nicht wahr? Ich frühstücke dort manchmal und habe Sie heute Morgen gesehen. Ihr gesunder Appetit hat mich beeindruckt, bei dieser Figur!"

„Ich kann essen, so viel ich will!" Das stimmte so nicht ganz. Rosi nahm schon zu, wenn sie nur an eine Torte dachte, aber das brauchte Ralph Fiennes ja nicht zu wissen. Sie dachte kurz über die Aussprache von Fiennes nach. Egal, man war ja eh schon beim Ralph.

„Ja, der Ball, natürlich, aber vorher muss ich mich noch umziehen", fügt sie überflüssigerweise hinzu.

Das elysische Wesen zeigt erneut sein perfektes Gebiss. Die Lachfältchen um seine blauen Augen sind unwiderstehlich. Seine nicht behandschuhten Wintersonnen-Hände lassen nirgendwo die Spur eines Ringes erkennen.

Mit einem: „Bis später also", steht Rosi beschwingt auf und geht bewusst langsam zum Lift, um nach unten zu fahren.

Um 17.20 Uhr sitzt sie beim Friseur und ist nun doch sehr froh, gleich gestern bei ihrer Ankunft diesen Beauty-Termin vereinbart zu haben. Der Laden ist gerammelt voll. Um 18.45 Uhr geht sie begeistert von sich, ihrer Frisur und den lackierten Fingernägeln auf ihr Zimmer. Hinlegen kann sie sich wegen der Haarpracht nicht, also setzt sie sich kurz aufs Bett und bläst konzentriert auf die roten Nägel, bis der Lack wirklich trocken ist. Dann geht sie ins Badezimmer, rasiert ihre Beine, nimmt eine Dusche, immer auf die Haare achtend, zieht ihr rotes Seidenkleid und die neuen Pumps an. Sie lächelt sich bewundernd im Spiegel zu. Dann zieht sie das Kleid wieder aus und schminkt sich sorgfältig. Ihr knallroter Lippenstift passt exakt zu den Fingernägeln.

Um 20.35 Uhr geht Rosi nach unten. Man hatte sie gestern bei der Ankunft gefragt, ob sie einen Tisch für sich alleine oder lieber am Zehnertisch Platz nehmen wolle. Ein Kellner begleitet sie zu ihrem Platz, wo sie Ralph an der Seite einer großen, kurvigen Blondine mit wenig Stoff am Körper erspäht.

„Billig", flüstert sie mehr zu sich selber.

Ralph lacht sie an, steht auf und setzt sich auf den noch freien Platz neben sie. „Ich darf doch?"

„Gerne!"

„Sie sehen umwerfend aus. Ein Friseurtermin also."

Rosi verdaut genüsslich diese Worte, nimmt das Glas vor sich in die Hand und trinkt einen kleinen Schluck.

Um 21.00 Uhr kommt der Gruß aus der Küche und 30 Minuten später wird die Vorspeise serviert. Irgendetwas mir Krabben. Rosi isst nur die Hälfte, denn das rote Kleid gibt ihr sehr wenig Spielraum.

„Schmeckt es Ihnen nicht?", will Ralph wissen.

„Ich hebe mir den Appetit lieber für das Hauptgericht auf."

„Verstehe, das Kleid, nicht wahr? Wir könnten tanzen, bis der nächste Gang kommt. Das würde Ihnen ein paar Kalorien mehr erlauben."

„Sind Sie immer so übergriffig?", fragt Rosi, steht aber schnell auf, um mit ihm auf die Tanzfläche zu gehen. Die Blondine ist eine Sekunde zu spät dran und muss nun mit einem etwas älteren Herrn vorliebnehmen.

„Ich kenne die Dame nicht", sagt Ralph leicht ironisch schmunzelnd.

„Ich auch nicht."

Ralph ist ein großartiger Tänzer, der all ihre Patzer, die durch die High Heels noch offensichtlicher werden, auffängt. Nach zwei Tänzen gehen sie an den Tisch zurück. Kurz darauf wird die zweite Vorspeise serviert. Gänseleberpastete auf Salat. Rosi stochert auch darin wieder nur herum und gabelt zwei Salatblätter in den Mund.

„Nicht gut?"

„Ich esse so gut wie kein Fleisch", sagt sie und wird nicht mal rot dabei. Dabei liebt Rosi große, blutige Steaks.

„Das sah aber heute Morgen ganz anders aus!"

„Ach ja?"

Dann tanzen sie wieder und Ralph fragt sie ein wenig aus, von sich erzählt er wenig.

Um 22.45 Uhr kommt das Hauptgericht. Seewolf im Salzmantel. Rosi ist froh darüber, dass es kein Fleisch gibt, denn sie hat nun Hunger. Sie schlüpft kurz aus den Pumps und hofft, sie anschließend wieder unter dem Tisch ertasten zu können.

„Den scheinen Sie ja zu mögen."

„Fisch immer."

Nach der Käseplatte zwängt sich Rosi wieder in die Pumps und tanzt mit Ralph bis zum Nachtisch in Form eines flambierten Traumes aus Eis und Baiser. Zwischendurch findet der Jahreswechsel mit vielen Wünschen statt und es schneit erneut. Ralph küsst sie links und rechts auf die Wange. Rosi hält kurz ihren nackten Arm in den Schnee und verschlingt anschließend unter den bewundernden Blicken von Ralph zwei Portionen der Eiskreation. Sie tanzen bis drei Uhr morgens.

Ja, so hätte es sein können!

***

In Realität kommt Rosi am 30. Dezember erst bei Sonnenuntergang und Schmuddelwetter an. Ihr reservierter ICE war ausgefallen, ihre Sitzplatzreservierung demnach hinfällig. Der Ersatzzug kam drei Stunden später und Rosi verbrachte die Fahrt auf einem unbequemen Klappsitz im Gang zwischen Gepäckstücken. Natürlich war durch die Verspätung auch das von ihr vorbestellte Taxi bei Ankunft weg. Für die vom Hotel angebotene und bereits bezahlte Wellness-Anwendung bleibt keine Zeit mehr und beim Abendessen sitzt Rosi schlecht gelaunt alleine am Tisch.

Am Tag darauf ist vom Anfang-Dezember-Schnee nur noch dreckiger, gefrorener Matsch übrig und schon um 16.00 Uhr sinkt die Temperatur auf minus 3 Grad. Einen Termin beim Friseur bekommt sie nicht mehr und das neue, rote Kleid kann sie ebenfalls nicht anziehen, weil es einfach eine Nummer zu klein ist und Rosi noch zwei Hungerwochen gebraucht hätte. Jetzt ärgert sie sich, denn die Verkäuferin hatte ihr zu einer Nummer größer geraten und süffisant verkündet, dass dieses Kleid eine kleine 38 wäre. Das sagen sie immer, wenn sie der Kundschaft nicht vor den Kopf stoßen wollen

und merken, dass die Käuferin nie und nimmer in dieses Modell passen wird. Rosi ist deprimiert und wäre am liebsten gleich wieder abgereist. Dann entscheidet sie sich für ihr unverfängliches kleines Schwarzes, auf das immer Verlass ist.

Am Tisch neben ihr sitzt ein älterer, rundlicher Herr mit Glatze. Er wirft ihr Hundeblicke zu und erwähnt beiläufig, dass es im Winter in seiner Villa am Meer zu ungemütlich sei und ihm Frauen mit gesundem Appetit gefielen. Rosi sieht das als Beleidigung und als Hinweis auf die nicht erreichte Größe 38 an. Sie beschließt, ihn mit Verachtung zu strafen. Ansonsten sitzen noch zwei Ehepaare mittleren Alters, zwei frisch Verliebte und zwei jüngere, sportliche Frauen an ihrem Tisch. Rosi ignoriert die anderen, verschlingt jeden Gang mit Heißhunger und hat um 24.00 Uhr mindestens eine Flasche Wein getrunken. Nach dem allgemeinen Wünschen und einem Glas klebrigen Sekt zieht sich Rosi auf ihr Zimmer zurück und wirft die Größe 38 in den Abfall. Sie schläft tief, fest und traumlos.

In der Nacht sinkt die Temperatur auf minus 14 Grad. Der 1. Januar präsentiert sich mit hässlichen Kopfschmerzen, grau und spiegelglatt. Rosi ist froh, dass sie am nächsten Tag wieder abfahren kann, geht aber trotzdem auf einem von Glatteis überzogenen Weg am zugefrorenen See entlang spazieren und hängt ihren düsteren Gedanken nach.

Um die Mittagszeit kämpfen sich die ersten Sonnenstrahlen durch den grauen Himmel und legen in kürzester Zeit eine seltsam geformte, aber wunderschöne, riesige Eisfontäne mitten im See frei. Gerade als sich ein Lächeln auf ihr Gesicht schleichen will, beschweren sich die von der Sonne geweckten Vögel und kreisen aufgeschreckt und wütend um die Eisskulptur. Rosi zuckt zusammen, rutscht aus, fällt hin und bricht sich das Handgelenk. Ein Spaziergänger hilft ihr auf und ruft die Ambulanz. Rosi wird in die Notaufnahme ins Krankenhaus gebracht. Sie sitzt in einem kleinen, fensterlosen Behandlungszimmer und muss sehr lange warten, denn der Temperatursturz hat nicht nur sie aufs Eis gelegt. Rosi versinkt in Selbstmitleid und nimmt sich vor, nie wieder im Winter zu verreisen.

Nach einer Ewigkeit geht die Tür auf und ein weißer Kittel betritt die triste Besenkammer. Rosi will gerade zu einer Beschwerde ansetzen, weil man sie so lange unter Schmerzen hat warten lassen, hebt ihren Kopf und blickt in tiefblaue, gütige Augen über einer schmalen

Nase. Die braunen, etwas zu langen Haare lassen ihn leicht verwegen daherkommen.

„Guten Tag, ich bin Dr. Ralph Santori", rieselt eine dunkle, warme Stimme auf sie herab und legt sich wie Balsam um ihr angekratztes Ego. Mit den Worten: „Dann schauen wir uns doch mal Ihre Hand an", nimmt er sanft Rosis Arm.

Der stechende Schmerz verfliegt bei seiner Berührung im Nu. Sein weißes Lächeln zwischen dem 24-Stunden-Bart und seiner Winterbräune gilt nur ihr.

„Mit „f" oder „ph"„, fragt Rosi und lächelt selig zurück.

Christa Blenk hat viele Jahre im Ausland gelebt und gearbeitet und wohnt seit Kurzem am französischen Atlantik und in Niederbayern. Sie veröffentlicht regelmäßig Kurzgeschichten und Erzählungen in unterschiedlichen Anthologien und Literaturzeitschriften und schreibt seit über zehn Jahren für das Berliner Online Magazins KULTURA EXTRA über Musik, Reisen, Literatur und Kunst.

Weihnachtswunder

Seitdem ich denken kann, habe ich den Wunsch zu Weihnachten, dass Schnee liegt. Doch bis jetzt hat es immer davor geschneit und am 24. ist er geschmolzen oder nach den Feiertagen vom Himmel gefallen. Aber vielleicht habe ich jetzt Glück. Hier im Allgäu soll es ja öfter schneien, während im Rest Deutschlands nur die Kälte einzieht. Und wenn ich von der Kälte ausgehe, die ich erlebt habe, als ich hier hergezogen bin, ist meine Hoffnung gar nicht so weit hergeholt.

Der eisige Wind hat das Land fest im Griff, doch vom Schnee ist immer noch nichts zu sehen. Ich schlüpfe in meinen Wohlfühl-Pullover und in die warme Leggins. Als ich ins Treppenhaus komme, höre ich Nicolas pfeifen. Der Geruch von gebratenem Fleisch ist auch zu wahrnehmen. Im Wohnzimmer behängt mein Schatz gerade den kleinen Tannenbaum mit der Lichterkette. Den in meinem Garten hat er zuvor schon in Szene gesetzt. Man merkt, dass er das wirklich liebt. Beim mir wäre der Baum chaotischer geschmückt worden. Davon mal abgesehen, dass ich wahrscheinlich nur einen kleinen für den Tisch geholt hätte. Ich nehme Nicolas in den Arm. „Na, du Weihnachtswichtel", flüstere ich.

„Bin gleich fertig. Essen ist im Ofen."

„Richtig lecker riecht es."

Er lacht. „Das ist das Rezept meiner Mutter."

Schmunzelnd küsse ich seine Schulter. „Ich weiß."

„Ihr beiden", seufzt meine Mutter, die aus der Küche kommt und Teller in der Hand hat. Sie ist über die Weihnachtstage zu mir gekommen. Da ich nicht schon wieder Tage von Nicolas getrennt sein will, denn gefühlt ist er ja gestern erst von seinen Eltern zurückgekommen.

„Ich liebe dich", flüstert er mir zu.

„Und ich dich", antworte ich genauso leise. Den Blick, den er dann immer bekommt, mag ich sehr. Verträumt und hoffnungsvoll.

Ich weiß, dass die Angst immer noch in ihm ist. Aber ich werde definitiv nicht gehen, nicht nachdem ich um unsere Beziehung und die drei Wörter so gekämpft habe.

Schnell gebe ich ihm noch mal einen Kuss und helfe meiner Mutter, den Tisch zu decken. Gerade als der Ofen piepst, hat Nicolas die Kette fertig angebracht und sieht sich sein Werk stolz an. Meine Mutter tranchiert die Ente. „Hast du wirklich gut gemacht, Nicolas."

Er sieht zu meiner Mutter und wird rot. „Danke."

Ich stelle den letzten Topf auf den Tisch. Er drapiert noch schnell die Geschenke unter dem Baum und macht ein Bild. Schon setzt er sich neben mich. „Ich hoffe, es wird Ihnen schmecken", sagt er zu ihr.

„Wir waren beim Du, Nicolas."

Im Augenwinkel bemerke ich, wie er zu mir sieht. „Vergesse ich immer wieder."

„Du vergisst es nicht", seufze ich, „es ist deine Angst, einen falschen Eindruck zu machen und verlassen zu werden." Ich nehme mir ein Stück der Ente.

„Womöglich."

Meine Mutter lacht auf. „Glaube mir, Elana ist eines definitiv - stur."

Ich drücke seine Hand. „Das weiß er, aber er hat eben immer noch Angst. Was aber auch verständlich ist irgendwie."

„Hast du erzählt", sagt sie leise und klatscht in die Hände. „Aber jetzt lasst uns essen, das riecht so köstlich, dass ich schon Magenkrämpfe bekomme."

„Ich werde es meiner Mutter sagen", meint er.

„Und nächstes Jahr ..."

Er lacht auf. „Ja, sie will doch auch Elana kennenlernen."

Schmunzelnd nehme ich mir Reis. „Apropos lecker. Hat er dir die Kekse seiner Mutter zum Probieren gegeben?"

„Nein."

„Nichts gegen die von Oma, aber ... oh Gott, da könnte ich mich reinlegen."

„Mama schickt noch welche." Grinsend gebe ich ihm einen Kuss.

Nach dem Essen spülen wir drei ab, setzen uns dann mit Kaffee, Tee und Keksen an den Baum. Nicolas reicht mir ein Geschenk.

„Oh", ruft meine Mutter aus. Verwundert sehe ich zu ihr.

„DA!", ruft sie aus und zeigt mit der Hand auf die Terrassentür, draußen sind leichte Flocken zu erkennen.

„Wow", sage ich und springe auf. Nicolas legt mir eine Jacke auf die Schultern, als ich aufmache. Ich strecke meine Hand aus und es landen wirklich kleine Flocken darauf. „Mein Wunsch ist echt in Erfüllung gegangen." Schnell schlüpfe ich in die Gartenschule und stelle mich auf die Terrasse. Das Licht des geschmückten Tannenbaums lässt die Flocken noch mehr glitzern.

„Dann brauchst du ja jetzt kein Geschenk mehr", scherzt mein Schatz und kommt mit Jacke und Schuhe auf mich zu.

„Vergiss es."

Lachend nimmt er mich in den Arm. „Dann dreh dich um."

„Okay." Ich tue ihm den Gefallen. Kalt legt sich eine Kette auf meine Haut.

„So, angezogen."

Ich schaue mir den Anhänger an. *Ich liebe dich* steht auf einer Herzform. Ich beginne zu weinen. „Das ist so schön."

„Ich kann es nicht immer sagen, aber damit siehst du, dass ich dich vom ganzen Herzen liebe."

Ich kann nicht anders, als ihn umarmen und küssen.

„Ich will gar nicht wissen, wie du reagierst, wenn er dir einen Antrag macht", höre ich meine Mutter, die ebenfalls in den Garten kommt.

„Das heben wir uns noch auf", sagt er lächelnd.

„Möglicherweise", gebe ich schmunzelnd dazu. Es ist ja nicht so, als wenn wir nicht seit dem Beginn unserer Beziehung wie in einer Ehe leben.

Mit hochgezogenen Mundwinkeln kreist er seine Nase um meine. „Vielleicht nächstes Jahr." Meine Mutter beginnt, ein Weihnachtslied zu summen. Ihr Blick ist auf den Baum gerichtet. Ich lehne mich bei Nicolas an und stimme im Summen ein. Niemals hätte ich gedacht, dass sich mit dem Ableben meines Stiefopas das Beste für mich eröffnet. Doch nun stehe ich hier, sehe zu, wie Schnee über meinen Garten fällt, und fühle mich geborgen und frei zu gleich.

Luna Day entdeckte ihre Liebe zum Schreiben durch Harry Potter und Rollenspiele. Heute begeistert sie mit einer bunten Mischung aus Kindergeschichten, Fantasy und Romance.

Weiß wie früher

Wir hätten ihn fast vergessen
aber jetzt bedeckt er die Zinnen des Doms
klammert sich ans kahle Geäst im Friedenspark
füllt die verlassenen Nester der Amseln
treibt auf dem versandenden Fluss
tanzt um die schwachen Laternen
webt seinen Kristallteppich auf die Erde
und lässt uns aufmerksam verharren
in dieser verstummenden Welt

Helmut Blepp, *geboren 1959 in Mannheim, selbstständiger Trainer &*
Berater (Arbeitsrecht); lebt in Lampertheim; vier Lyrikbände, zahlreiche
Veröffentlichungen in Anthologien und Zeitschriften; Mitglied Gesell-
schaft für zeitgenössische Lyrik e. V., Joachim Ringelnatz-Verein e. V.,
Gruppe 48 e. V., SternenBlick e. V., LIL – Literaturinitiative Lampert-
heim.

Die Engel Chroniken:
Das Mount-Everest-Abenteuer

Wenn Menschen egal welchen Alters in Schwierigkeiten geraten oder es danach aussieht, dass sie in Schwierigkeiten geraten könnten, erhalten sie einen Schutzengel, der über sie wacht, bis die Gefahr abgewendet oder eine schwierige Situation geglättet ist. Schutzengel erhalten für einen erledigten Fall Sterne. Wenn sie genügend Sterne zusammen haben, dürfen sie sich etwas wünschen und ihre Engelchefin Martina erfüllt diesen Wunsch auf magische Weise. Bei dem heutigen Fall geht es in hohe Höhen.

Schutzengelin Crissy betrat das Büro ihrer Chefin Martina. Aufmerksam sah sie sich um. Überall waren Bücher. Sogar der Schreibtisch war mit Büchern überladen. „Wahnsinn", staunte Crissy. Sie wollte sich gerade das Guinnessbuch der Rekorde von 2024 nehmen, als ihr Martina das Buch aus der Hand nahm und zurück in das Regal stellte.

„Bitte nichts anfassen, ohne zu fragen."

„Entschuldigen Sic, bitte, Chefin. Ich war nur so überwältigt von Ihrer gigantischen Büchersammlung. Vor allem interessiere ich mich für Sportrekorde."

„Wenn das so ist, leihe ich dir das Buch, wenn du mit deinem Fall fertig bist."

„Das wäre toll. Worum geht es in dem Schutzfall, den ich bekomme?"

„Um eine Sportlerin. Genau genommen um eine Skifahrerin. Sie sucht sich immer gewagtere Herausforderungen, um als Influencerin mehr Follower anzuziehen. Meiner Meinung nach übertreibt sie es ein wenig. Würdest du sie im Auge behalten?"

„Klaro. Es geht nichts über ein Sportevent. Wo soll es denn hingehen?"

„Zum Mount Everest."

„Oh", entglitt es Crissy weniger begeistert. „Eine große Nummer."

„Ich kann auch jemand anderen schicken.“

„Nein, nein“, erwiderte Crissy augenblicklich. „Ich nehme den Fall.“

„Gut. Du wirst mit deinem Schutzfall in einer Gruppe unterwegs sein. Deine Ausrüstung erhältst du per Engelteleportation ungefähr eine halbe Stunde, nachdem du den Startort erreicht hast. Deine Reise beginnt genau ...“ Martina blickte auf ihre Armbanduhr. „Jetzt!“ Dann schnippte sie mit ihren Fingern und Crissy war innerhalb weniger Sekunden verschwunden.

Crissy verließ beklommen das Flugzeug. Sie war froh, wieder Boden unter ihren Füßen zu spüren. Zwar war sie Flugreisen bei ihren Fällen gewohnt, doch galt diese als eine der gefährlichsten der Welt. Warum? Zum einen war der Flug durch das Hochgebirge höchst anspruchsvoll für Piloten, zum anderen war die Landebahn nur 527 Meter lang und 30 Meter breit. Hier durften nur spezielle Luftfahrzeugtypen sowie Piloten mit einer besonderen Berechtigung landen. Nach einem faszinierenden Flug landete die Maschine mit den Teilnehmern der Mount-Everest-Bergsteigertour zwar sicher, doch fürs Erste hatte Crissy genug von solch speziellen Flugtouren.

Auf dem Rollfeld wurde die zehnköpfige Gruppe bereits von ihrem Guide namens Jonny sowie einem Träger namens Honsha begrüßt. Es dauerte etwas, bis die Gruppe in einem Hostel ankam, in dem Crissy direkt mit den anderen Frauen auf ihr Zimmer ging. Das Zimmer war klein, aber gemütlich.

„Seid ihr auch so gespannt auf die Tour zum Everest?“, fragte eine dunkelhäutige Frau.

Crissy wusste nicht, was sie antworten sollte. Schließlich hatte sie keine Ahnung, was eigentlich auf sie zukam. Sie wusste nur von einem Foto aus der Akte ihres Schutzfalles, dass die dunkelhäutige Frau Bernadette hieß und ihr Fall war.

„Und wie“, erwiderte eine Frau mit Pferdeschwanz. Sie stellte ihr Gepäck in eine Ecke.

„Ich kann es kaum erwarten, bis wir die Spitze mit den 8.848 Höhenmetern erklommen haben.“

„8.848 Höhenmeter?“, schoss es kleinlaut aus Crissy heraus, wobei sie augenblicklich anhand der anderen Damen bemerkte, dass ihre Frage Blicke auf sich zog.

„Wusstest du das nicht?“, fragte Bernadette. „Was für ein Bergsteigerneuling bist du eigentlich, wenn man nicht einmal weiß, auf welche Höhenmeter sich einlässt? Das kann ganz schön riskant werden."

„Häm", erwiderte Crissy zögernd. Sie ließ sich eine Notlüge einfallen. „Ich kann es halt immer noch nicht fassen, dabei zu sein, wisst ihr. Ich habe mich schon seit Wochen mit den Höhenmetern befasst und mich mental auf das Training vorbereitet, aber irgendwie erstaunt es mich selbst einfach immer wieder aufs Neue, dass ich nun an diesem Punkt stehe und ihn endlich erreicht habe."

„Das kann ich irgendwie verstehen", lächelte eine rothaarige Dame, die gerade dabei war, ihre Kleidung zu wechseln. „Wie wäre es, wenn wir uns vorstellen? Ich bin Rita."

„Bernadette", grüßte Crissys Schützling die kleine Frauengruppe.

„Melanie. Freut mich."

„Crissy."

„Wir sind eine recht kleine Frauengruppe im Gegensatz zu den Männern. Umso leichter wird es für uns sein, uns die Namen zu merken. Darin bin ich nicht besonders gut", gab Rita zu.

„Und du bist schon länger mit dem Bergsteigen dabei, Crissy? Wo warst du denn schon?"

Bei dieser Frage kam Crissy leicht ins Schwitzen. Sie hatte zwar schon kleinere Touren gemacht, aber noch keine mit solch gewaltigen Höhenmetern. Worauf hatte sie sich nur eingelassen? Hätte sie die Akte doch im Vorfeld besser studiert und nicht vorschnell einen Fall angenommen, einfach nur, um ein paar Sterne zu sammeln.

„Ich war in den Rocky Mountains."

Bei dieser Antwort prustete Melanie laut los. „Ach, echt? Ich hätte etwas Spektakuläreres erwartet. Die Anden beispielsweise."

„Würde ich gerne nächstes Jahr machen", log Crissy. Sie kam immer mehr ins Schwitzen und hoffte, dass sie bald aus der unangenehmen Fragerunde erlöst würde.

„Wir sollten langsam zum Abendessen nach unten gehen", unterbrach Bernadette die Runde.

Die Unterbrechung kam Crissy nur allzu gelegen. Sie war Bernadette geradezu dankbar für die Ablenkung.

„Oh ja", rief Crissy. „Ich habe einen Bärenhunger. Auf nach unten."

Wenig später saß die Bergsteigergruppe um einen langen Tisch herum, die Frauen aßen zusammen und unterhielten sich über die bevorstehende Unternehmung. Crissy kam immer mehr ins Schwitzen. Eine lange Tagestour würde auf sie zukommen, einige Basecamp-Haltestopps sowie unglaubliche Sehenswürdigkeiten. Allerdings auch viele Höhenmeter. Die ganzen Erzählungen um die Tour hatte große Aufregung bei ihr losgelöst. Und am nächsten Tag sollte es schon losgehen.

Crissy nippte an ihrer Tasse Kakao und hätte diesen fast am liebsten gleich wieder ausgespuckt. Warum nur hatte sie diesen Fall angenommen, ohne sich vorher die Akte richtig durchzulesen, die sie von Martina erhalten hatte? Sie hätte sich locker vor der Annahme des Falles auf alles vorbereiten und noch rechtzeitig ablehnen können. Nun aber saß sie mitten in einem selbst herbeigeführten Schlamassel.

„Und warum machst du das Ganze?", wollte Rita von Bernadette wissen.

„Ich bin Influencerin. Ich möchte meinen Followern etwas bieten."

„Aus dem Grund bin ich auch unterwegs", lächelte Melanie. „Was hältst du davon, wenn wir unterwegs gemeinsam Aufnahmen von uns machen und uns gegenseitig supporten?"

„Oh ja. Klick mich doch gleich mal an, dann klick ich dich gleich auch an."

Crissy verfolgte die Unterhaltung bereits nicht mehr. Sie verabschiedete sich vom Rest der Gruppe und ging müde auf das Zimmer. Ihr Schlaf war jedoch sehr unruhig, da sie Albträume von der bevorstehenden Tour bekam.

Am nächsten Morgen wachte sie zerknirscht auf, doch sie versuchte, sich nichts anmerken zu lassen. Die Gruppe verabschiedete sich von der Hostelleitung, nahm ihre Ausrüstung und folgte dem Guide auf den Weg entlang des Milchflusses nach Phakding. Der Weg war auf diesem Abschnitt breit und mit groben Steinen gepflastert. An den Steilwänden der Felsen konnten hin und wieder buddhistische Klöster entdeckt werden. Des Weiteren zierten auffällige Gebetsfahnen, Manisteine sowie Gebetsmühlen aus Bronze den Pfad. Crissy staunte. So schlecht wie anfangs befürchtet war die Tour schon einmal nicht. Zwischendurch teilte die Gruppe den Weg nicht nur mit anderen Bergsteigern, sondern auch mit Leuten, die Lasttiere vorantrieben.

Nach der Ankunft in Phakding verbrachte die Gruppe die erste Nacht in einer Teahouse Lodge. Die Behausung war wenig gedämmt, weswegen sich Crissy bald unbemerkt ein zusätzliches Lammfell herbeizauberte, welches sie zusätzlich in ihren Schlafsack legte.

Nach einigen Wochen erreichte die Gruppe ohne Zwischenfälle das erste Basecamp auf 5300 Metern Höhe. Crissy bemerkte reges Treiben, als sie das Basecamp sah. Satellitentelefone klingelten permanent, es wurde in sämtlichen Weltsprachen diskutiert und die Helikopter, die ständig dem Camp Besuche abstatten und unterschiedliche Besucher wie zum Beispiel Ärzte brachten, ließen hier eine emotionale Stimmung entstehen, die für Crissy deutlich spürbar war.

Nachdem die Gruppe ihre Zelte zu dem bereits stehenden Zeltdorf hinzugestellt hatte, wuschen die Frauen dreckige Kleidungsstücke in einem See, bevor sie sich in einem Kreis um ein Lagerfeuer setzten und zusammen aßen. Crissy beobachtete die Umgebung mit einem unguten Gefühl. In den letzten drei Stunden hatte es wahnsinnig viel geschneit. Während sich die anderen freudig unterhielten, wuchs eine dunkle Ahnung in Crissy, die sie vorerst nicht mehr losließ.

Plötzlich hörte die Gruppe ein Rauschen, das das ganze Camp übertönte. Der Boden vibrierte.

„Eine Lawine!", schrie ein Arzt, der aus einem der Versorgungszelte herausgerannt kam. Von einer Sekunde zur nächsten war Panik unter den Bergwanderern ausgebrochen.

„Die wird uns alle begraben", rief Rita panisch. „Was nun?"

„Hier entlang", rief Bernadette und wollte die Gruppe geradewegs in eine Richtung führen, die in Crissy Unbehagen weckte.

„Nein!", rief Crissy gegen die Panik der Menschenmenge an. „Hier entlang. Ich habe dort hinten einen großen Felsvorsprung gesehen. Da wären wir vorerst sicher."

„Gut. Wir folgen dir."

Eilig lief eine größere Menge von Menschen hinter Crissy her, die es irgendwie mit ihrer Art geschafft hatte, alle von sich zu überzeugen. Nach einigen Minuten erreichten sie einen großen Felsvorsprung und kauerten sich darunter eng zusammen. Erschrocken beobachteten alle, wie eine große Lawinenmasse in das Tal hinunterraste und alles auf ihrem Weg unter sich begrub. Nachdem sich alles wieder gelegt hatte, verließen die Leute ihr sicheres Versteck.

„Wir können von Glück reden, dass du uns in die richtige Richtung geleitet hast, Crissy", lächelte Bernadette zufrieden. „Wenn wir meinem Weg gefolgt wären, wären wir jetzt alle tot."

„Ehrlich gesagt", gab Crissy kleinlaut zu, „habe ich allmählich etwas genug von diesem Bergabenteuer. Und ohne Ausrüstung werden wir eh nicht zum Gipfel kommen."

„Wohl wahr", bestätigte der Guide. „Ich hoffe, ihr seid nicht böse, wenn wir diese Tour abbrechen, uns Helikopter bestellen und zum Ausgangspunkt zurückfliegen lassen. Wir können die Tour gerne ein anderes Mal fortsetzen."

„Ich für meinen Teil habe auch genug von diesen Abenteuern", gab Bernadette zu. „Ich suche mir etwas anderes, was nicht so gefährlich ist, um meine Follower zu beeindrucken."

Nach der beendeten Tour meldete sich Crissy bei ihrer Chefin. Sie bekam einen Stern für den erledigten Fall, durfte sich einige Bücher aus Martinas Büro ausleihen und nahm sich für sich selbst vor, sich sorgfältiger beim nächsten Fall zu erkundigen, was auf sie zu kommen würde, bevor sie erneut in ein haarsträubendes Abenteuer verwickelt würde, welches tödlich hätte enden können.

Randinformation: Angaben zum Mount Everest sowie Guidetouren recherchiert. Figuren und Story erfunden.

Vanessa Boecking: *Autorin verschiedener Genres. „Damian, der Zauberer" Fantasy/ Märchen. „Osiris, die Supermumie" Fantasy/Manga.*

Sommerlied

Sie sagen
der Winter sei weiß
der kalte Winter

Auch dein Gesicht ist weiß
weiß, aber warm
sage ich

Dein Mund
ist kein Blutfleck
im Schnee
im kalten Schnee

Helmut Blepp, *geboren 1959 in Mannheim, selbstständiger Trainer &*
Berater (Arbeitsrecht); lebt in Lampertheim; vier Lyrikbände, zahlreiche
Veröffentlichungen in Anthologien und Zeitschriften; Mitglied Gesell-
schaft für zeitgenössische Lyrik e. V., Joachim Ringelnatz-Verein e. V.,
Gruppe 48 e. V., SternenBlick e. V., LIL – Literaturinitiative Lampert-
heim.

Die Nacht
der verlorenen Worte

In der dunklen, vom Schnee gedämpften Weihnachtsnacht fand sich der alte Briefträger Georg auf einer ihm fremden Route wieder. Die Straßen waren ungewohnt, die Hausnummern ohne erkennbare Ordnung und die Namen auf den Klingelschildern waren ihm unbekannt. Eine Verwechslung im überfüllten Verteilzentrum hatte ihn fälschlicherweise auf einen Pfad geleitet, der normalerweise einem anderen Briefträger vorbehalten war. Keine Lampe erleuchtete seinen Weg, lediglich das schwache Glimmen der vereisten Straßenlaternen, die mehr Schatten als Licht warfen.

Unter einer dieser Laternen stand eine alte Frau, die sich die dünnen Hände rieb. Ihr Atem bildete kleine Wolken, die sich im eisigen Winterwind schnell auflösten. Als Georg sich näherte, hob sie ihren müden Blick.

„Entschuldigen Sie, junger Mann, könnten Sie nachsehen, ob Sie einen Brief von meinem Sohn aus Amerika dabeihaben?" Ihre Stimme zitterte leicht, als sie voller Hoffnung ihre Hände ausstreckte.

Georg durchsuchte seine Tasche, wobei seine Finger in der eisigen Kälte zunehmend erstarrten. „Es tut mir leid, Madame, heute habe ich leider keinen Brief für Sie."

Ein resigniertes Lächeln glitt über ihr Gesicht. „Schon gut, vielleicht kommt er morgen. Vielen Dank fürs Nachschauen." Sie zog ihren abgenutzten Schal enger um sich, drehte sich langsam um und verschwand in den verschneiten Schatten der Nacht. Das leise Knirschen ihrer Stiefel verhallte im Schnee.

Plötzlich, gerade als Georg sich abwenden wollte, vernahm er hastige Schritte hinter sich. Ein keuchender junger Mann mit einem zerrissenen Umschlag in der Hand lief auf ihn zu.

„Entschuldigung, Sir!", rief der junge Mann. „Ist das vielleicht Ihrer? Ich fand diesen Umschlag ein paar Meter zurück auf dem Boden. Er könnte aus Ihrer Tasche gefallen sein."

Georg nahm den Umschlag entgegen und erkannte sofort die

Handschrift. Es war der Brief für die alte Frau, der unbemerkt aus seiner Tasche gerutscht sein musste. Ohne zu zögern drehte er sich um und rief in die Dunkelheit: „Warten Sie, Madame! Ich habe einen Brief für Sie!" Er rannte in die Richtung, in die die Frau verschwunden war, dicht gefolgt von dem jungen Mann.

Als sie um die Ecke bogen, tauchte die Gestalt der alten Frau wieder auf, schimmernd im schwachen Licht der nahen Laterne. Sie wirkte, als würde sie auf ein lang ersehntes Wunder warten, das Georg nun in Händen hielt.

„Ist dieser Brief für mich?", fragte sie ungläubig.

„Er ist mir wohl herausgefallen", erklärte Georg und übergab ihr den Umschlag.

Mit zitternden Händen öffnete sie ihn, ihre Augen suchten nach Worten, die nicht existierten. Stattdessen fand sie nur ein leeres Blatt, das im nächtlichen Wind zu flimmern schien.

„Von meinem Bruder ...", begann sie leise. Ihre Stimme erstickte vor aufkommender Traurigkeit, als sie auf das Papier starrte. „Wieder nichts, wie jedes Mal."

„Es tut mir so leid, Madame", sagte Georg.

Die Frau blickte auf und erwiderte mit einem milden Lächeln: „Es ist nicht Ihre Schuld, junger Mann. Ich danke Ihnen für Ihre Mühe." Sorgfältig faltete sie den leeren Umschlag zusammen und verstaute ihn in der Tasche ihres Mantels, als hielte sie einen kostbaren Schatz in den Händen. Dann verschwand sie langsam in der Dunkelheit, die sich wie ein Vorhang um sie herum legte.

In der durchdringenden Kälte setzte Georg seinen Weg durch die engen Gassen fort. Plötzlich drangen ferne Melodien an sein Ohr. Zunächst glaubte er, es seien die vertrauten Klänge von Weihnachtsliedern, die durch die stille Stadt schwebten. Doch mit jedem Schritt, den er dem Ursprung der Musik näher kam, nahm die Melodie einen unheimlichen, fast monotonen Ton an.

Er erreichte einen kleinen Platz, umgeben von hohen Schneewehen. Eine Gruppe von Menschen war hier im schwachen Schein einer Laterne versammelt. Sie standen im Kreis, hielten sich an den Händen und sangen mit gesenkten Köpfen. Ihre Stimmen, fernab jeder weihnachtlichen Freude und Wärme, erzeugten eine tiefe, fast mahnende Atmosphäre.

Georg trat vorsichtig näher. Die Sänger nahmen ihn nicht wahr, vertieft in ihr rätselhaftes Ritual. Die Worte, die sie wiederholten, kamen ihm bekannt vor – es waren die Zeilen eines alten Weihnachtsliedes. Doch die ständige Wiederholung ließ die Worte ihre ursprüngliche Bedeutung verlieren und in eine hypnotische Beschwörung übergehen.

Plötzlich brach die Musik abrupt ab. Die Sänger hoben die Köpfe und wandten sich Georg zu. Ihre Gesichter, vom flackernden Laternenlicht erleuchtet, nahmen einen beunruhigenden Ausdruck an. Es wirkte, als habe das Lied sie verwandelt, sie in eine ferne, entrückte Welt entführt. Ihre Augen, leuchtend und doch leer, fixierten ihn intensiv. In diesem Augenblick fühlte sich Georg fehl am Platz, fast als Eindringling in einer fremden Welt.

Einer nach dem anderen verließen sie wortlos den Platz und verschwanden in der Dunkelheit. Georg blieb allein zurück, umgeben von einer Stille, die nur vom sanften Fallen des Schnees unterbrochen wurde. Er blieb noch lange regungslos stehen, gefangen in den nachhallenden Worten des Liedes, die sich tief in sein Bewusstsein eingruben.

Plötzlich durchbrach das helle Lachen einer jungen Frau die nächtliche Stille. Aus dem Schatten trat sie hervor, die rote Mütze tief ins Gesicht gezogen, ihre Augen funkelten vor jugendlichem Übermut.

„Guter Mann, tragen Sie Briefe, die Schicksale entscheiden könnten?“, fragte sie mit einem spöttischen Unterton. Ihre Stimme hallte wie ein Rätsel durch die Nacht. Mit einem leisen Lachen zog sie einen Brief aus ihrer eigenen Jackentasche. „Vielleicht können wir gemeinsam Antworten finden. Wie Sie sehen, habe ich auch einen verlorenen Brief, doch er ist an niemanden adressiert.“ Sie reichte ihm den Brief. Als sich ihre Finger berührten, spürte Georg eine unerwartete Wärme.

„Helfen Sie mir, den rechten Empfänger zu finden, und ich helfe Ihnen, Ihren Weg zu verstehen“, schlug sie vor.

Georg nickte zustimmend.

Gemeinsam zogen sie durch verschneite Straßen, vorbei an verlassenen Marktplätzen, die einst mit Leben gefüllt waren. Jetzt lagen sie still und fast gespenstisch da. Überreste von Weihnachtsdekorationen flatterten traurig im kalten Wind. Die Freude vergangener Tage schien hier wie ein Echo verloren zu gehen, das in der Leere widerhallte.

Die junge Frau führte Georg zu einem alten, verfallenen Haus am Stadtrand. „Vielleicht finden wir hier alle Antworten", sagte sie, als sie die knarrende Tür öffnete. Überraschenderweise war das Innere des Hauses warm und einladend, erleuchtet von zahlreichen Kerzen.

In der Mitte des Raumes stand ein großer Tisch, übersät mit unzähligen Briefen und Fotos. „Willkommen im Haus der verlorenen Worte", erklärte sie. „Jeder, der Worte hat, die er nicht aussprechen konnte, bringt seinen nicht abgeschickten Brief hierher, in der Hoffnung, dass jemand anders diese Worte für ihn findet."

Georg spürte, wie sich das Rad des Schicksals weiterdrehte. Er war sich nicht sicher, ob er nur Zeuge oder selbst Teil dieses seltsamen Rituals war. Beim Verlassen des Hauses warf er einen letzten Blick zurück und sah die junge Frau, die wie eine Wächterin des Schweigens am Eingang stand. Mit einem Gefühl der Unsicherheit und einer Spur von Melancholie, die in ihm nachklang, schritt er durch die kalte Nacht zurück in die Stadt.

Die Straßen waren still, eingehüllt in dichten Nebel, der die Welt verschleierte. Als er sich seinen Weg durch die schattenhaften Gassen bahnte, reflektierte er über die Begegnungen des Abends und über die ungelösten Geheimnisse, die ihn umgaben. In diesem Moment, fast als hätte das Schicksal seine Gedanken gehört, tauchte unerwartet ein alter Freund aus seiner Kindheit auf. Michael, der seit Jahrzehnten aus Georgs Leben verschwunden war, stand plötzlich unter einer flackernden Straßenlaterne. Das schwache Licht warf einen trüben Kreis um ihn; er wirkte merkwürdig unverändert, fast als sei er direkt aus der Vergangenheit getreten.

„Georg, es ist so lange her", sagte Michael mit einem warmen, doch rätselhaften Lächeln. „Ich habe überall in der Stadt nach dir gesucht."

Georg, verwirrt und überrascht, konnte kaum glauben, seinen alten Freund vor sich zu sehen. „Michael? Wie ... warum suchst du mich?", fragte er, während sein Blick zwischen Michael und der nebligen Umgebung hin und her ging.

Michael erzählte von alten Zeiten und erwähnte einen unvollendeten Briefwechsel aus ihrer Jugend. Dann zog er einen alten, zerknitterten Brief aus seiner Jackentasche, den Georg nie abgeschickt hatte. „Vielleicht ist es an der Zeit, diesen Brief zu beenden", sagte Michael und legte ihn in Georgs zitternde Hände.

Ebenso plötzlich, wie er erschienen war, verschwand Michael wieder in den Nebel und ließ Georg mit dem Brief allein, der nun eine stumme Mahnung an unerfüllte Versprechen und verpasste Gelegenheiten war. Mit schwerem Herzen setzte Georg seinen Weg fort. Jeder Schritt schien ihn tiefer in seine eigenen Gedanken und die verschleierte Welt um ihn herum zu führen. Der Nebel verdichtete sich, als wollte er die Grenzen der Realität weiter verwischen.

Nach einer scheinbar endlosen Wanderung durch ein Labyrinth dunkler Straßen erreichte Georg plötzlich ein Haus, das seinem eigenen verblüffend ähnlichsah. Er trat näher heran und spürte eine beunruhigende Atmosphäre, die vom Haus ausging, als gehörte es nicht wirklich zu dieser Umgebung.

Als er die Schwelle erreichte, sah er durch die offenstehende Tür Menschen im Inneren; es waren fremde Gestalten, die still und hoffnungsvoll in den spärlich möblierten Räumen saßen. Ihre Gesichter waren ihm unbekannt und doch trugen sie einen Ausdruck des Wartens, als hätten sie auf ihn oder vielleicht auf jemanden gewartet, der nie erscheinen würde.

„Wo bin ich hier?", fragte er mit brüchiger Stimme.

Eine alte Frau, die in der Nähe des Fensters saß, drehte sich zu ihm. Ihre Augen schienen Georgs Seele zu ergründen. „Dies ist das Haus der Wartenden", antwortete sie mit einer Stimme, die ebenso alt wie die Zeit schien. „Ein Ort für jene, die verloren haben und auf das Wiederfinden hoffen."

Georg fühlte, wie die Worte in ihm widerhallten, ein sanfter, doch unnachgiebiger Schmerz. Er dachte an den Brief, den er nie gesendet hatte, an die unvollendeten Worte und unerfüllten Versprechen, die wie Geister in seiner Erinnerung umherschwirrten.

„Worauf warten sie?", wollte er wissen.

„Auf eine Antwort, auf eine Rückkehr, auf ein Zeichen", antwortete die Frau, während sie eine Hand auf eine alte, verblichene Fotografie legte, die vor ihr auf dem Tisch lag.

Georg sah sich um und betrachtete die anderen Gäste. Das Haus schien sie in einer Zeitschleife gefangen zu halten, in der jede Sekunde dehnbar und voller Hoffnung auf Erlösung war. In dieser Stille zog er den Brief hervor, den Michael ihm gegeben hatte. Als er ihn öffnete und zu lesen begann, verschwamm die Zeit um ihn herum. Die Worte weckten tief verdrängte Gefühle mit einer Intensität, die ihm den Atem raubte. Alte Wunden brachen auf und Georg wurde klar, dass sein Eintreffen hier kein Zufall war.

Die alte Frau beobachtete ihn. „Manchmal", sagte sie leise, „ist der Brief, den wir nie abgeschickt haben, derjenige, der uns am meisten definiert. Was werden Sie mit Ihren Worten tun, Georg?"

Georg sah auf und durch das Fenster fiel das erste Licht der Morgendämmerung herein. Es durchbrach den Nebel, der das Haus umhüllt hatte. „Ich glaube, es ist Zeit, sie loszulassen", antwortete er mehr sich selbst als ihr.

Mit ruhiger Entschlossenheit faltete Georg den Brief zusammen und schob ihn in seine Tasche. Dann trat er aus dem Haus, bereit, in die ihm bekannte Welt zurückzukehren, doch diesmal ohne die Last der ungesagten Worte. Der Nebel hatte sich gelichtet und in der klaren Morgenluft spürte er, wie sich ein Gefühl des Friedens in ihm ausbreitete. Er wusste, dass manche Geheimnisse tief im Herzen verborgen bleiben, bis wir bereit sind, sie zu enthüllen. Doch das größte Geheimnis ist manchmal das, was wir vor uns selbst verbergen.

__Matthias Liebelt__ schreibt seit seiner Kindheit Kurzgeschichten, die den Leser mit subtil-unheimlichen Elementen und feinsinniger Gesellschaftskritik in ihren Bann ziehen. Für sein Schaffen wurde Matthias bereits mehrfach mit dem Tom-Sawyer-Preis der Stadt Rees für Nachwuchsautoren ausgezeichnet. Seit dem Abschluss seines BWL-Studiums lebt und arbeitet er in der Nähe von Frankfurt.

Wintereinbruch

Einsam singt die Drossel
ihre Melodie so nah
und es klingt, als wollt' sie sagen,
alle Vögel sind nicht da.

Hüpft vor das Häuschen,
schaut auch dahinter,
will sie wohl suchen

mitten im Winter!

Andreas Rucks, *geboren 1979 in Stollberg/Erzgebirge, Erzieher im Bewegungskindergarten in Aue-Bad Schlema. 2005 erstes Buch veröffentlicht „Träume und Realität – poetische Texte". Seitdem sind zahlreiche Texte in Anthologien veröffentlicht worden. Herausgeber der Bücher: „Essen im Schulprojekt – mit vollem Bauch lernt es sich besser" (2009) sowie „Die Straßennamen der Stadt Aue – einer Stadt mit vielen Bezeichnungen" (2015). 2020 wurde „Menschen für Texte begeistern – Schreiben macht Spaß" veröffentlicht, einem Tafelwerk der Lyrik. 2023 erblickten zwei Spiele in ihrer Endfassung das Licht der Welt (Partnerstadtspiel, Sag's schnell), rechtzeitig zum „Tag der Sachsen" in Aue-Bad Schlema.*

Schachmatt

Der Winter ist schon immer seine liebste Jahreszeit gewesen. Es ist nicht der Schnee, der ihn fasziniert, oder die eisigen Winde, die um seine alte Hütte wehen und das morsche Holz zum Knarzen bringen. Es ist die Stille, die mit dem Winter daherkommt, und die Ruhe, die sie in sich trägt. Dieses Jahr ist jedoch alles anders. Die Stille, die er früher aufgesogen hatte wie ein Schwamm das Wasser, hat eine unerträgliche Schwere angenommen, die ihm mit drückendem Gewicht auf seiner Brust liegt. Sie wühlt ihn auf, sie lässt immer wieder ungefragt Erinnerungen in ihm aufblitzen: ihre blauen Augen. Der Stapel ungelesener Romane auf ihrem Nachttisch. Ihr Lächeln. Ihr süffisantes Schachmatt, wenn sie wieder eine Partie gegen ihn gewann. All das vergegenwärtigt ihm, was fehlt: seine Frau.

Seit ihre Zeit im Frühjahr diesen Jahres endgültig stehen geblieben ist, liegt Karl Nacht für Nacht wach in seinem Bett. Vor einigen Tagen hat er das Ehebett gegen das schmale Bettchen in der Waldhütte eingetauscht, in der Hoffnung, der Schlaf würde ihn dort vorfinden. Vergeblich.

Er starrt die Holzbalken über sich an, zählt die Risse und hört den leisen Herzschlag der alten Hütte. Etwas stört ihn. Da ist etwas. Etwas Fremdes. Ein Geräusch. Er setzt sich auf, horcht. Ein Flüstern. So leise, dass er es erst für den Wind und dann für das Winseln eines verwundeten Tieres hält. Das Flüstern klopft an die Fensterscheibe. Die Ungewissheit drängt Karl aus seinem warmen Bett. Die Kälte des Winters beißt sich sofort in seine Waden und kriecht ihm in die Knochen und mit ihr vielleicht auch die Angst, aber seine Neugier überwiegt. Schon immer. Ob als Kind oder nun als Greis.

Karl steht am Fenster. Seine Hand zittert leicht, als er den schweren Vorhang beiseiteschiebt. Das Fenster ist mit Eisblumen verziert. Feine, filigrane Muster ziehen sich über das Glas und verschleiern ihm den Blick nach draußen. Kurz blitzt ein Bild von Rosa vor ihm auf, wie sie mit ihrer Tasse heißer Schokolade jeden Morgen am Fenster gestanden und die Konturen des Frostes mit ihrem Zeigefinger nachgefahren hat. Selbst die kleinsten Kleinigkeiten haben ihr das größte Glück beschert. Das liebt er so sehr an ihr.

Er wischt die Erinnerung aus seinem Kopf und grob mit der Hand über die Scheibe. Die Kunst der Natur – zerstört. Durch den kleinen Durchlass erhascht er einen Blick nach draußen in den Wald, der von der Dunkelheit verschlungen wurde. Nur schemenhaft erkennt er die Umrisse der Bäume. Karl schnappt sich seinen ausrangierten Mantel, der an manchen Stellen einem Flickenteppich ähnelt, weil Rosa ihm die kleinen Löcher jeden Winter aufs Neue hatte sticken müssen. Er bindet sich ihn eng um die Taille, als wolle er sich die Angst aus seinem Körper schnüren.

Das Flüstern kratzt nun lauter, dringlicher an der Tür, als ob ihn jemand rufen möchte. Seine Hand am Türknopf zögert. Karl ist sich seines Mutes doch nicht mehr allzu sicher.

„Auf deine alten Tage noch so ein kleiner Angsthase", stellt er fest und gibt sich schließlich doch einen Ruck. Langsam öffnet er die Tür, die schwer in ihren Angeln quietscht. Eisige Luft schlägt ihm ins Gesicht und der Geruch von frischgefallenem Schnee und Fichten dringt ihm die Nase.

„Wer ist denn da?", ruft er in die Dunkelheit. Seine Stimme bricht in der kalten Nachtluft.

Keine Antwort, nur das Rauschen des Windes in den kahlen Ästen der Bäume.

„Ist hier draußen jemand?"

Plötzlich, zwischen den Baumstämmen, sieht er ihn. Schwarz gegen das weiße Meer aus Schnee. Unbewegt und doch lebendig. Ein Wolf. Groß und majestätisch. Er steht da und starrt.

„Ein Wolf? So nah an der Hütte?", fragt sich Karl, während das Zittern seinen Körper in Beschlag nimmt. Der dürre Wolf steht nur wenige Meter von ihm entfernt. Er regt sich nicht und tut Karl damit gleich. Der Atem des Tieres und der Atem des Greises lassen kleine Wölkchen aufsteigen, die in der kalten Luft verwehen.

Alles in ihm schreit, er solle langsam umkehren, sich zurück ins Haus, zurück in Sicherheit begeben. Die Tür ins Schloss fallen lassen. Sich ins Bett legen. Die Augen schließen. Träumen. Die Erinnerungsblitze in seinem Kopf lassen eine Flucht jedoch nicht zu. Er muss unweigerlich an Rosa denken. Wie sie ihn immer liebevoll

Wolf nannte, weil es ihre Lieblingstiere waren und Karl nun mal ihr Lieblingsmensch.

Der Wolf macht zaghaft erste Schritte auf Karl zu. „Gar nicht so schüchtern“, denkt sich Karl. Irgendetwas in seinen Augen fesselt Karl. Er versinkt in dessen schwarzen, großen und müden Augen. Sie hängen ihm träge im Gesicht, gezeichnet von einer unverwechselbaren Melancholie.

Der Wolf tritt langsam aus dem Schatten der Bäume, setzt seine großen Pfoten in den Schnee und bleibt direkt von ihm stehen. Von Angesicht zu Angesicht sieht Karl es jetzt – das ist kein gewöhnlicher Wolf. Sein Fell, schwarz wie die Nacht, schimmert in einem unheimlichen Licht. Und die Augen, sie kommen ihm so bekannt vor. Diese Augen ... es sind Rosas.

Karl schluckt hart. „Rosa ...“, flüstert Karl.

Der Wolf zuckt, als hätte er ihn gehört, aber er bewegt sich nicht. Karl weiß nicht, was er tun soll. Jeder Muskel in seinem Körper schreit nach Flucht, aber seine Beine bleiben wie festgefroren im Schnee. Der Wolf wirkt nicht bedrohlich, im Gegenteil. Er strahlt Vertrauen aus.

„Du hattest das alles nicht verdient“, sagt Karl. „Es tut mir leid ...“, entschuldigt er sich dem Wolf gegenüber. „Es tut mir so unfassbar ... “, fährt er fort, ehe er in seinem eigenen Schluchzen zu straucheln beginnt.

Er denkt an ihre Diagnose. Bauchspeicheldrüsenkrebs. Krankenhauszimmer. Handhalten. Gut zureden. Das Gelb in ihren blauen Augen. Enten füttern im Krankenhauspark. Aus dem Fenster starren. Appetitlosigkeit. Das ständige Erbrechen. Der Stapel ungelesener Romane auf dem Nachttisch. Hoffnung. Hospiz. Ihr Lächeln. Morphium. Ein letztes Mal Schach. Wolf. Schachmatt.

Plötzlich ist da keine Distanz mehr. Karl spürt den warmen Atem des Tieres an seiner Wange. Er schließt die Augen und vergisst, dass er dem Wolf so nah ist. Es sind ihre Augen. Er kann ihre Wärme, ihre Nähe spüren. Für einen Moment ist es, als wäre sie nie gegangen, als hätte sie ihn nie verlassen. Tränen perlen ihm hinab bis zur Oberlippe. Er hat so lange auf diesen Moment gewartet, ihn herbeigesehnt. Der Schmerz, die Einsamkeit, das endlose Warten – es ist jetzt vorbei. Rosa ist gekommen, um ihn mitzunehmen.

„Ja“, haucht er leise. „Ich bin bereit.“

Ohne einen weiteren Laut dreht sich der Wolf um und geht zurück in den Wald hinein. Karl zögert nicht und folgt dem Tier, Schritt für Schritt, tiefer in den Wald, wo die Bäume dichter und die Schatten länger werden. Der Schnee knirscht leise unter seinen Sohlen, aber die Kälte ist vorüber. Und so lässt Karl die Hütte, die Welt, die er einst gekannt hatte, zurück. Jetzt wird seine Zeit stehen bleiben. Schachmatt.

Dustin Sobek, *1999 in Langenfeld geboren und aufgewachsen, lebt heute in Krefeld und arbeitet als Erzieher in Düsseldorf. In seiner Freizeit schreibt er Kurzgeschichten und Gedichte.*

Spuren

achtlos
ziehen wir Spuren
in den nächtlichen Schnee,
umringt, durcheinander, überkreuz,
und sehen mit Staunen:
unberührt liegt vor uns der Weg.

***Andrea Tillmanns,** geboren in Grevenbroich, lebt in Ostwestfalen-Lippe und arbeitet hauptberuflich als Hochschullehrerin. Sie schreibt seit vielen Jahren Gedichte, Kurzgeschichten und Romane in den verschiedensten Genres.*

Im Schnee

Im hellblauen Schlafanzug lehnt sich der zehnjährige Emo auf das Fensterbrett. „Schnee, Mama!", ruft er. „Und so viel! Wie sie's im Fernsehen gesagt haben!"

Seine Mutter Amelie stellt das Frühstücksgeschirr zusammen, schaut zum Fenster: „Wie er glitzert in der Sonne. Wunderschön!" Sie räumt die Lebensmittel in den Kühlschrank, das Geschirr in die Spülmaschine.

Emo zupft an ihrem Arm. „Mama?"

„Ja?"

„Können wir gleich ...?"

„Ich bin schon fertig!", meldet sich lautstark Emos Zwillingsschwester Emma. In dicker blauer Steppjacke, roter Pudelmütze und blauen Schneestiefeln lehnt sie im Türrahmen.

„Ooooh!" Emos Mund steht offen.

Amelie lacht. „Dann mach dich schnell fertig, Emo! Und sag Papa Bescheid!" Sie wischt den Tisch ab.

„Ich muss leider!" Ihr Mann Elmar erscheint hinter Emma und zieht gerade einen Mantel über.

„Was heißt das?", fragt seine Frau verblüfft.

„Das Auto. Ich muss schnell zum Reifenwechsel, hatte es vergessen."

Amelie schmeißt den Lappen in die Spüle und knurrt wütend: „Ist nicht wahr, 'ne?" Sie atmet heftig aus und ein. „Wir wollten doch 'nen neuen Schlitten kaufen!"

Elmar zieht seine graue Mütze auf, schlägt den Kragen hoch. „Machen wir danach", nuschelt er. „Tut mir leid." Die Wohnungstür klappt zu.

„Puh!", pustet Amelie, greift nach Jacke und Schal und ruft: „Kommt, Kinder, wir gehen in den Schnee!"

„Ohne Schlitten?", fragt Emma leise.

Amelie streicht ihr über den Kopf. „Erst mal", sagt sie.

Hellblauer Himmel, klare Luft, leichter Wind, Sonne pur.

Emo tappt als Erster in den tiefen Schnee. Es knirscht unter den Schuhen. „Gehen wir einfach zum Spielplatz, ja?" Er guckt fragend seine Mutter an.

„Hä?" Emma schüttelt den Kopf. „Da kann man doch im Schnee nichts machen!" Sie rutscht mit einem Fuß zur Seite und greift nach Mamas Hand. Wind weht Schnee von den Bäumen. Sie streichen sich gegenseitig die Flocken von den Jacken.

„Versuchen wir's einfach!", schlägt Amelie vor.

Fast so hoch wie ihre Stiefel liegt der Schnee auf dem Spielplatz. Einige Kinder putzen ihn von den Geräten oder bewerfen sich damit. Das Ufo, die fliegende Untertasse, sieht aus wie ein riesiger weißer Pilz. Es ist ein Klettergerät aus Holz mit einer Leiter zum Aufstieg in das ovale Gehäuse mit Sitzen, ein beliebter Treffpunkt für Jugendliche.

Emma und Emo hüpfen lachend durch den hohen Schnee. Vorsichtig steigen sie nacheinander die Leiter hoch. Ihre Mutter bleibt unten stehen. Sie sieht drei Jugendliche tänzelnd auf das Ufo zugehen. Kichernd steigen sie hinauf.

„Bin gespannt, wie das ausgeht", denkt Amelie.

„Hey", sagt oben einer, „alles gut?"

„Ja, ja", hört sie Emo, „alles okay!"

Die Sonne steht über dem Ufo, scheint Amelie ins Gesicht. Sie streicht ihre Haare zurück, macht die Augen zu.

Der Schnee auf der Schneise mitten durch den Wald glänzte in der Sonne. Der lange Anton und die pummelige Anna, die Nachbarszwillinge, waren mit mir dort zum Schlittenfahren. Zehn Jahre alt waren wir. Die Schlittenbahn ging steil bergab. Von meinen letzten Besuchen wusste ich: Unten musste man die Kurve nach rechts kriegen, um nicht im Bach zu landen. Ob der richtig zugefroren war, konnten wir von oben nicht sehen. Es war spannend, ob und wie wir es schaffen.

Amelie hört Gemurmel aus dem Ufo.

„Ihr raucht wohl Canna ... oder wie das heißt?" Das ist Emo.

Jetzt riecht sie ihn auch, diesen süßlichen Duft. Lautes Lachen.

„Willst du auch mal ziehen?", fragt einer.

Die Waldschneise war gut besucht. Wir hatten nur einen Schlitten und wechselten uns ab.

„Amelie, fahr du erst mal", bat Anna, „damit ich sehe, wie du es machst!"

Schnurgeradeaus fuhr ich hinunter. Rechtzeitig hielt ich den rechten Fuß in den Schnee. Der Schlitten bog nach rechts zwischen die Bäume.

„Jetzt will ich auch", sagte Anna, nahm Anlauf und sprang auf den Schlitten. Sie schaffte die Kurve auf Anhieb und kam strahlend wieder hoch.

Anton war dran, wartete, bis Platz war auf der Strecke.

„Vergiss nicht, unten die Kurve nach rechts!", sagte ich noch und gab ihm einen Schubs.

Die Stimmen aus der fliegenden Untertasse werden lauter. Amelie blinzelt gegen die Sonne zum Einstieg. Immer wieder bewegt sich einer davor und verschwindet wieder.

„Spielen die ein Spiel?", fragt sie sich. Oder ist es Gerangel?

Anton war gut von oben zu sehen. Er schlängelte sich zwischen den anderen Schlitten durch, erreichte die Stelle, an der er abbremsen musste, um die Kurve zu kriegen. Da flitzte einer scharf an ihm vorbei. Anton zuckte zusammen – und verpasste das Bremsen. Anna hielt sich an mir fest.

Wieder Stille im Ufo.
Dann Gemurmel. Wird lauter.
„Traust du dich?", fragt einer der Jungen.
Und Emma laut: „Na klar trau ich mich!"
Oh, oh! Amelie ist alarmiert, tritt auf die erste Stufe und ruft nach oben: „Ich komme!" Kreischend fliegt über ihr ein Körper nach unten und landet im tiefen Schnee. Amelie ist starr vor Schrecken.

Auf der glitzernd-glatten Schlittenbahn liefen, fielen, rutschten wir zusammen nach unten, bremsten mit unseren Schuhen mehr und mehr ab. Anton, mit den Beinen im Wasser, hielt den Schlitten in der einen Hand, mit der anderen umklammerte er einen dürren Ast am Ufer.

Die Gestalt rollt sich herum. Es ist Emma! Sie ist aus dem Ufo gesprungen und strahlt übers ganze Gesicht. Ob ihr nicht doch etwas passiert ist? Amelie geht zu ihr.

Schnaufend zerrten Anna und ich ihn heraus.
Ich zeigte auf den Schlitten. „Setz dich drauf!", sagte ich zu ihm.
Er war kreidebleich, stöhnte leicht und zitterte.
Ich legte meine Jacke auf seine Beine. Seine Schwester Anna und ich zogen ihn quer durch den Wald nach Hause.

Amelie hört Stimmen über sich, duckt sich. Sie sieht Emo im hohen Bogen aus dem Eingang springen. Emma dreht sich schnell zur Seite. Auch er landet gut im Schnee und winkt lachend hoch zum Ufo. Oben gucken grölend die Jungen aus der Öffnung und klatschen.

Langsam fährt ein grünes Auto am Spielplatz entlang.

„Da ist Papa!" Emo läuft auf das Auto zu, Amelie und Emma kommen hinterher.

Beim Einsteigen fragt Emo: „Wintercheck, M+S-Reifen mit Kennzeichen?"

Sein Vater guckt ihn mit großen Augen an: „Mit Kennzeichen?"

„Berg mit Schneeflocken. Ist Pflicht", sagt Emo und lässt sich mit Emma auf die Rückbank fallen.

„Einmal nach Hause zum Mittagessen", bittet Amelie ihren Mann.

Das Auto rollt an.

„Können wir danach", fragt Elmar schmunzelnd, „den Wintercheck für den Schlitten im Kofferraum machen?"

„Jaaa!", jubeln die Kinder.

Amelie streichelt lächelnd seine Hand.

Beate Rola: *Pfarrerin im Ruhestand und mit Hang zum Schreiben.*

Februarsonne

Warten auf Sonne und auf dich,
dass du dich losschälst von dem Baum,
der halb gefallen nicht mehr wachsen kann.

Da schwebt er eine Handbreit überm See
und greift, als wüsste er das Flüchtige zu halten,
mit seinen schweren, windverrenkten Armen
nach Nebeln, die dem Waldufer entsteigen
und schon zergehen um eine gelblich-bleiche Scheibe,
die so wie ein Gesicht, das krank ist,
aus schmerzend weißer Betteneinsamkeit,
vor seinem eigenen Spiegelbild erschrickt,
das dort im Eis vor ihm zerbricht, im See.

Lass mich das Flüchtige in dir umarmen
und dich entzaubern, dass du dich nicht irrst.
Und lass mich jeden Anfang in dir lieben
nach diesem tiefen, tiefen Schlaf.

Edda Gutsche ist freischaffende Autorin und Publizistin und widmet sich der sogenannten kleinen Form. Ihre Gedichte, Kurzgeschichten und Märchen wurden sowohl als Einzeltitel als auch in diversen Anthologien und Literaturzeitschriften veröffentlicht. 2018 ist ihr zweiter Lyrikband „Die Heide hat lila Augen" erschienen. Edda Gutsche hat mehrere Preise gewonnen, darunter den „Opus Magnus Discovery Award" in den USA für ein englischsprachiges Romanmanuskript. Sie ist auch journalistisch tätig und hat insbesondere zu kulturhistorischen Themen diverse Artikel, Buchbeiträge und Bücher auf Deutsch und Polnisch verfasst.

Ganz unverkrampft

„Nun komm schon!"

Ungeduldig zerrt meine Freundin Karla an meinem Ärmel. Sie lacht über das ganze Gesicht, die Sonne lässt ihre Augen funkeln. Im Angesicht einer Skipiste verwandelt sich Karla von einer kleinen, etwas molligen und eher unauffälligen Frau in eine strahlende Winterschönheit. Der rote Skianzug leuchtet mit den knallblauen Skischuhen um die Wette, die bunte Bommelmütze wippt vergnügt auf ihren dunklen Haaren. Lässig springt sie aus dem Sessellift und gleitet in einem einzigen eleganten Schwung an den Rand der Piste. Auf Skiern erinnert sie mich an ein Model, das sogar auf High Heels lässig über den Laufsteg schwebt.

„Was für ein Panorama, schau nur", ruft sie mir zu.

Wie gerne würde ich einfach nur schauen. Aber wie soll ich einen Blick für diese wunderschönen Berge haben, wenn ich ständig damit beschäftigt bin, nicht hinzufallen, rückwärts zu rutschen oder über meine eigenen Skier zu stolpern? Ich mutiere in Skischuhen zu einem tollpatschigen Etwas und halte mich krampfhaft an meinen Stöcken fest. Ich rutsche zu Karla hinüber, die startbereit auf mich wartet.

„Los gehts", ruft sie und stößt sich kraftvoll ab. In gleichmäßigen Kurven fährt sie die Piste hinunter und wird immer kleiner.

Sieht kinderleicht aus.

Ich suche eine möglichst flache Stelle für den Einstieg und versuche, es ihr gleichzutun. Es ist sehr still, nur der Schnee knirscht unter den Skiern. Umso lauter höre ich die Stimme in meinem Kopf: „Hoffentlich ragt hier kein Stein aus dem Schnee." Oder: „Oh Gott, da vorne stehen Skifahrer auf der Piste, den Bogen schaffe ich nie."

Meine Beine zittern bereits jetzt vor Anspannung, mein ganzer Körper ist verkrampft. Ein Schweißtropfen läuft über mein Gesicht, das sich heiß und rot anfühlt. Ich fahre – oder besser rutsche wie ein Schneepflug die Piste hinunter. Mein T-Shirt unter der Skijacke ist nach wenigen Metern schweißnass – vor Anstrengung und vor

Angst. Was mache ich hier eigentlich? Wahrscheinlich lauert hinter der nächsten Kurve eine Eisplatte und katapultiert mich hinaus in den Wald. Ich sehe mich schon fliegen und vor einen Baumstamm knallen. Gehirnerschütterung, Schulter gebrochen, Prellungen überall. Urlaub ade. Ich stolpere weiter hinab und versuche, mich an die Anweisungen meines Skilehrers zu erinnern. Welchen Ski muss ich wann belasten? Wie war das noch mit dem Hinauslehnen? Schulter zum Berg? Schulter zum Tal? Ich werde immer schneller und kann die Skier nicht mehr kontrollieren.

„Ist der Schnee nicht großartig?", höre ich die Stimme von Karla. Sie steht am Ende einer langen Warteschlange vor der Gondel, die uns höher hinauf in das Skigebiet befördern soll. „Du musst bremsen!", ruft sie laut und alle Augenpaare richten sich auf mich. „Bremsen!", schreit sie noch einmal und reißt entsetzt die Arme hoch.

Ja, wie denn? Ich bremse doch schon die ganze Zeit und meine Beine sind weich wie Pudding, ich habe keine Kraft mehr. Ich drücke verzweifelt gegen die Innenkanten meiner Skier und werde ein wenig langsamer. Aber es reicht nicht. Ich rausche wie in Zeitlupe in die Reihe der wartenden Menschen und alle fallen um.

„Domino Day", denke ich und finde endlich Halt in einem Schneehügel. „Es tut mir leid", murmle ich benommen. Um mich herum brodelt eine Mischung aus Ärger und Schadenfreude und ich möchte in dem Schneehügel versinken. Mich eingraben, bis es dunkel wird und ich unerkannt fliehen kann. Fliehen von dieser Piste, von diesem Ort, von dieser verrückten Idee, ich könnte jemals so Skifahren wie Karla.

Sie zieht mich hoch und versucht, mein Gesicht und meine Mütze vom Schnee zu befreien. Auch die anderen Skifahrer rappeln sich aus dem Schnee, klopfen ihre Skianzüge ab, suchen ihre Stöcke. Eine Sonnenbrille zersplittert knirschend unter einem Skischuh.

„Ich hoffe, es ist niemand verletzt", flüstere ich.

Kopfschütteln. Murren. Einige lachen. Die Schlange formiert sich wieder und rückt langsam nach vorne.

„Ich brauche jetzt erst mal eine Pause, ich muss mich ausruhen", keuche ich.

Karla schnaubt durch die Nase. „Ausruhen? Wovon? Wir sind erst eine einzige Piste gefahren."

„Mir ist schwindelig und ich möchte mich hinsetzen."

„Und nie wieder aufstehen“, denke ich.

Wir diskutieren eine Weile, irgendwann gibt Karla auf. Ihre Stimme ist hart. „Okay, du bleibst auf der Hütte und ich fahre Ski. Heute Mittag komme ich zurück und wir essen zusammen. Vielleicht geht es dir dann ja besser.“ Sie dreht sich um und fährt ohne ein weiteres Wort davon, den Rücken durchgedrückt.

Ich kenne diese Haltung nur zu gut. Das wird ein dickes Brett heute Mittag. Ich hasse Streit, gebe zu schnell nach. Verdammte Harmoniesucht.

Ich verscheuche die dunklen Gedanken. Bis heute Mittag ist es noch lang und bis dahin habe ich meine Ruhe. Der nächste Liegestuhl gehört mir. Ich lege mich in die Sonne und genieße den Blick auf die Berge, die sich weiß vor dem blauen Himmel abzeichnen. Ich trinke einen Schluck von meinem Kakao, die Sahne schmilzt in meinem Mund. Mir wird warm und ich lausche schläfrig den Wortfetzen der anderen Gäste. So stelle ich mir den perfekten Winterurlaub vor.

„Na, genießt du es auch so, hier zu liegen und deinen Träumen nachzuhängen?“ Eine Männerstimme reißt mich aus meinen Gedanken. „Darf ich mich zu dir setzen?“

Widerwillig drehe mich zur Seite. Das fehlt mir jetzt auch noch, dass mich ein Typ dumm anquatscht.

„Ja, gerne“, sage ich und denke: „War das etwa meine Stimme?“ Meine Stimme spricht sofort weiter: „Bist du auch alleine hier oben?“ Ich fasse es nicht, warum rede ich so einen Blödsinn?

„Nein“, sagt er und setzt sich auf meine Sonnenliege, „ich bin mit meiner Clique hier, aber die fahren alle Ski.“

Das kommt mir bekannt vor, vielleicht ist der Typ doch nicht so blöd. „Ich würde auch gerne fahren“, sage ich, „aber auf Skiern verwandele ich mich in ein tollpatschiges Etwas.“

Bevor ich weitersprechen kann, sagt er: „Lass mich raten: Du hältst dich an deinen Stöcken fest und versuchst krampfhaft, nicht hinzufallen?“

„Ja, oder rückwärts zu rutschen oder über meine eigenen Skier zu stolpern. Und bremsen ist auch nicht mein Ding. Frag mal die Schlange am Lift.“

Wir lachen, dann schweigen wir eine Weile.

„Und du?“, frage ich.

„Na ja, ganz genau so krampfhaft wie du. Wie wäre es, wenn wir es mal zusammen versuchen? Zwei Tollpatsche wie wir könnten eine Menge Spaß haben und viel Wirbel auf der Piste machen.“

„Ganz unverkrampft“, füge ich fröhlich hinzu.

Birgit Clüsserath, *Jahrgang 1962, lebt mit ihrer Familie am Niederrhein. Neben Sport und Natur gehören Bücher sowie die Beschäftigung mit Sprache seit früher Kindheit unverzichtbar zu ihrem Leben dazu. Sie schreibt Gedichte und Kurzgeschichten, die sich mit den kleinen und großen Lebenskrisen und dem persönlichen Wachstum auseinandersetzen. Mit der Geschichte „Ganz unverkrampft“ möchte sie sich erstmals einem größeren Publikum vorstellen.*

Exodus La Bresse

November 1944.

„Stille des Schnees", flüsterte die kleine Odile, schnupperte in die weiße Pracht, führte eine Handvoll zum Mund und ließ sich das Reine und Frische der luftigen Schneeflocken auf der Zunge zergehen.

„Einsperren? Nicht mit mir!", bestimmte Madeleine, Odiles sechzehn Jahre alte Schwester. Sie trotzte der Ausgangssperre der deutschen Besatzer in La Bresse, schnappte sich eine Milchkanne und schlich sich vom Hof. „Milch holen wird doch wohl noch erlaubt sein."

Im Schnee lagen zwei Männer. „Könnte eine Falle sein", fiel Madeleine ein. Doch Neugier siegte über Vorsicht. Madeleine ging zwei, drei Schritte vorwärts. „Oh, deutsche Soldaten, die bewegen sich nicht, die sind nur wenig älter als ich, so jung, so schade, dass sie nicht mehr leben", kam ihr in den Kopf. Tränen rollten auf den Schnee.

Pfeifen, Zischen, ein ohrenbetäubender Knall. Madeleine sah, wie eine Granate an ihr vorbeisauste und auf dem Hof ihrer Eltern einschlug. Das Geschoss explodierte und riss eine gewaltige Lücke ins Dach. Über der Küche war die Abdeckung gesprengt, alle Fenster waren zersplittert.

Achtzig Jahre später wird Odile erinnert:
„Heute ist es wie damals. In der Ukraine, im Gazastreifen und im Libanon irren Geflüchtete durch das Land und wissen nicht, wohin. Bomben haben Krater in ihre Häuser geschlagen, Gebäude in Schutt und Asche gelegt, die für Tausende zum Grab geworden sind. Und das nur, weil unbelehrbare Fanatiker das so wollen, weil Diktatoren das so wollen. Die Opfer haben keine Wahl."
Odile weinte nicht. Diesmal nicht. Vielleicht hatte sie als kleines Kind geweint. Oder sie wusste damals nicht, worüber sie noch weinen sollte. Sie hatte so viel gesehen …

„Alle Brücken über die Moselotte sprengen, die Höhen der Vogesen besetzen", lautete der Befehl der deutschen Militärkommandantur. Auf den Höhen über La Bresse pflügten sich deutsche Soldaten durch den Schnee und brachten Haubitzen in Stellung. Auf den Höhen von La Bresse erwarteten sie den anrückenden Feind, die alliierten Streitkräfte.
Die Vorhut war schon da: Marokkanische Goumiers – Gebirgsjäger aus der französischen Kolonie. Die hatten im Moselotte-Tal Dorf um Dorf von den Besatzern befreit. Die deutsche Wehrmacht hatte sich zurückgezogen, um besser zuschlagen zu können. Mit Handfeuerwaffen und mit Eseln zum Transport der Munition waren die Goumiers durch Fichtenwälder geschlichen und ungesehen ins Tal abgestiegen. In Sandalen überquerten sie den eiskalten Wildbach.
In den Wäldern um La Bresse lauerten die Widerstandskämpfer den Streife laufenden deutschen Soldaten auf. Die fluchten und zitterten, schlugen zurück, wo es niemand erwartete … und plünderten nach Belieben.

„Wo ist Papa?", wollte die fünfjährige Odile wissen.
Achselzucken der Mutter.
Im Morgengrauen hatten Leute in lang geschnittenen schwarzen

Ledermänteln und in hohen, schwarzen Lederstiefeln, Agenten der SS, der deutschen Terrororganisation, gegen Haustüren gehämmert. Männer aus La Bresse wurden abgeführt. Auch Vater wurde abgeführt. Verdacht auf Widerstand? Angst der Besatzer vor Heckenschützen? Terror verbreiten, um die eigene Angst zu vertreiben? Gewehrsalven hallten in den beginnenden Tag. Im Schnee wurde Geschehenes erstickt, verscharrt – für den Moment. In der Frühlingsschmelze würde alles ans Licht kommen!

Soldaten der Wehrmacht trieben Kühe, Schafe und Ziegen aus den Ställen. Frisches Fleisch für die deutschen Besatzer. Der Hunger der anderen?

„Was geht uns das an?“, meinten die Viehdiebe.

Die entführte Herde stapfte durch die Schneedecke. Odile hörte eine Kuh schreien. „Die ist am Ende ihrer Kräfte“, dachte sie.

Mit Stockschlägen wurde die Herde bergauf getrieben, ließ sich treiben – einem Schlachtfest entgegen, dem Schlachtfest der Besatzer. Die klagende Kuh brach zusammen, rückwärts rutschte sie den Abhang hinunter.

Ein Schuss.

Stille.

Alle Männer aus La Bresse im Alter zwischen fünfzehn und fünfundsechzig mussten sich stellen. Deutsche Soldaten verfrachteten Menschen auf Lastwagen wie Vieh. Bürgermeister, Arzt und Polizeibeamte wurden Leidensgenossen. Priester blieben im Pfarrhaus.

„Typen im Chorrock sind keine richtigen Männer“, lachten die deutschen Soldaten.

Wohin die Deportation?

Zur Hinrichtung?

Zur Zwangsarbeit?

Den Kelch bis zur Neige trinken …

Vollständige Räumung war von der deutschen Militärkommandantur angeordnet. Alle verbleibenden Bewohner von La Bresse hatten den Ort zu verlassen. Ja, nun auch die Priester, für die gab es kein Kirchenasyl.

„Sollen die nur ihre übliche Rede bringen, Flüchtenden Ergebenheit in ihr Schicksal als Prüfung Gottes predigen“, spöttelten die deutschen Soldaten.

Höfe wurden in Brand gesetzt, Dynamit an Häuser gelegt. La Bresse ging unter im Höllenfeuer. Eine breite Schneise wurde durch den Ort gesprengt: kilometerweit verbrannte Erde, freies Schussfeld für die Besatzer, um den Vormarsch der alliierten Streitkräfte zu stören.

„Wir müssen weg“, rief die Mutter, „packt, was ihr greifen könnt!“
In Kleidern und Wollstrümpfen, in Gummischuhen, eingehüllt in nur einen Umhang, machten sich Mutter und die Mädchen auf den Weg. Lederschuhe oder Stiefel, Mäntel oder Jacken kannten arme Leute wie sie nicht. Madeleine schnappte sich eine Kinderkarre, setzte die kleine Schwester hinein und wickelte um sie ein Leintuch. „Damit du es nicht kalt hast“, sagte sie zu Odile.

Ein Trauerzug schob sich vorwärts: Frauen, Kinder, Greise, Menschen am Anfang und am Ende ihres Lebens. Zwanzig Kilometer Fußmarsch auf Karrenwegen von La Bresse bis ins Nachbartal. Das lag außerhalb des Kampfgebiets. Ein Bergpass in 1080 Meter Höhe war zu überwinden.

Mehrfacher Granatenbeschuss. Wussten die deutschen Soldaten nichts vom *Exodus La Bresse*? Der war doch von der Kommandantur

der Wehrmacht angeordnet worden, klagten die Flüchtenden. Die jüngeren unter ihnen duckten sich in Gräben, unterhalb des Schnees stand Wasser. Ihre Kleidung zog Nässe. Die jungen Leute warteten Feuerpausen ab und rannten, so schnell sie konnten, bergauf.

Eine Frau starb an Erschöpfung. Ihren Leichnam wickelten einige Mitleidige in ein Leintuch und zogen ihn bis zum Ziel ins Nachbartal. Eine Granate traf eine junge Frau und ihren zehn Jahre alten Neffen. Zwei entstellte Körper säumten den Weg. Flüchtende ließen Taschen mit Nahrung fallen. Zu schwer, zu nutzlos, sagten sie und liefen ins offene Messer: Eine Streife deutscher Soldaten hatte den Zug der Flüchtenden gekreuzt und ihnen Flugblätter zugeworfen. Auf den Zetteln war zu lesen, die Militärkommandantur der Wehrmacht erlaube, dass sich die Flüchtenden auf Berghöfen versorgen dürften. Allerdings waren die Höfe vorher von deutschen Soldaten geplündert worden.

Menschen drängten und schoben, schleppten sich oder wurden geschleppt. Sie hechelten und husteten, stöhnten und stolperten, Kinder weinten und waren nicht zu trösten.

Ein Rad der Kinderkarre brach. Odile schrie auf, krabbelte aus der Karre und krallte sich an Madeleine. Die Karre blieb an Ort und Stelle liegen. Madeleine nahm Odile huckepack. Es ging langsamer bergauf. Die Schwestern verloren den Anschluss an die Flüchtlingskolonne.

Vierzig Zentimeter Schnee auf dem Karrenweg, als sich die Menschmenge aufgemacht hatte. Der Schnee fiel unermüdlich weiter. Die Fußstapfen vieler verwandelten ihn zu Matsch. Darin blieb Madeleine mit einem Schuh stecken. Auf Strümpfen setzte sie den glitschigen, steinigen Weg fort.

Acht Tage brauchte es, bis die kleine Familie im Auffanglager wieder vereint war.

März 1945.

Die deutschen Soldaten mussten ihre Stellungen aufgeben, viele gerieten in Gefangenschaft. Deutsche Kriegsgefangene wurden in der Kirche von La Bresse interniert, dem einzigen Gebäude, das nicht zerstört worden war. Auf die Gefangenen wartete viel Arbeit: den Schutt von La Bresse zu räumen.

Geflüchtete aus den Auffanglagern in Frankreich und Entführte aus Straflagern in Deutschland kehrten nach La Bresse zurück.

„Papa!", rief Odile und fiel dem Vermissten um den Hals.

Schnee lag bis zum Dach des Hofes. Die Familie grub einen Tunnel durch den Schnee, um ins Haus zu gelangen. Auch in der Küche lag Schnee. Durch das offene Dach war der Himmel zu sehen.

„Stille des Schnees", erinnert sich die 85-jährige Odile, „1945 geschah ein Wunder, eine seltene Offenbarung. Die Stille des Schnees kam mit dem Frieden. Doch wir hatten Sorge: Würde wieder ein fauler Frieden folgen, von dem sich die Kriegsbeteiligten lossagen, wie nach vorherigen Friedensbemühungen? Wann würde der Unterlegene genügend Mut angesammelt haben, um Rache für seine Niederlage zu nehmen? Es ist vorbei, Franzosen und Deutsche haben sich versöhnt. Sie haben den höllischen Zyklus gegenseitiger Verachtung und Vernichtung aufgegeben. Könnte das als Beispiel für die Lösung anderer Konflikte dienen? Der Exodus La Bresse wäre nicht umsonst gewesen."

Volkmar Trepte, Jahrgang 1947, hat Psychologie studiert, lebt in der Seestadt Bremerhaven und in Thiéfosse (Vogesen, Frankreich), schreibt Gedichte und Kurzgeschichten, hat in Anthologien und literarischen Zeitschriften veröffentlicht, mag den salzigen Duft und den unerbittlichen Gegenwind am Deich an der Nordseeküste, wie auch die unzähligen unterschiedlichen Ansichten, die sich bei Bergwanderungen eröffnen.

Des Winters Lied

Der Winter singt leise
sein vom Weiß geprägtes Lied,
dessen eisige Kälte,
sich durch die Strophen zieht.
Erstarrt legt er in die
Melodie seine frostigen Noten,
lässt den Rauch tanzen
über den rauchenden Schloten.
Morgens verzaubert er
mit Raureiflichtern die Bäume,
die schon in der Nacht
verspürten frostig kalte Träume.
Strophe um Strophe
schwelgt er in der Gegenwart,
bis die Komposition
des Frühlings geht an den Start.

Sieglinde Seiler *wurde 1950 in Wolframs-Eschenbach geboren. Sie ist Dipl. Verwaltungswirt (FH) und lebt mit ihrem Ehemann in Crails-heim. Seit ihrer Jugend schreibt sie Gedichte. Später kamen Aphorismen, Märchen und Prosatexte hinzu. Ferner fotografiert sie gerne. Bislang hat sie bereits über 200 Gedichte im Internet und diversen Anthologien ver-öffentlicht.*

Honeymoon im Schnee

Wir heirateten im Januar 1982. Warum heiraten Paare im Januar? Geheiratet wird doch im Mai oder wenigstens im Sommer oder an besonderen Datumskonstellationen wie dem 9.9.1999.

Bei uns hatte die Wahl des Datums ausschließlich wohnungsbedingte Erwägungen. Bei der Unterzeichnung des Mietvertrages unserer ersten gemeinsamen Wohnung wurde uns zur Bedingung gemacht, unser *eheähnliches Verhältnis* zu legalisieren.

Nicht zum Widerspruch erzogen und mit viel zu viel Respekt gegenüber Ärzten, Ämtern und auch Vermietern haben wir die nächste Gelegenheit genutzt, um das Aufgebot zu bestellen.

Das Ganze hatte glücklicherweise auch eine romantische Seite. Wir waren schon ein paar Jahre zusammen und wollten auch für immer zusammenbleiben. Aber ohne den Druck des Vermieters hätten wir sicher mit dem *bis dass der Tod uns scheidet* noch etwas gewartet, da wir beide noch sehr jung waren. Doch warum eigentlich warten?

Mein Peter ist ein fescher Kerl. Nicht riesig, aber mit 1,73 Zentimetern genau mit mir auf Augenhöhe. Vor allem seine Augen haben es mir angetan. Die Farbe ist Blaugrau mit einem spöttischen, aber auch etwas traurigem Blick. Ein Menschenfreund, freundlich und schnell im Gespräch mit jeder und jedem.

Ich bin optisch der Typ *graue Maus*. Halblange, straßenköterblonde Haare und ein Allerweltsgesicht. Ich finde mich immer zu dick, auch in diesem Urlaub schon, obwohl ich nie wieder so wenig Gewicht auf der Waage hatte wie zu dieser Zeit. Ich bin immer fröhlich und gut gelaunt und für jeden Spaß zu haben.

Nach den Hochzeitsfeierlichkeiten bei strahlend schönem Winterwetter geht es nach Bayern in die Flittertage. Für mehr als sechs Tage reicht das Geld nicht und so ist unser Ziel das Gästehaus Zach in Grainau. Grainau ist ein Ort in Bayern zu Füßen der Zugspitze. Ein Doppelzimmer mit fließend Warm- und Kaltwasser, Toilette auf dem Flur, aber mit Balkon erwartet uns.

Schon die Fahrt in Richtung Zugspitze ist etwas ungewöhnlich. Es ist sehr kalt draußen und die Düsen der Spritzwasseranlage unseres kleinen Autos frieren ständig zu. Es ist somit fast unmöglich, die Frontscheibe einigermaßen sauber zu halten, um gut sehen zu können während der Fahrt. Wir müssen ständig Rastplätze mit Tankstelle aufsuchen, um die Scheibe vom Schmutz zu säubern.

Jeder Kilometer Richtung Süden lässt die Schneedecke anwachsen. Das Wetter ist grandios. Vor Ort gibt es eine mindestens 1,50 Meter hohe geschlossene Schneedecke. Strahlend blauer Himmel mit Sonnenschein und klare eisige Luft. Ich fühle mich wie im Wintermärchen und habe dauernd einen Ohrwurm im Ohr von dem Lied *Zwei Spuren im Schnee führn herab aus steiler Höh …*, eine Schnulze aus den 50er-Jahren von Vico Torriani.

So stelle ich mir Winterurlaub vor. Viel frische Luft und lecker essen. Mir schmeckt alles, vor allem die herrlich typisch bayrischen Schmankerln. Herzhafte Leberknödelsuppe, knuspriger Schweinebraten, deftige Knödel, aber auch süße Mehlspeisen wie Kaiserschmarrn, Germknödel – wie das alles duftet. Genau das Richtige für Leib und Seele. Neben dem leiblichen Wohl kommt auch das Konsumieren von landestypischen alkoholischen Getränken nicht zu kurz. Um uns nach einer langen Schneewanderung aufzuwärmen, besorgen wir uns eine Flasche Himbeergeist im örtlichen Sparmarkt. Mangels eines Kühlschrankes in unserer *Luxusherberge* nutzen wir eine kleine schneebedeckte Dachfläche – erreichbar vom Balkon – zur Lagerung der Spirituose. Das erste Souvenir ist ein Porzellan-Pinnchen mit der Zugspitze drauf, um die Schnäpschen auch anständig zu dosieren. Nach dem ersten Brennen in der Kehle spüre ich den Alkohol, wie er wohlig warm bis in die fast erfrorenen Zehenspitzen fließt.

Die Kälte macht uns nicht viel aus. Wir sind gut verpackt in den neu erworbenen Skianzügen. Meiner ist in hellem Grau, das ein wenig metallisch aussieht. Er besteht aus einer Latzhose und einer dicken Jacke. Der Look wird um eine rote Pudelmütze ergänzt. Das Highlight ist mein blau-weißes Arafat-Tuch. Das ist in dieser Zeit ein Must-have. Ich trage es immer und überall, ohne mir der politischen Bedeutung bewusst zu sein.

Was wir nicht haben, sind Skier oder einen Schlitten. Wir haben noch nie auf Skiern gestanden. Das tut dem Spaß aber keinen Abbruch. Es reicht einfach, sich auf den Hosenboden zu setzen und schon können wir mit dem glatten Material die tollsten Hügel herunterrutschen. Das macht riesig Freude.

Wir toben im Schnee herum wie kleine Kinder. Verliebt wie wir sind, halten wir Händchen, bewerfen uns mit Schneebällen, schubsen uns gegenseitig in den Schnee, um uns im nächsten Augenblick wieder zu küssen. Einen Schneemann, genannt Max, haben wir auch gebaut.

Unser erstes Ausflugsziel ist die Partnachklamm. Massive Felswände links und rechts, unbändig lautes rauschendes Wasser, ein schmaler Gehsteig, wo wir aufpassen müssen, dass wir an den mächtigen Eiszapfen vorbeikommen. Grandios, aber beklemmend.

Es ist ohrenbetäubend, sehr nass und sehr eng. Ich fühle mich ein wenig klaustrophobisch. Eigentlich wollen wir am Ende der Klamm noch weiter in Richtung Zugspitze wandern, aber mir ist sehr kalt und meine Beine zittern, sodass wir auf der anderen Seite der Klamm zum Ausgangspunkt zurückkehren. Wir sind beide froh, wieder einigermaßen festen Boden unter den Füßen zu haben, und freuen uns heute ganz besonders auf unser Schnäpschen.

Am nächsten Tag folgt das Kontrastprogramm. Wir fahren mit der Zahnradbahn zur Zugspitze hinauf. Wieder Kaiserwetter. Das goldene Gipfelkreuz spiegelt sich wunderbar im Sonnenschein. Die Aussicht von hier oben ist atemberaubend. Schneebedeckte Gipfel, von der Sonne beschienen, so weit das Auge reicht. Es herrscht eine exzellente Fernsicht. Das Gefühl, auf dem höchsten Berg Deutschlands zu stehen, ist majestätisch. Ich fühle mich dem Himmel, vielleicht auch dem Herrgott ganz nahe.

Es ist sehr eisig dort oben und eine Sonnenbrille ist Pflicht, um nicht schneeblind zu werden. Der Wind pfeift, schneidet im Gesicht, aber mein Mann Peter verweigert die Mütze, wie zu jeder anderen Gelegenheit auch.

Über den Rückweg von der Zugspitze herunter streiten wir uns zum ersten Mal in diesen Flitterwochen. Ich möchte gerne wieder mit der Zahnradbahn fahren, aber Peter bevorzugt die Gondel wegen der schönen Aussicht. Die finde ich auch großartig, ich bin aber nicht schwindelfrei.

Wir spielen *Schnick-Schnack-Schnuck*, wobei ich leider verliere. Also steigen wir in die Gondel. Es ist nicht so schlimm wie erwartet und die Aussicht ist tatsächlich grandios. Als Entschädigung bekomme ich abends eine wärmende Fußmassage.

Leider müssen wir schon wieder nach Hause, doch eine Überraschung steht uns noch bevor. In der Nacht schneit es so heftig, dass wir morgens erst einmal unser Auto ausbuddeln müssen. Der kleine Morgensport vor der Abfahrt macht großen Appetit auf das Frühstück. Die Rückfahrt verläuft reibungslos und dieser erste gemeinsame Winterurlaub war bestimmt nicht der letzte.

Nein, das war er nicht. Wir schreiben das Jahr 2024 und ich schaue Peter an, wie er begeistert im Katalog des Reisebüros blättert. „Was hältst du noch einmal von Bayern im Winter statt Gran Canaria?“

Ich nicke zustimmend und bin glücklich, dass unsere Ehe 42 Jahre gehalten hat, aber aus der damaligen Wohnung, ja, da sind wir schon lange ausgezogen. Wir sind glückliche Besitzer einer Eigentumswohnung und müssen uns keinem Vermieter mehr unterordnen.

__Elisabeth Behrendt__ ist 65 Jahre alt und wohnt in Remscheid, im schönen Bergischen Land. Sie hat gerade erst mit dem Schreiben begonnen und noch nichts veröffentlicht. Ihre Hobbys sind Lesen, Stricken und ihr Enkelkind.

Winterbatterie

Selbst zu schwach, um aufzustehen.
Ach, was ein Krach, ich muss gestehen:
In einem menschenleeren Raum,
hör ich eigene Gedanken kaum.

In netter Gesellschaft spekulieren,
über zukünftiges Glück –
darin scheinen sich alle zu verlieren,
doch ich sehe kein Zurück.

Kein Zurück aus einer Welt,
die im Sekundentakt sich dreht,
und da hilft kein Gebet,
Der Zeiger niemals stillsteht.

Energie scheint nicht nur ökonomisch auszugehen,
Menschen greifen zurück auf Bankdarlehen,
– können es trotz täglichem Fleiß nicht zurückzahlen
und hören schließlich auf, sich eine schöne Welt auszumalen.

Einsam lautet die Moral dieses wertlosen Gedichts:

Malt die Welt, wie sie euch gefällt –
bevor sie zerfällt, aber gedenkt,
die Nachwelt soll nicht zahlen
euer Entgelt!

Im Winterschlaf gilt es nun zu tanken Energie –
für die Lebensbatterie.

Anna Christin Stahl, *geboren 1997, Master of Education (universitär), ist eine deutsche Germanistin und Philosophin mit zertifizierten Schwerpunkten in Theaterpädagogik, Deutsch als Zweit- und Fremdsprache sowie Gender-Studies. Derzeit ist sie Doktorandin der Germanistik an der Universität Koblenz. Zudem absolviert sie das Referendariat für das Lehramt an Realschulen plus mit den Fächern Deutsch und Ethik. Stahl ist Mitherausgeberin des Erich Kästner-Jahrbuchs und hat einige Beiträge zu Kästners Werk veröffentlicht. Sie beschäftigt sich intensiv mit der literarischen Analyse und dem Werk Erich Kästners sowie seiner zeitweiligen Lebensgefährtin Herti Kirchner. Sie war Archivarin des Nachlasses Kirchners in Kiel.*

Marthas Winterfeeling

Eine Welt voller Ruhe und Frieden. Der Schaukelstuhl auf der überdachten Veranda ihres abgelegenen Bauernhofs in den Bergen schwingt vor und zurück. Gleichmäßig und gemächlich im Takt des Pendels einer alten Standuhr. Martha sitzt eingehüllt in wärmende Decken. Im Gegensatz zum Beginn des Tages hat der Schneefall aufgehört und der jetzt strahlendblaue Himmel ist wolkenfrei. Die Wintersonne steht an ihrem höchsten Punkt. Alle Bergspitzen tragen eine dicke, weiße Haube. Bäume, Wiesen und Sträucher sind von glitzerndem Schnee bedeckt, den die erwärmenden Sonnenstrahlen wie Diamanten funkeln lassen. Die Luft ist rein und klar. Hin und wieder stäubt ein leichter Windhauch kleine gefrorene Eiskristalle von den Astspitzen auf die geschlossene, unberührte Schneedecke.

Kindheitserinnerungen bahnen sich den Weg in Marthas Bewusstsein. Was für einen Spaß hatten sie und ihre vier Brüder und Schwestern einst beim Schneemannbauen. In Marthas Kopf erschallen helle, fröhliche Stimmen. Einmal rangierte ihre Mutter sogar einen alten Kochtopf aus, damit dieser als Hut für einen der eisigen Gesellen dienen konnte. Ihre Mutter – liebevoll wurden sie umsorgt, wenn sie und ihre Geschwister durchgefroren aus der Kälte kamen.

Imaginärer Duft von Bratäpfeln zieht in Marthas Nase. Auf der Zunge vermeint sie, den Geschmack von wärmendem Kakao zu verspüren. Ein Lächeln überzieht ihr Gesicht. Vaters selbst gebauter großer Schlitten! Den Fahrtwind, als sie mit wehendem Haar den Berg hinuntersausten, kann sie beinahe spüren. Der Schaukelstuhl bleibt weiter in Bewegung. Vor und zurück.

Martha seufzt tief. Die Kinderjahre gehören schon lange der Vergangenheit an. Inzwischen sind ihre Haare dünn geworden. Und grau. Wie ihre Ehe mit Bruno. Wie hat sie sich bloß derart in ihm täuschen können? Seine anfängliche Fürsorge entpuppte sich als schiere Tyrannei. Marthas Augen füllen sich mit Tränen. Gefangen in Zweisamkeit. Freunde gibt es keine. Brunos Rechthaberei hat sie alle längst vertrieben. Auch der Kontakt zu ihren Geschwistern beschränkt sich auf wenige Telefonate. Kinder gibt es keine. Und das ist gut so. Martha nickt. Mit Sicherheit hätte er für sie gesorgt, aber ein liebevolles Umsorgen – niemals. Martha blickt auf ihre knotigen Finger. Hart gearbeitet haben sie. Beide. Das muss man Bruno lassen. Müßiggang, ein Fremdwort für ihn. Ein Hoch auf ihr perfektes Versteck für die wenigen Bücher, die sie besitzt. Musik aus dem Radio kennt sie wie das Lesen nur als heimliches Vergnügen.

Marthas Schaukelstuhl geht vor und zurück. Immer vor und zurück. Diese ständigen Kämpfe, sich von ihm nicht unterkriegen zu lassen. Martha zuckt mit ihren Schultern. Inzwischen ist sie seiner Forderung nach einer folgsamen Ehefrau nachgekommen. An die auslösende Situation erinnert sie sich klar und deutlich. Bruno, der völlig aus dem Nichts wie ein Stein zu Boden kracht. Einfach so. Ohne erkennbaren Grund. Sein kompletter Körper bewegungslos bis auf den Kopf, dessen Augen sie fixieren. Seine Lippen unentwegt bemüht, Worte zu formen.

Martha nickt bekräftigend. Brunos Lage auf dem Boden war der falsche Zeitpunkt, ihn aufzuregen. Seine Worte, die in der Vergangenheit viele heftige Streitigkeiten auslösten, brausen ihr auch jetzt wie nach seinem Sturz durch den Sinn. Martha blickt sinnierend über die makellose, weiße Pracht. Ihr Versprechen, ihm eine bessere Ehefrau als bis dahin zu werden, hat sie wahr gemacht.

„Du hast zu tun, was ich dir sage!" Das waren seine früheren Worte. Und haargenau das hat sie dieses Mal auch ohne Widerrede getan.

Marthas Schaukelstuhl schwingt fortwährend vor und zurück. Seit heute Morgen hat sie hier auf Brunos Anweisungen gewartet. Seitdem die Schneeflocken begannen, ihn nach seinem Sturz draußen vor der Veranda langsam, aber unaufhörlich bis zur Unkenntlichkeit zuzudecken. Aber Bruno hat nichts gesagt.

Martha lächelt.

Winterwunderland.

Eine Welt voller Ruhe und Frieden.

Monika Konopka, *geboren 1955, lebt im Ruhrgebiet, liebt Reisen, Lesen sowie das Schreiben von Kurzgeschichten.*

Erinnerungen an Paula

So, geschafft, das Feuer im Kamin brennt, es wird kuschelig warm im Zimmer. Noch rasch einen Tee zubereiten und ab auf die Couch, lesen und der Erkältung die Stirn bieten. Auf dem Weg in die Küche, natürlich von meiner Hündin begleitet, weil man da ja etwas Leckeres bekommt, schaue ich aus dem Fenster.

„Na, Dreamy, gut, dass wir beide schon unsere Gassirunde hinter uns haben. Das Wetter wird ja immer grauslicher."

Die Kleine schaut mich an wie: „Mir doch egal, ich möchte ein Leckerli", welches sie auch bekommt.

Dann bereite ich meinen Tee. Die Kräuter dafür habe ich im Garten selbst angebaut. Tante Paula hat mir das als Kind schon beigebracht. Überhaupt weiß ich das meiste über den Garten und was man wann anpflanzt von ihr.

Mit dem herrlich duftenden Tee gehe ich, dicht gefolgt von Dreamy, ins Wohnzimmer. Hier ist es schon richtig gemütlich. Ich zünde noch eine Kerze an, nehme meine Stricksachen und kuschle mich auf die Couch. Die kleine Fellnase macht es sich auf ihrer Decke neben dem Kamin bequem. Noch ein Nieser, dann lasse ich mit den ersten Schluck Tee schmecken. Ich schaue auf das angefangene Strickwerk. Es soll eine Kuscheldecke werden. Es ist schon merkwürdig, ich habe die Farbe Grün dafür gewählt.

Grün war auch die Kuscheldecke meiner Kindheit bei Tante Paula. Wenn ich mich recht erinnere, war das ihre Lieblingsfarbe. Ich mag sie auch sehr gern, hat wohl auf mich abgefärbt so wie vieles von ihr. Ich schließe die Augen und fühle mich zurückversetzt in meine Kindheit.

Tante Paula sitzt neben mir am wärmenden großen Kachelofen in ihrem Wohnzimmer. Wir haben beide einen Tee in der Hand. Ich bin glücklich, denn heute muss ich nicht mehr nach Hause, sondern darf bei ihr schlafen. Das bedeutet für mich einen tollen Nachmittag und einen schönen Abend mit einer Gutenachtgeschichte. Zu Hause muss ich mit meinen damals sechs Jahren immer helfen. Geschirr abwaschen, Staub wischen und das schlimmste von allem – Wolle wickeln. Da kannte mein Vater kein Erbarmen. Es war ihm egal, ob meine Hände schmerzten, wenn die Knäul immer größer wurden und ich sie kaum noch halten konnte. Ich hatte das zu tun.

Den Satz: „Ohne Fleiß kein Preis", kann ich heute noch nicht gut hören. Wenn ich weinte oder sagte: „Ich kann nicht mehr", brach die Hölle in Form von lautem Anschreien und auch Schlägen über mich herein. Doch daran möchte ich nicht denken, sondern an den wundervollen Nachmittag mir meiner geliebten Tante Paula.

Also wir zwei tranken unseren Tee, dabei erzählte mit Tante Paula von ihrer Kindheit. Sie waren zu Hause neun Geschwister. Kaum vorstellbar für mich, so viele Kinder im Haus zu haben. Doch zu der damaligen Zeit war das halt so. Die Jungs mussten dem Vater auf dem Hof helfen und die Mädchen im Haushalt oder sie mussten auf die jüngeren Geschwister aufpassen. Paula erzählt mir, dass ihre Mutter streng darauf geachtet hat, dass sie alle Lesen und Schreiben lernten, was ja in der damaligen Zeit auch nicht so an der Tagesordnung war. Ihre Eltern wären auch immer sparsame Menschen gewesen, sodass sie sich dann leisten konnten, ein eigenes Haus zu bauen, da sie auf dem Hof ja nur zur Pacht waren. Das wurde dann auch mein Elternhaus.

Paula half ihrer Mutter im Garten und bei der Hausarbeit. Ihre Mutter zeigte ihr auch, wie man Handarbeiten macht – stricken, sticken und so. Nur leider hatte sie dazu überhaupt kein Talent. Sie sagte dann immer, dass sie sich freue, dass ich das schon so gut kann.

Tja, kein Wunder. Vater mit einer Strickfirma. Mir wurde das ja förmlich eingebläut. Wenn ich ihr dann erzählte, dass mein Vater mal wieder einen Ausraster hatte, erklärte sie mir, dass er viel zu tun habe und dadurch oft ungehalten sei, wenn mal etwas nicht sofort nach seiner Mütze ging.

Sie versuchte nicht, mir sein unbeherrschtes Verhalten schönzureden, nein, sie erklärte mir immer, egal was, das Warum, Wieso und Weshalb es so war oder sein konnte. Selbst wenn ich mal nicht brav war. Zum Beispiel, fragte sie, wenn ihre Katze geärgert hatte, was ich an ihrer Stelle getan hätte, wenn mich so ein kleines Mädchen am Schwanz gezogen hätte. Natürlich hätte ich es auch gekratzt. So wurde mir nach und nach von Pauline, so nannte ich sie liebevoll als Kind, die Welt erklärt.

„Du, schau mal aus dem Fenster."

Hocherfreut über das, was ich sah, rief ich, „Pauline, es schneit."

„Ja, es hat angefangen zu schneien. Nun dauert es nicht mehr lange und der Schlitten kann wieder zum Einsatz kommen."

„Ach, ich darf doch sowieso nicht mit den anderen Kindern zum Rodelberg. Du weißt doch, dass mein Vater das nicht will. Ich muss doch immer helfen. Diese blöde Wolle."

Paula, der meine feuchten Augen nicht entgangen waren, schaute mich an und sagte dann: „Ich weiß etwas, ich helfe dir beim Wollewickeln und dafür werden wir dann rodeln gehen. Das werde ich mit deinem Vater besprechen."

So war es dann auch. Es war toll. Ich durfte mit den anderen Kindern den Berg hinaufklettern und mit dem Schlitten herunterfahren, bis ich total erschöpft war und mich Pauline nach Hause brachte. Doch das war an einem anderen Tag.

An diesem durfte ich bei ihr schlafen. Wir bereiteten unser Abendbrot gemeinsam zu und genossen es mit einer Tasse Kakao. Danach kam wie jeden Abend ihre Schwester Martha, um noch eine Runde Karten zu spielen. Ich freute mich. Die beiden hatten mir das Spiel beigebracht. So fühlte ich mich in dieser kleinen Spielerunde richtig wohl. Wer die jeweilige Runde gewann, bekam fünf Pfennig aus der Spielerkasse. Das war herrlich für mich.

„Wenn ich einmal groß bin, habe ich dann richtig viel Geld."

Die beiden Tanten sahen sich dann immer an und lächelten. Heute weiß ich auch, warum.

Schwups war es Zeit für die Gutenachtgeschichte. Paula erzählte mir von einer wunderschönen weißen Katze. Einer sehr reichen, hochnäsigen, eingebildeten, die sich von anderen Katzen bedienen ließ und zu denen sie alles andere als freundlich war. Sie wohnte in einem sehr schönen Haus, trug teure Kleider und aß nur das Beste, was man sich denken konnte. Die Reste mussten in die Tonne geworfen werden. Sie gab den hungernden kleinen Kätzchen nichts ab. Dann passierte es. In der Nacht brach Feuer im Haus der Katze aus. Alle Mühe war vergebens, der Brand konnte nicht gelöscht werden. Da stand sie nun, schmutzig und rußverschmiert, ohne Haus, ohne Reichtum. Mit nichts als ihrem Leben und weinte jämmerlich.

Plötzlich zupfte eine kleine Katze, die sie vorher verjagt hatte, an den Fetzen ihres Rockes. „Hallo, meine Mutter schickt mich, weil ich keine Angst vor dir habe. Da das Haus völlig abgebrannt ist und du keine Bleibe mehr hast, kannst du bei uns im Stall wohnen, mithelfen und Mäuse fangen."

„Danke." Fortan war sie eine von ihnen.

Einmal sagte Pauline zu mir: „Leider habe ich keine Kinder, doch wenn ich es mir hätte wünschen können, dann hätte ich sehr gern eine Tochter wie dich gehabt."

Ja, wenn ich es mir hätte aussuchen können, hätte ich mir Paula als meine Ma gewählt. So einen Menschen gibt es leider nur einmal.

Mit diesem Gedanken trinke ich den letzten Schluck meines Tees und Dreamy bekommt ein Leckerli.

Olyvia Noak-Christ, Jahrgang 1957. Zusammen mit ihrem Mann und ihren drei Hunden lebt sie in einem kleinen Haus mit großem Garten in Niedersachsen. Sie liebt es, mit den Hunden spazieren zu gehen, Sport zu treiben, zu töpfern, und besonders liebt sie das Schreiben. Besonders stolz ist sie auf ihre zahlreichen Veröffentlichungen.

Eisig

Eisig lässt der Wind
den letzten Spross
erstarren

Raureif überall
und mattes Grün
verblasst

ganz tief drinnen
lauert der Keim
unter Schnee

Andreas Rucks, geboren 1979 in Stollberg/Erzgebirge, Erzieher im Bewegungskindergarten in Aue-Bad Schlema. 2005 erstes Buch veröffentlicht „Träume und Realität – poetische Texte". Seitdem sind zahlreiche Texte in Anthologien veröffentlicht worden. Herausgeber der Bücher: „Essen im Schulprojekt – mit vollem Bauch lernt es sich besser" (2009) sowie „Die Straßennamen der Stadt Aue – einer Stadt mit vielen Bezeichnungen" (2015). 2020 wurde „Menschen für Texte begeistern – Schreiben macht Spaß" veröffentlicht, einem Tafelwerk der Lyrik. 2023 erblickten zwei Spiele in ihrer Endfassung das Licht der Welt (Partnerstadtspiel, Sag's schnell), rechtzeitig zum „Tag der Sachsen" in Aue-Bad Schlema.

Stella und die Weihnachtsüberraschung

Stella holte tief Luft und atmete den Geruch von Zimt, gebrannten Mandeln und Waffeln ein. Sofort musste sie an ihre Mutter Luzia denken. „Letztes Jahr ist sie noch bei uns gewesen", dachte sie. Die Erinnerung tat Stella weh, auch wenn sie gerne an ihre Mutter dachte. Schnell nahm sie die Hand ihres Vaters und drückte sie ein wenig.

Als er seine Tochter ansah, wusste er sofort, was ihr gerade durch den Kopf ging. „Mir fehlt sie auch, Schatz", sagte er leise und drückte ebenfalls kurz ihre Hand. Betrübt betrachtete er seine Tochter, die seit dem Sommer die zweite Klasse besuchte und so tapfer war. „Möchtest du auf dem Weihnachtsmarkt bleiben oder lieber nach Hause gehen?", fragte er.

„Lieber nach Hause", antwortete sie traurig.

Er nickte und Hand in Hand gingen sie den kurzen Fußweg zur Wohnung schweigend nebeneinander her.

„Wollen wir es uns auf dem Sofa gemütlich machen? Mit Kakao und einem Weihnachtsfilm?", schlug er vor, als sie sich zu Hause ihre Jacken auszogen.

Stella nickte. Sie hatten keine fünf Minuten des Films gesehen, als sie zu weinen begann.

„Magst du mir sagen, warum du weinst?", fragte er vorsichtig, auch wenn er den Grund ahnte.

Stella schluchzte und schüttelte den Kopf.

Vorsichtig nahm er sie in den Arm.

Als sie sich nach ein paar Minuten so weit beruhigt hatte, dass sie richtig sprechen konnte, sagte sie: „Ich vermisse Mama. Mich erinnern so viele Dinge an sie – und Weihnachten besonders. Wir haben immer gebacken oder gebastelt und jetzt ist Mama einfach nicht mehr da."

Auch ihm lief eine Träne über die Wange und er drückte Stella ein bisschen fester.

In den letzten Tagen hatte er ebenfalls viel an seine Frau denken müssen. Wie sie das erste Mal mit Stella einen Schneemann gebaut oder wie liebevoll Luzia die Weihnachtsgeschenke eingepackt hatte. Unzählige kleine Erinnerungen.

Er und Luzia hatten gewusst, dass insbesondere das erste Weihnachten ohne ihre Mutter schwer für Stella werden würde. Sie hatten vor ihrem Tod oft über die Zeit danach gesprochen und wie er es Stella leichter machen konnte. Aber dass es so schwer werden würde, hatte er nicht gedacht.

„Weißt du", fuhr Stella plötzlich fort, „manche Sachen haben mir in den letzten Tagen auch Spaß gemacht. Zum Beispiel als wir in der Schule für Weihnachten gebastelt haben. Aber dann habe ich manchmal ein schlechtes Gewissen, dass ich Spaß habe, obwohl Mama nicht mehr da ist."

Er holte tief Luft, schob sie ein kleines bisschen von sich weg und sagte: „Schatz, auch wenn Mama noch leben würde, würdest du Erfahrungen ohne uns machen und Dinge erleben, die dir Spaß machen. Du musst kein schlechtes Gewissen haben. Das würde Mama nicht wollen."

Wirklich überzeugt wirkte Stella nicht, aber beruhigt. Sie kuschelten noch eine Weile miteinander und saßen still auf dem Sofa.

„Ich glaube, es ist wieder okay", sagte Stella leise.

Er lächelte seine Tochter an und nickte. „Wollen wir dann den Film weitersehen?", fragte er.

„Bekomme ich noch einen Kakao dazu?", erwiderte sie.

Er drückte auf *Play* und ging in die Küche.

Ungefähr in der Mitte des Films waren Stella die Augen zugefallen. Er hatte sich nicht überwinden können, sie zu wecken, und war bis zum Ende des Films mit ihr auf dem Sofa kuschelnd sitzen geblieben.

Als sie am nächsten Morgen zusammen frühstückten, sagte er: „Ich habe eine Überraschung für dich. Mama und ich haben etwas vorbereitet. Damals habe ich ihr versprochen, dass ich es dir zeige, wenn ich glaube, dass die Zeit besonders schwer für dich ist."

Aufgeregt riss Stella die Augen auf. „Was ist es denn?", fragte sie neugierig und plötzlich hellwach.

„Das zeige ich dir, sobald du fertig gefrühstückt hast und angezogen bist", entgegnete er.

„Fertig", erwiderte Stella sofort, sprang auf und rannte in ihr Zimmer.

Wenige Augenblicke später stand sie angezogen vor ihm.

Er lachte. „Das ging schnell. Dann geh schon mal in die Küche. Ich komme sofort."

Von einem Fuß auf den anderen tretend wartete Stella in der Küche auf ihren Vater.

Er stellte das Tablet auf die Arbeitsplatte und kurz darauf war Luzia darauf zu sehen. Stella hielt den Atem an, als ihr Vater das Video abspielte.

„Meine Süße, Papa und ich haben uns überlegt, es wäre schön, wenn wir auch dieses Jahr zusammen backen könnten und deswegen haben wir dir dieses Video aufgenommen. Du kannst mit Papa zusammen einfach alle Schritte nachmachen. Wir haben drei Rezepte aufgenommen, deine, seine und meine Lieblingsplätzchen. Startklar?", fragte Mama und strahlte in die Kamera.

Stella wusste nicht, was sie sagen sollte, bis ihr Vater sie leicht anschubste und fragte: „Hast du Lust? Dann hole ich die Zutaten."

Ob sie Lust hatte? „Und wie", dachte Stella und nickte heftig, ohne den Blick vom Tablet nehmen zu können. Auf dem Video sah ihre Mama noch nicht krank aus, ging es ihr durch den Kopf. Dabei war sie knapp drei Monate später gestorben.

Nachdem er alle Zutaten geholt hatte, drückten sie erneut auf *Play* und begannen, den Arbeitsschritten zu folgen. Zwischendrin stellte Luzia Stella Fragen und lachte dabei herzlich: „Weißt du noch, als wir versucht haben, das Lebkuchenhaus zusammenzubauen?" Oder: „Erinnerst du dich, als wir die Plätzchen zu lange im Backofen hatten und wir sie danach in Schokolade tauchen mussten, damit man das nicht so schmeckt?"

Und ob sie sich erinnerte, dachte Stella und begann zu weinen.

„Ich möchte nicht weitermachen", sagte sie und sah ihren Vater traurig an, „dadurch vermisse ich sie nur noch mehr."

„Soll ich alleine weiterbacken?", fragte er.

Wortlos ging Stella in ihr Zimmer.

Mit einem Teller frischer Plätzchen setzten sie sich an den Esszimmertisch. Jetzt roch es auch zu Hause nach Vorweihnachtszeit.

Das Tablet hatte ihr Vater auf Mamas Platz gestellt. „Möchtest du den Rest sehen?", fragte er und ließ dann das Video weiter abspielen.

„Du hast hoffentlich nicht gedacht, du könntest die Plätzchen alle alleine essen, oder?", fragte ihre Mutter lachend und zwinkerte ihr zu. „Lasst es euch schmecken! Ich bin sehr stolz auf euch und vor allen Dingen auf dich, meine Süße. Versuch Weihnachten zu genießen, mit all den schönen Erinnerungen, die du daran hast. Ich hab dich lieb!" Damit endete das Video und Stella kullerten Tränen über die Wangen.

„Ich hab dich auch lieb, Mama!", erwiderte sie leise. Dann sah sie ihren Vater an und sagte: „Es ist schön, sie zu sehen, und gleichzeitig tut es weh, weil ich sie nicht umarmen kann."

Er lächelte sie traurig an und fragte nach einem Augenblick: „Wollen wir mal probieren, ob unsere Kekse lecker geworden sind?"

Zurückhaltend nahm sie sich den ersten Keks. „Mmmhh, lecker", murmelte sie.

Als sie später zum Friedhof gingen, war Stella sehr still. Ihr Vater war trotzdem froh, dass er ihr das Video heute gezeigt hatte. Am Grab ihrer Mutter angekommen, nestelte Stella an ihrer Jackentasche herum und zog ein kleines Kekstütchen hervor. „Die habe ich dir mitgebracht, Mama", sagte sie und lehnte das Tütchen vorsichtig an den Grabstein. „Deine, Papas und meine Lieblingskekse. Frohe Weihnachten!" Sie lächelte.

***Babette Engels,** Jahrgang 1982, lebt mit ihren Hunden an der deutschen Nordseeküste. Sie liebt die Weihnachtszeit und versucht, möglichst viele Erinnerungen an liebe Wegbegleiter zu sammeln, um im Falle eines Abschieds darauf zurückgreifen zu können.*

Zehn kleine Glühweintassen

Also ehrlich, keine Witze:
Weihnachtsmärkte, die sind spitze.
Nicht die Massen, doch am Rand
steht ein kleiner Glühweinstand.
Tja, jetzt bin ich schon mal hier,
eine Tasse gönn ich mir.
Jedoch – eine ist ja keine,
deshalb ist die zweite eine.
Gut, was ist denn auch dabei:
eine noch, das sind dann drei.
Ob ich mich jetzt langsam zierte?
Nein, es folgte gleich die vierte.
Danach ging ich ganz verstohlen
schnell den fünften Becher holen
und, den Schwung des Trinkens nutzend,
folgte rasch das halbe Dutzend.
Nun, es wäre fast bei sieben
Tassen warmen Weins geblieben,
nur: Es war noch nicht mal Nacht –
also Weinchen Nummer acht.
Dann zog Kalte in die Glieder
und ich rang den neunten nieder.
So, genug, ich werde geh'n,
schnell noch Glühwein Nummer zehn.
Weihnachtsmärkte: wirklich toll,
wären sie und ich nicht voll.

Andreas Herkert-Rademacher, *geboren am 29.08.1978 in Würzburg, dort auch wohnhaft. Glücklich verheirateter Vater zweier wundervoller Töchter. Freizeitautor, Hauptberuflich im kaufmännischen Bereich aktiv.*

Erwachsensein
kann man auch später noch

Draußen stoben schon seit drei Stunden dicke Flocken vorbei. Alles war von einer zentimeterhohen Schneeschicht bedeckt. Ferdy starrte aus dem Fenster, als seine Ehefrau Lisbeth neben ihn trat. Beide beobachteten sie, wie ihr Nachbar Bodo dick eingepackt, einen Schal um den Hals gewickelt und mit einer viel zu großen Pudelmütze auf dem Kopf, in seine Garage trat und mit einer Schneeschaufel bewaffnet wieder herauskam. Ferdy seufzte, als er das Schaben der Schneeschaufel auf dem Asphalt hörte.

„Du musst auch", sagte Lisbeth.

Es war schön, in so einer Siedlung zu leben, wo jeder jeden kannte und man aufeinander aufpasste und unterstützte, aber an solchen Tagen hatte es was von Gruppenzwang. Im Sommer war es das Rasenmähen und im Winter das Schneeschippen.

„Dann mach ich mich mal auf den Weg." Er seufzte und ging in Richtung Keller, wo seine alte Jacke hing, die er zu Arbeiten im Garten und am Haus im Winter anzog. Genau wie Bodo zog auch er einen dicken Schal und Mütze an. Als Kind hatte er den Schnee geliebt. Rodeln, auf Eisflächen schliddern, Schneemänner bauen und Schneeballschlachten. Das waren Zeiten. Aber jetzt? „Noch mal Kind sein, das wär's", dachte er wehmütig und trat aus der Kellertür. Er packte sich die Schneeschaufel, die bereits für ihn an der Hauswand lehnte, und stapfte in Richtung Bürgersteig. Er betrachtete die ziemlich hohe Schneeschicht auf Autodächern, Hecken und Büschen, bevor er sich zu Bodo drehte.

„Tach, Bodo", rief er, „da ist ja wieder ordentlich was runtergekommen."

„Kannste laut sagen", schnaufte Bodo vor Anstrengung, lehnte sich auf den Stiel seiner Schaufel und richtete seine Pudelmütze, die ihm in die Augen gerutscht war. „Hatten sie aber angesagt."

„Wer glaubt denn heute noch, dass das eintritt, was der Wetterbericht sagt?", antwortete Ferdy, wurde aber durch das Aufheulen eines Motors unterbrochen. Beide Männer blickten in Richtung des Ruhestörers und entdeckten Peter von gegenüber, der sein neustes Spielzeug ausprobierte.

Er nickte ihnen zu und schrie über den Lärm des Ungetüms: „Das ist die beste Schneefräse, die aktuell auf dem Markt zu kriegen ist." Mit lautem Getöse fuhr er mit dem vollkommen überdimensionierten Monster über den Asphalt und schoss den Schnee in hohem Bogen über die Straße – genau auf Bodo und Ferdy. Erschrocken würgte Peter den Motor seiner Schneefräse ab.

„Es tut mir … Das habe ich nicht … Ich konnte ja nicht ahnen …", stammelte er und starrte seine Nachbarn an, die nun über und über mit Schnee bedeckt waren.

Ferdy befreite sich als Erster aus seiner Schockstarre und funkelte Peter böse an. „Kannst du nicht wie jeder normale Mensch eine Schneeschaufel nehmen? Nein, natürlich nicht, du mit deinem Technikwahn musst ja gleich so ein Höllengerät anschaffen", schimpfte er und begann, sich den Schnee von Gesicht und Jacke zu wischen, als Bodo neben ihm anfing zu prusten.

„Du siehst aus wie ein Schneemonster", schrie er und lachte dabei aus vollem Hals.

„Du siehst nicht besser aus", knurrte Ferdy zurück und machte ein böses Gesicht. „Woran du schuld bist", rief er und wandte sich dabei an Peter, der immer noch verlegen den Griff seiner Schneefräse umklammerte und die beiden Schneemonster ansah.

„Das wirst du büßen", zischte Ferdy hervor, nahm eine Handvoll Schnee, formte einen Schneeball und warf ihn in Richtung Peter, der ihn mitten im Gesicht traf. Verdutzt wischte Peter sich den Schnee aus den Augen, aber da traf ihn schon ein zweites Geschoss an der Schulter.

„Ja, genau", brüllte nun auch Bodo und rückte seine Pudelmütze zurecht, die ihm bei dem schwungvollen Wurf auf Peters Schulter wieder ins Gesicht gerutscht war. Peter wollte was erwidern, aber schon traf ihn der nächste Schneeball. Er flüchtete in seine Garage.

Zufrieden sah Ferdy in Richtung Bodo. „Dem haben wir's gezeigt. Dass der es auch immer so übertreiben muss. Erinnerst du dich noch, wie er diesen Kompressor …" Weiter kam er nicht. Unverhofft traf ihn ein Schneeball am Bauch. Verdutzt sah er zur anderen Straßenseite und bekam große Augen. Verschanzt hinter einem Katapult stand Peter und schoss einen weiteren Schneeball über die Straße, der diesmal Bodo die Pudelmütze vom Kopf fegte.

„Ernsthaft, ein Katapult? Das kann doch wohl nicht wahr sein“, entfuhr es Ferdy, „jetzt ist aber Schluss mit lustig.“

Verschwörerisch nickte er Bodo zu und gleichzeitig bückten sie sich, formten Schneebälle und schossen sie synchron in Richtung Peter. Inzwischen hatte dieser aber einen Berg Schneebälle geformt und schoss diese nun unablässig mit seinem Katapult über die Straße.

„Ihr seid zu langsam mit euren Händen. Mit meinem Schneeformer mach ich in der Hälfte der Zeit perfekte Kugeln“, lachte er und hielt eine komisch aussehende Plastikzange triumphierend in die Höhe.

„Aber keine besseren“, erwiderte Ferdy und feuerte erneut einen Schneeball auf die andere Straßenseite. Doch dieser landete nicht auf Peter, sondern auf Emil, der gerade mit seinem Hund spazieren ging. Verblüfft sah er zu Ferdy.

„Ups, tut mir leid, Emil. War nicht für dich gedacht, sollte Peter treffen“, rief er über das Gebell des Hundes, der sein Herrchen vehement verteidigen wollte.

Emil erwiderte nichts, nahm einen Schneeball, den Peter gerade geformt hatte, und warf ihn auf den verdutzten Ferdy. Peter lachte und der Hund bellte noch lauter.

„Na warte“, rief Ferdy und feuerte gleichzeitig mit Bodo wieder auf die andere Straßenseite. Peter und Emil feuerten zurück, während der Hund fröhlich auf und ab sprang und versuchte, die Bälle zu schnappen. Immer schneller flogen die Schneebälle völlig unkontrolliert hin und her und trafen die Kontrahenten wie auch Hauswände und Fensterscheiben.

„Was ist denn hier los? Was soll dieser Lärm?“, schrie eine erboste Stimme von rechts.

Die vier hielten inne. Vom ersten Stock ihres Hauses sah Elsbeth aus dem Fenster. „Ruhestörung ist das. Ich werde …“ Doch weiter kam sie nicht. Ein Schneeball, der sie mitten ins Gesicht traf, ließ sie verstummen.

Doch sogleich traf auch Bodo, der den Ball auf Elsbeth geworfen hatte, ein Schneeball. Es war Elsbeths Mann Willi, der seine Frau verteidigte und nun kräftig mitmischte bei der Schneeballschlacht. Von dem Lärm und Gelächter der fünf angezogen, gesellten sich weitere Nachbarn hinzu. Wild feuerten sie die Schneebälle aufeinander. Verteidigungsmauern aus Schnee wurden errichtet, hinter denen sich die Kontrahenten mitsamt ihrer Munition verschanzten. Alle schrien und lachten durcheinander. Ferdy sah interessiert einem jüngeren Herrn zu, wie er einen Schneeball in eine kleine Rundung legte, die an einem flexiblen Stab hing und mit Schwung auf die andere Straßenseite feuerte. Da sein kleiner Malteser sofort hinter dem Schneeball herhechtete, vermutete Ferdy, dass es sich hierbei eigentlich um ein Hundespielzeug handelte.

„Kennste den?", fragte Bodo und Ferdy schüttelte den Kopf.

„Ich mein, ich hab den schon mal gesehen. Der wohnt, glaub ich, in der kleinen Siedlung oberhalb des Supermarkts", meinte Bodo nachdenklich. „Und der da ..." Bodo deutete auf einen rundlichen Herrn, der einen grünen Lodenmantel und einen Hut mit Gamsbart trug. „... mit dem bin ich zur Schule gegangen. Das ist der Friedel, der wohnt über dem Versicherungsbüro drei Straßen weiter. Und der da ..." Bodo zeigte auf einen langen, schmächtigen Jungen Anfang zwanzig. „... das ist der Sohn vom Berti, dem die Tankstelle gehört. Die wohnen in dem schicken Neubau am Waldrand. Du, Ferdy", Bodos Stimme klang nervös, „ich glaub, was als kleine Schneeballschlacht unter Nachbarn angefangen hat, ist zu einem wahren Schneeballkrieg ausgeartet, an dem nun der ganze Stadtteil beteiligt ist."

Ferdy sah sich um und versuchte, die Kontrahenten zu zählen. Er schätzte die Anzahl der Schneeballkrieger auf ungefähr 50 sowie ein paar Hunde. Und alle feuerten sich Schneebälle zu. Die rechte gegen die linke Straßenseite. Lautes Rufen und Gelächter erfüllte die Straße, als plötzlich Sirengeheul zu hören war und ein flackerndes Blau wie ein Schatten über die Häuser langsam auf sie zukam.

„Polizei", schrie jemand, „schnell weg hier!"

Auf Kommando stoben die Menschen im Eiltempo auseinander. Nachbarn flüchteten in ihre Häuser, hinter Hecken und Büsche. Alle sprangen wie wild durcheinander, flogen hin, rappelten sich wieder auf und verschwanden in alle Richtungen. Bodo riss Ferdy am Arm und zog ihn schnell die Einfahrt hinunter. Keuchend kamen sie unten an und versteckten sich hinter dem kleinen Geräteschuppen neben der Garage. Vorsichtig lugten sie um die Ecke und sahen, wie ein Polizeiwagen äußerst langsam auf der rutschigen Schneedecke herankam, schlidternd hielt. Zwei Beamte stiegen aus. Von den Schneeballkriegern war niemand mehr zu sehen. Kein Laut war mehr zu hören. Anscheinend hatten es alle geschafft, vor der Polizei zu fliehen, was sie vermutlich der den Wetterverhältnissen angepassten Fahrweise des Polizisten zu verdanken hatten. Die Beamten schauten sich um, verschwanden kurz aus Ferdys und Bodos Sichtfeld und kehrten dann wieder zum Streifenwagen zurück. Der ältere Beamte bückte sich und hob etwas auf.

„Meine Mütze", zischte Bodo erschrocken.

Auch Ferdy schluckte. Jetzt waren sie geliefert.

„Oje", flüsterte Bodo ängstlich.

Doch der ältere Beamte, der zuvor äußerst interessiert in alle Richtungen geschaut hatte, schien sich nicht für das Beweismaterial zu interessieren und legte die Mütze auf der Hecke neben der Einfahrt ab.

„Scheint niemand hier zu sein. Waren wohl nur ein paar lärmende Kinder. Wenn ich mich hier so umgucke, scheint das ja eine tolle Schneeballschlacht gewesen zu sein. Ich melde es der Zentrale", sagte der jüngere Beamte hinter dem Wagen und nuschelte etwas in sein Funkgerät, was so klang wie: „Keine Anzeichen für einen Bandenkrieg mit Schusswaffen."

„Sicher nur Kinder, die mit Schneebällen geworfen haben", sagte der ältere Beamte schmunzelnd, sah grinsend in Richtung Bodo und Ferdy und zwinkerte den beiden zu, bevor diese erschrocken ihre Köpfe wieder hinter den Geräteschuppen zogen.

Kurze Zeit später hörten sie, wie der Polizeiwagen startete und wegfuhr. Ferdy und Bodo, die eben noch die Luft angehalten hatten, prusteten nun vor Lachen. Sie lachten noch, als sie oben an der Straße ankamen. Allmählich kamen auch einige andere aus ihren Verstecken. Lautes Gelächter erfüllte die Straße. Ferdy wischte sich die Lachtränen aus den Augen und sah sich um. Die freigeräumten Bürgersteige waren wieder voller Schnee. An den Fassaden der Häuser klebten immer noch die Schneeballreste. Sogar an einigen Fensterscheiben sah man die Spuren des hinabgerutschten Schnees, sodass ein Blinder hätte bemerken müssen, dass es hier eine Schneeballschlacht gegeben hatte. Und mittendrin ein Haufen gestandener Kerle, die sich noch vor ein paar Minuten wie die kleinen Kinder vor der Polizei versteckt hatten.

„Wie wäre es mit einem edlen Tröpfchen aus meinem Keller auf den Schreck?", fragte Bodo, während er seine Mütze von der Hecke nahm.

„Wunderbare Idee", antwortete Peter. „Aber zuerst muss ich noch was essen, bin von der Schlacht ganz schön ausgehungert."

„Was haltet ihr dann von Wintergrillen?", schlug Ferdy vor.

Allgemeine Zustimmung schlug ihm entgegen.

„Wunderbar, dann schau ich mal nach dem Grill und …"

Weiter kam Ferdy nicht, denn schon fiel Peter ihm ins Wort: „Nichts da, das machen wir bei mir. Dann hab ich wenigstens mal wieder einen Grund, meinen Gasgrill anzuschmeißen. Und wir holen die Heizpilze raus, damit wir uns nicht erkälten. Ach ja, und wir schmeißen die Zapfanlage an. Hoffentlich ist es nicht zu kalt dafür?"

„Peter und seine Spielzeuge", dachte Ferdy amüsiert und ließ die Schneeballschlacht noch einmal Revue passieren. So viel Spaß hatte er schon seit ewigen Zeiten nicht mehr gehabt. Er lächelte, fühlte sich so jung wie schon lange nicht mehr und beschloss, diesen kindlichen Spaß bald zu wiederholen. Selbst wenn er dann einen weiteren Schneeballkrieg anzetteln musste, denn Erwachsensein konnte man ja auch später noch.

Thordis Ziemons: Geboren wurde sie Ende der 1970er im schönen Bergischen Land, wo sie noch heute mit ihrer Familie lebt. Geschichten liebt sie seit jeher – insbesondere sie sich selbst auszudenken. Veröffentlicht wurden bereits mehrere Geschichten von ihr. Neben dem Schreiben liebt sie alles, was die Welt ein wenig bunter macht, und sieht gerne zu, wie der Schnee im Sonnenlicht glitzert und funkelt.

Raureifrose

Sieh' nur, die letzte blühende Rose,
wie schön sie mit den Raureifkristallen ist!
Überraschend hat nachts der Winter
zärtlich ihren dunkelroten Mund geküsst.
Sie stahlt jetzt im weißen Röckchen
und wartet auf Deinen bewundernden Blick.
In der Mittagssonne ist sie am Weinen
und sehnt sich nach dem Sommer zurück.

Sieglinde Seiler *wurde 1950 in Wolframs-Eschenbach geboren. Sie ist Dipl. Verwaltungswirt (FH) und lebt mit ihrem Ehemann in Crailsheim. Seit ihrer Jugend schreibt sie Gedichte. Später kamen Aphorismen, Märchen und Prosatexte hinzu. Ferner fotografiert sie gerne. Bislang hat sie bereits über 200 Gedichte im Internet und diversen Anthologien veröffentlicht.*

Safety first –
aller Anfang ist langsam

In der städtischen Eishalle war im Januar tagsüber immer viel los für Frosty, die Eislaufhilfe in Pinguinform. Schulklassen und Familien mit kleinen Kindern, manchmal auch Erwachsene, die alle Schlittschuhlaufen lernen wollten. Frosty mochte seinen Job, war aber nach vielen Stunden Starthilfe froh, wenn er sich im Schrank hinter der Bande ausruhen konnte und die Eismaschine zum Einsatz kam. Doch dienstags und donnerstags bemühte er sich stets, als Letzter in den Schrank gestellt zu werden – mit dem Schlüsselloch direkt vor seinem Schnabel. An diesen Abenden kam die Eishockeymannschaft zum Training. Die Spieler konnten alles, was Frosty nicht konnte, aber können wollte: Sie waren schnell, sie waren wendig und sie konnten rückwärts fahren.

Auch heute presste Frosty sich an die Schranktür, um durch ein kleines Guckloch möglichst viel vom Training auf dem Eis sehen zu können. Die Kufen zischten über das Eis. Schläger prallten aufeinander. Eisabrieb spritzte hoch, als einer der Spieler scharf bremste und die Richtung wechselte. In Sekundenschnelle war er auf der anderen Seite des Spielfeldes angelangt. Frosty verfolgte gebannt den rasanten Schlagabtausch, der Puck war dabei kaum zu erkennen.

Als die Spieler die Eisfläche verließen und die Eismaschine zum zweiten Mal an diesem Abend ihren Dienst aufnahm, ließ Frosty sich zurück gegen die anderen Eislaufhilfen fallen.

„Was würde ich dafür geben, einmal so Schlittschuh zu laufen wie die Eishockeyspieler!"

„Das ist nicht deine Aufgabe", wandte sein Kumpel Skipper ein, eine Eislaufhilfe in Delfinform, „wir sind für die Sicherheit der Anfänger auf dem Eis zuständig und aller Anfang ist nun mal langsam."

Frosty wusste, dass Skipper recht hatte. Trotzdem schaute er sehnsüchtig auf die glatte Eisfläche. Urplötzlich tauchte eine Schlittschuhläuferin in einem langen Kleid auf, die über das Eis schwebte und gleich darauf wieder verschwand.

„Skipper, das glaubst du jetzt nicht", rief er und beschrieb seinem Kumpel, was er gesehen hatte.

„Das wird Lidwina gewesen sein, die Schutzpatronin der Schlittschuhläufer", flüsterte Skipper, „sie warnt manchmal vor Unfällen."

„Lidwina! Was für ein Name. Und sie flitzt genauso schnell über das Eis wie die Eishockeyspieler", dachte Frosty. Warum konnte er selbst das nur nicht?

Am nächsten Nachmittag, als die kleinen und großen Schlittschuhläufer wieder in die Halle strömten und der Schrank mit den Eislaufhilfen geöffnet wurde, merkte Frosty bereits, dass etwas anders war als sonst. Er spürte ein starkes Vibrieren im Bauch, das sich wellenartig in seinem Körper ausbreitete.

„Da, ich will den Pinguin mit dem roten Schal", rief ein kleines Mädchen mit geflochtenen Zöpfen, die unter der Mütze hervorquollen, und deutete auf Frosty.

Die Mutter des Kindes schleppte Frosty auf die Eisfläche. Die Unruhe in ihm wurde stärker, sobald seine Füße das Eis berührten. Das Mädchen schnappte sich die Haltegriffe an beiden Seiten von Frostys Kopf und schob sich mit ihm vorwärts.

„Siehst du, Lotte, es ist ganz einfach", hörte Frosty die Mutter rufen, „immer ein Bein vorwärts, dann das andere."

Frosty verspürte das dringende Bedürfnis, beschleunigen zu müssen. „Ich bin schnell", dachte er. „Langsam ist langweilig."

Und ohne dass das kleine Mädchen hinter ihm etwas dazutat, zog Frosty die Geschwindigkeit an. „Ja! Ich bin schnell wie ein Eishockeyspieler!" Adrenalin schoss durch seine Plastikform.

Das Mädchen fing an zu schreien, doch Frosty nahm es gar nicht richtig wahr, so sehr war er gefangen in seinem Rausch.

Schneller, immer schneller! Noch eine Runde rückwärts!

Er merkte gar nicht, dass das Kind seine Griffe losließ.

Hier eine enge Kurve, da eine elegante Drehung. Mit einer Pirouette kam Frosty atemlos zum Stehen. Das war der Hammer gewesen!

Langsam kehrten die Geräusche und Bilder um ihn herum zurück. Frosty sah das kleine Mädchen mit den Zöpfen weinend auf dem Eis sitzen. Die Mutter hockte daneben und versuchte, es zu beruhigen. Skipper starrte ihn mit offenem Mund an. Überhaupt starrten ihn alle an. Was war denn nur los mit denen? Hatten die noch nie ein Eishockeyspiel gesehen?

„Keine Sorge, gnädige Frau", hörte er eine Stimme, die er als die des Betreibers der Eishalle identifizierte, „natürlich werden wir die defekte Eislaufhilfe unverzüglich untersuchen lassen."

Frosty fühlte sich erst angesprochen, als er unsanft an den Griffen vom Eis gezogen und letztendlich außerhalb der Eishalle neben irgendwelche Tonnen gestellt wurde. Es dämmerte ihm, dass etwas grundlegend schiefgelaufen war. Oje. Er hatte doch nur einmal schnell und wendig sein wollen. Die Worte *defekt* und *unverzüglich* hallten in seinem Kopf. Dann realisierte er, dass die Tonnen Abfalltonnen waren. Was? Würde er nie wieder Kindern Schlittschuhlaufen beibringen? Nie wieder neben Skipper im Schrank stehen und Eishockeyspieler bewundern können? Eine dicke Träne rollte seine Wange hinab.

„Frosty, Frosty!"

Erstaunt öffnete Frosty seine Augen und erblickte die Schlittschuhläuferin von gestern Abend. Wie hieß sie noch mal? Lidwina?

„Das war sehr unklug von dir vorhin", sagte sie mit einem traurigen Gesicht. „Du bist einfach losgelaufen, ohne nachzudenken. Das kleine Mädchen hätte ernsthaft verletzt werden können."

Frosty sah zu Boden. Lidwina hatte so was von recht. Auch Skipper hatte gestern etwas Ähnliches gesagt. Es war seine Aufgabe gewesen, dem kleinen Mädchen die Angst vor dem Schlittschuhlaufen zu nehmen und ihr zu helfen. Safety first. Stattdessen hatte er nur sein eigenes Vergnügen gesucht. Er hatte es gründlich verbockt und die Kleine würde wahrscheinlich nie wieder eine Eisfläche betreten.

„Wie kann ich das wieder geradebiegen?", fragte Frosty und sah auf.

„Ich kann dir helfen, aber unter einer Bedingung." Lidwina zwinkerte ihm zu.

Bedingung? Frosty schluckte. Was würde sie von ihm verlangen?

„Wir müssen Frosty beseitigen", flüsterte Lidwina verschwörerisch.

„Unmöglich!" Er schaute an seiner schwarzen Pinguinplastikform herunter.

„Wir machen etwas anderes aus dir."

Frosty schüttelte den Kopf. Nie und nimmer.

Lidwina nickte zu den Tonnen und sagte: „Also, mach's gut, kleine Eislaufhilfe. Ich weiß, dass in zwei Tagen die Tonnen abgeholt und leer gemacht werden."

„Abgeholt und leer gemacht? Und dann?“

„Dann ist Frosty auch Geschichte. So oder so.“

So oder so. Geschichte wollte er nicht sein, aber wenn er als Frosty nicht mehr Frosty sein konnte, was war dann der Unterschied? Mit einem Mal dämmerte es ihm.

„Okaaaay“, sagte er langsam und gedehnt, „aber ich darf mir die Farbe aussuchen?“

„Da, ich will den Eisbären mit der blauen Mütze!“ Das kleine Mädchen mit den geflochtenen Zöpfen war wieder da und deutete auf Frosty.

„Auf gehts, Kumpel“, flüsterte Skipper, „deine Chance!“

Oh ja, seine zweite Chance würde er nutzen. Langsam zog er mit dem Mädchen kleine Runden über das Eis. Am Anfang klammerte es sich noch fest an seine Griffe und stolperte unbeholfen hinter ihm her. Nach und nach wurde es sicherer und lockerte seinen Halt. Als das Mädchen schließlich ganz losließ und seiner Mutter strahlend in die Arme fuhr, ohne zu fallen, freute sich Frosty mindestens genauso.

„Meine Damen und Herren“, hörte er den Eishallenbetreiber über die Lautsprecher, „ich freue mich, Ihnen mitteilen zu können, dass ab nächster Woche Montag ein Eishockeykinderteam hier trainieren wird. Mit Unterstützung unserer Eisbäreislaufhilfe werden die Kinder lernen, schnell und wendig zu sein, rückwärts zu fahren und natürlich Tore zu schießen!“

Was? Mit ihm? Ungläubig sah Frosty sich um. Lidwina schwebte weiter hinten über dem Eis und zwinkerte ihm zu.

Mirja Seim, geboren 1981 in Bremerhaven, ist Fremdsprachenkorrespondentin und lebt mit Mann und Sohn in Friesland. Mehrere ihrer Kurzgeschichten wurden in Anthologien veröffentlicht.

Flieg, Flöckchen, flieg!

Oh du süßer Schneekristall,
luftig leicht vom Himmel oben,
scheinst zu ein, ja, überall,
fliegen willst du gar und toben.

Tanzen willst du mit dem Wind,
schwebst in sichrer Höh,
gleitest durch den Raum geschwind
und landest weich im Schnee.

Andreas Rucks, geboren 1979 in Stollberg/Erzgebirge, Erzieher im Bewegungskindergarten in Aue-Bad Schlema. 2005 erstes Buch veröffentlicht „Träume und Realität – poetische Texte". Seitdem sind zahlreiche Texte in Anthologien veröffentlicht worden. Herausgeber der Bücher: „Essen im Schulprojekt – mit vollem Bauch lernt es sich besser" (2009) sowie „Die Straßennamen der Stadt Aue – einer Stadt mit vielen Bezeichnungen" (2015). 2020 wurde „Menschen für Texte begeistern – Schreiben macht Spaß" veröffentlicht, einem Tafelwerk der Lyrik. 2023 erblickten zwei Spiele in ihrer Endfassung das Licht der Welt (Partnerstadtspiel, Sag's schnell), rechtzeitig zum „Tag der Sachsen" in Aue-Bad Schlema.

Winterfreuden

Alles ist leiser als sonst, alle Geräusche sind gedämpft, nur das regelmäßige Hin und Her des Besens auf dem Pflaster dringt zu mir herein. Schlagartig bin ich wach und weiß: Es hat geschneit! Ein Glücksgefühl breitet sich in mir aus, es kribbelt bis hinab in meine Füße. Mit einem Satz springe ich aus dem Bett und laufe ans Fenster. Unsere Straße ist mit einer glitzernd hellen Decke überzogen. Die Autos tragen weiße Hauben und vor den Gärten türmen sich erste Schneehaufen. Dicke, weiche Flocken wirbeln durch die Luft.

„Es schneit, es schneit", rufe ich aufgeregt und renne in die Küche, wo meine Mutter schon den Herd mit Briketts angeheizt hat. Wohlige Wärme erfüllt den Raum. Ich kann es kaum erwarten, in die verzauberte Puderzuckerwelt hinauszulaufen.

Nach der Schule flitze ich gleich in den Keller und hole meinen Schlitten aus dem Sommerschlaf. Ich fette seine eisernen Kufen mit Speckschwarte, damit sie leicht durch den Schnee gleiten und mich noch schneller den Hügel hinuntertragen. Und dann geht es auf die Piste. Alle Kinder aus der Nachbarschaft tummeln sich auf dem Rodelberg. Mit roten Nasen und klammen Fingern werden wir nicht müde, wieder und wieder unsere Schlitten die Anhöhe hinaufzuziehen, um mit übermütigem Gejohle den Hang hinabzurasen. Ich nehme Anlauf und werfe mich bäuchlings auf meinen Schlitten, stoße mich mit den Händen ab und sause rasant den Hügel abwärts. Einige Jungen haben es auf uns Mädchen abgesehen und rempeln uns auf der Schussfahrt an, um unsere Schlitten zum Umkippen zu bringen. Manchmal haben sie Erfolg, und wir plumpsen juchzend in den Schnee. Wenn nur noch das Weiß der Schneedecke den Weg erhellt, mache ich mich müde und glücklich auf den Heimweg. In der bullig warmen Stube wartet schon meine Mutter mit einer heißen Tasse Kakao auf mich.

Sowie der Wallgraben zugefroren ist – und das war er damals jeden Winter – gibt es kein Halten mehr. Ich schlüpfe in meine dicke Winterjacke, mummele mich in meinen Schal, ziehe mir Omas selbst gestrickte Mütze über die Ohren, die so heimelig nach Schaf riecht, streife mir die Fäustlinge über und werfe mir meine Schlittschuhe lässig über die Schulter. Ich bin so stolz auf meine weißen Stiefeletten mit den blitzenden Kufen. Mit ihnen fühle ich mich wie eine der Eisprinzessinnen aus dem Fernsehen, die anmutige Pirouetten drehen und gekonnte Sprünge wagen. Meine ersten Schlittschuhe waren Holländer, Kufen, die mit einem Band an den Schuhen festgemacht werden mussten. Was für ein Akt, mit eiskalten Fingern die mit feinem Schnee überzogenen, halb gefrorenen Bänder von den Schuhen zu lösen!

Die ersten Schritte auf dem Eis sind immer etwas unsicher, doch schon nach kurzer Zeit geht es wie von selbst und ich gleite mit ausholenden Bewegungen schneller, immer schneller über die spiegelglatte Fläche. Weiche geschickt den anderen Kindern aus, die auf dem zugefrorenen See ihre Bahnen ziehen oder glitschend über das Eis laufen. Der Wind zerrt an meinen Haaren, ich spüre vor Kälte kaum noch Hände und Füße, aber nichts kann mich aufhalten. Ich jage mit rot glühenden Wangen und eiskalter Nasenspitze selig über das Eis, bis die Sonne untergeht und ich die Baumwurzeln nicht mehr erkenne, die an manchen Stellen aus dem Eis ragen. Ich kann es kaum erwarten, morgen wieder meine Runden zu drehen. Bullerbü-Idylle meiner Kindheit.

Jahre später, in der geteilten Stadt, das Kontrastprogramm. Die Winter im Berlin der 70er-Jahre: grau, öde, einsam. Grau ist der Himmel über Berlin, rußig der Atem der Stadt von den vielen Kohleöfen im Ostteil und im Westen die Luft kennt keine Grenzen. Die feinen Kohlepartikel färben den Schnee – oder was von ihm noch übrig ist – fast schwarz. Die Autos, die sich Stoßstange an Stoßstange durch die breiten Straßen quälen, haben die weiße Pracht längst in schmutzige Matschpfützen verwandelt.

Das Schlittschuhlaufen ist meine Leidenschaft geblieben. Wenn bei frostigem Wetter die Wiesen im Blockland geflutet wurden, zog es mich aufs Eis. Ob krank, mit Fieber oder ohne, ich schnappte mir meine Schlittschuhe und glitt über die weiten Wiesen. Bei *Gartelmann*, im Sommer ein beliebtes Ausflugslokal am Deich, gab es Glühwein zum Aufwärmen, und so gestärkt ging es wieder aufs Eis.

Die klare Luft, die Kälte, die Weite der Natur: Freiheit pur. Als meine Mutter starb, es war im Februar und die Wiesen waren zugefroren, lief ich mir hier den Kummer von der Seele.

In der Kindheit meiner Tochter gab es auch noch schneereiche Winter und zugefrorene Seen. Jetzt rodelten wir zu zweit die Hänge im Bürgerpark hinab. In einem Jahr waren die Kleine Weser und der Werdersee so tief gefroren, dass dort Buden mit Bratwurst und Glühwein wie auf dem Rummel aufgebaut waren. Wir liefen auf Schlittschuhen kilometerweit über das Eis an den vor vielen kleinen Lichtern funkelnden Ständen entlang, begleitet von dem betörenden Duft nach Schmalzkuchen und gebrannten Mandeln.

Mein Vater hat Geschichten von anderen Wintern im Krieg erzählt, die ich nicht hören wollte. Von unvorstellbarer Kälte, von erfrorenen Gliedmaßen und amputierten Zehen. All das erschien mir furchtbar weit weg, aus einer fernen Zeit, und hatte nichts mit mir zu tun. Ich denke oft daran, wenn ich die Bilder aus den Wintern des Krieges unserer Tage sehe, der gar nicht so weit weg ist.

Schneetage sind etwas Besonderes geworden. Der Klimawandel hat uns voll im Griff. Die Schlitten der Kinder müssen oft lange warten, bis sie zum Einsatz kommen. Umso größer ist die Freude, wenn es endlich so weit ist und die Straßen und Parks von der weißen Pracht bedeckt sind wie in den Winter-Bilderbüchern.
Meine kindliche Begeisterung über den ersten Schnee ist geblieben. Ich nehme meinen Hund und wir spazieren durch die friedlich weiße Welt, vorbei an großen und kleinen Schneemännern, die überall aus den schneebedeckten Wiesen wachsen. Mit der Zunge fange ich die sanft zur Erde sinkenden Flocken und freue mich über die Spuren, die wir im frisch gefallenen Schnee hinterlassen. Der Hund tobt durch die weiße Landschaft, macht Bocksprünge und schiebt das nasse Zeug mit seiner Schnauze vor sich her. Übermütig wirft er sich immer wieder auf den Rücken und wälzt sich, bis er über und über mit Schnee bedeckt ist.
Sobald die ersten frostigen Tage kommen, erfasst mich eine altbekannte Unruhe. Voller Vorfreude packe ich meine Schlittschuhe ein. Die Seen der Stadt sind meist nur von einer malerischen, dünnen

Eisschicht bedeckt und so drehe ich meine Runden auf künstlich angelegtem Parcours und denke wehmütig an die weiten Eisflächen meiner Jugend.

Daheim mache ich es mir mit einem heißen Kakao auf dem Sofa gemütlich. Während ich den durch die Luft wirbelnden Schneeflocken zuschaue, wie sie die Pflanzen auf meinem Balkon allmählich unter ihrer bleichen Last verschwinden lassen, sehe ich im Fernsehen Bilder von Menschen, die kein Zuhause mehr haben und notdürftig in Zelten der Kälte trotzen müssen. Winterleid statt Winterwonderland. Helfer vor Ort versuchen, die größte Not zu lindern.

Ich denke, der Winter sollte allen Menschen Freude bringen und tue, was ich von hier aus tun kann: Ich spende gern für etwas mehr Wärme und einen Hoffnungsschimmer in dunkler Winterzeit.

Ulla Tesch *ist 1955 in Bremen geboren und hat Deutsch, Darstellendes Spiel und Geschichte an einer Oberstufe in Bremerhaven unterrichtet. Davor war sie mehrere Jahre als Texterin tätig und hat Denkmalführer zu Bremer Sehenswürdigkeiten sowie ein Buch über Knoops Park in Bremen-Nord verfasst. Heute lebt und schreibt sie in Wien. Neben frühen Gedichtveröffentlichungen sind einige ihrer Prosatexte in verschiedenen Anthologien erschienen.*

Gefangen im Wintertraum

Jene Wände schirmen die Außenwelt ab, doch durch sie gleite ich in die Tiefen meiner Träume. Alles erscheint mir fern und zugleich vertraut, als ob ich immer schon hier gewesen wäre. Im Stillstand spüre ich eine seltsame Geschwindigkeit. Zeit und Raum sind in diesem kleinen Zimmer aufgehoben. Wer wird mich kneifen und zurück ins Hier und Jetzt holen? Manchmal streife ich gegen die unsichtbaren Gitter, die mich am Entspringen hindern. Ich bin im Käfig meiner eigenen Gedanken, die mich so oft in ihren Bann ziehen. Mir ist schwindelig, doch ich falle nicht – ich liege ja.

Der Schlaf hat mich fest im Griff – hinter meinen geschlossenen Augen ist mir, als wäre ich auf einer Umlaufbahn gefangen, die mich nie mehr loslassen wird. Ein unaufhörliches Kreisen erfüllt mich. Wird mein Erwachen das Szenario endgültig beenden? Ich kann meinen Träumen vorerst nicht entkommen, meiner Matratze nicht entrinnen. Gegen meinen Willen verharre ich in der lähmenden Pose meiner Ruhe. Gedanklich schreite ich voran, doch meine Beine antworten nicht. Sind sie tatsächlich taub? Die Wüste an Fragen erstreckt sich vor mir, ohne Kompass wandele ich in Uferlosigkeit.

Wie lange mag es her sein, dass ich das Kruzifix an der Wand erblickt habe? Solche Themen beschäftigen mich. Erinnerungen aus einer vergangenen Zeit finden ihren Weg zu mir. Ich liege hier, ich denke – und weil ich liege und denke, existiere ich wahrscheinlich noch. Vielleicht habe ich seit meiner Geburt nichts anderes getan, als hier zu liegen, zu träumen und hin und wieder zu denken. Wenn ich meine Augen öffnen könnte, ähnelte meine Sicht dann der eines Neugeborenen? Müsste ich mich mühsam zurück ins Leben quälen?

Meine körperliche Empfindungsfähigkeit ist wie weggeblasen. Bin ich mit der Matratze verwoben oder friste ich ein Dasein als Teil des Lattenrosts? Was ist Traum, was Wirklichkeit? Ist der Traum die wahre Wirklichkeit? Die Facetten, die in mir aufblitzen, sind wie die Farben eines Aquarells, die sanft ineinander verlaufen und zu einer Einheit verschmelzen, bis die Ursprungsfarben kaum zu unterscheiden sind. Fließen diese Farben aus mir heraus, wie aus einem Fass ohne Boden? Wird mein Inneres hinausgeschwemmt oder ist es Blut? Ich schmecke kein Blut, ich schmecke nichts. Bedeutet das, dass ich bereits verblutet bin?

Plötzlich spüre ich einen ziehenden Druck an mir. Ist es eine Hand, die mich berührt und aus meinem Endlosschlaf herausreißt? Als ich meine Augen öffne, ist niemand im Raum. Ein verstaubtes Buch auf meinem Nachttisch ist die einzige Botschaft. Neugierig greife ich danach, blättere hin und her, bis ich eine aufgedruckte Stimme zu hören glaube: „Zieh dich an mir hoch, wenn du kannst!"

Der Galgen über meinem Bett scheint mich zu verhöhnen. Ich richte mich auf und kann kaum fassen, was ich sehe: Das Buch wurde im Jahr 2027 gedruckt. Der Galgen, der zu mir spricht, und das Buch aus einer Zukunft, die ich nicht kenne – beides hinterlässt die schneidende Ahnung, dass die Zeit selbst mir eine Falle gestellt hat.

Jetzt wird mir klar, dass ich nicht länger verweilen kann. Ich bin bereit, die Träume abzuschütteln und meinen Weg in die Gegenwart zurückzufinden. Mit jedem Atemzug spüre ich die Entschlossenheit wachsen, für meine Leibhaftigkeit einzutreten. Ich habe meine Wahl getroffen, werde aufstehen und die Schatten vertreiben.

Der Winter draußen ist rau, doch Kälte kann mich nicht aufhalten. In dem Moment, als ich das Buch schließe, meine ich, ich stünde im Freien und Minusgrade nagten an mir.

Oliver Fahn, geboren am 21. März 1980 in Pfaffenhofen an der Ilm, Oberbayern, ist ein vielseitiger Autor. Seine Werke sind unter anderem bei DUM, Radieschen, eXperimenta und etcetera erschienen. Zudem wurden seine Texte von der Stadt St. Pölten und der Friedrich-Naumann-Stiftung veröffentlicht. Gemeinsam mit der Schriftstellerin Polina Jäger nimmt er regelmäßig an Wettbewerben teil.

Das schönste Geschenk

André wollte auch an diesem Weihnachtsfest wieder ordentlich abstauben. „Doch, ich will die neue Spielekonsole haben!"

„Die ist viel zu teuer! So viel Geld für so einen Mist", sagte die Mutter.

„Ich zahle mein Erspartes dazu, okay?", schlug André vor.

„Du spielst sowieso nur Ballerspiele", mischte sich seine Schwester Tina ein.

„Halt dich daraus, du dumme Kuh! Das geht dich nichts an, außerdem spielst du mit acht Jahren noch mit Puppen. Ach ja, und den Weihnachtsmann gibt es gar nicht. Unsere Eltern haben dich angelogen!"

„Stimmt das? Ich habe mir doch ein Puppenhaus gewünscht", wandte sich Tina traurig an ihre Mutter.

Die Mutter verließ schweigend den Raum. Sie ging in die Küche und rief Andrés Großmutter an, um ihr von dem Streitgespräch zu berichten. Wenn der Vater von der Arbeit kam, würde sie ihm auch erst mal erzählen, wie André mit seiner kleinen Schwester umging.

Die Großmutter lud André auf selbst gebackene Plätzchen zu sich ein. Sie sprach ihn nicht auf seine Tat an, sondern schaltete den Fernseher ein. Es lief *Eine Weihnachtsgeschichte* von Charles Dickens.

„Den Film kenne ich noch nicht", sagte André, „ist der gut?"

„Abwarten …!", antwortete die Oma.

Sie schauten eine Weile.

„Ja, Humbug! Ebenezer Scrooge hat vollkommen recht. Weihnachten ist scheiße, man bekommt noch nicht einmal das, was man sich wünscht!"

„Abwarten …", sagte die Oma erneut.

„Cool, Geister! Ist das doch ein Horrorfilm?"

Die Oma schüttelte lächelnd den Kopf.

Der erste Geist erinnerte André an die letzten Jahre, in denen seine Wünsche zwar in Erfüllung gingen, aber ihm dennoch etwas fehlte.

Die liebevolle Gemeinschaft mit seiner Familie. Sie waren alle da, auch für ihn. Doch er war es nicht für sie.

Der zweite Geist erinnerte ihn an den letzten Streit, den er mit seiner kleinen Schwester hatte. Er konnte sich langsam selbst nicht mehr leiden.

Der dritte Geist ließ ihn seine mögliche Zukunft mit der von Ebenezer vergleichen. So wollte er nicht enden. Einsam und traurig.

Durch den Zauber des Films erkannte André, dass er seiner Schwester gegenüber sehr herzlos gehandelt hatte – ganz wie Scrooge es mit seinen Freunden, Verwandten und Arbeitern tat, und dass er ihr sogar womöglich das schönste Fest des Jahres vermiest hatte. Er stellte sich vor, wie allein sie sich fühlen musste, wenn er sie gar nicht beachten würde.

Nach dem Abspann konnte er seine Tränen nicht zurückhalten. Er war traurig und gerührt zugleich.

Dieses Weihnachten würde er ernst nehmen. Sich über die Besinnlichkeit freuen. Ihm wurde klar, dass es nicht nur um Profit ging, sondern auch darum, anderen eine Freude zu machen. André wollte dafür sorgen, dass alle mit ihm glücklich waren. Er glaubte wieder an den Geist der Weihnacht.

André ging heim. Dort nahm er einen Hammer und drosch auf sein gefülltes Sparschwein ein. Er hatte genug gespart, um mithilfe seines gewünschten Geldgeschenks eine nagelneue Spielekonsole zu kaufen.

André wartete in der Eiseskälte und als der Bus dann endlich kam, fuhr der sehr langsam wegen Glatteis. Es war die letzte Gelegenheit, das Kaufhaus zu erreichen, denn am nächsten Tag, dem 24.12.24, musste er seinen Eltern beim Dekorieren helfen. Er schaute während der Fahrt aus dem Fenster und sah bereits geschmückte Häuser.

„Mist, ich muss es rechtzeitig schaffen." Alle Ampeln waren rot.

Fünf Minuten vor Ladenschluss stand er vor dem Schaufenster. Er hatte 150 Euro gespart. Der Artikel, den er kaufen wollte, wurde für 180 Euro angepriesen. André brach innerlich zusammen. „Oh nein!"

Ein Verkäufer sah André verzweifelnd durch das Fenster schauen und sprach ihn an. „Kann ich dir helfen? Suchst du etwas Bestimmtes?

„Das da", sagte André und zeigte auf den Artikel seiner Wahl. „Aber mein Geld reicht nicht."

„Ich kann dir ein Sonderangebot machen. Es ist schließlich ein Ausstellungsstück“, erklärte der Verkäufer. Sie einigten sich auf 145,- Euro. So viel Geld für etwas, mit dem er nichts anfangen konnte. Aber okay.

„Ein frohes Fest!“, wünschten sie sich.

Um den Weihnachtsbaum versammelt saßen sie – André, seine Eltern und Großeltern sowie seine Schwester. Alle wunderten sich über Andrés großes Paket, das er seiner Schwester überreichte.

Diese machte ganz große Augen, als sie das Puppenhaus auspackte, das sie sich so sehr gewünscht hatte. Sie schenkte André ihr schönstes Lächeln – das schönste Geschenk dieses Jahr – und eine herzliche Umarmung.

Andrés Eltern schauten zu seiner Großmutter, die keineswegs überrascht schien. Sie drehte sich zu ihnen und erklärte nur, er sei *gescrooged* worden.

André war nicht enttäuscht, als er von seinen Eltern ein neues Fahrrad bekam, von dessen Preis man auch eine Konsole hätte kaufen können. Er war dankbar und staunte nicht schlecht, als ihm sein Wunschgeschenk von seiner Oma überreicht wurde. Endlich … die Konsole. Auch er kam nicht drum herum, sie strahlend anzulächeln.

Simon Harper ist 35 Jahre alt und kommt aus Essen. Er ist ausgebildeter Bürokaufmann. Seit Jahren spielt er mehrere Musikinstrumente und experimentiert mit elektronischen Klängen. Durch die Beschäftigung mit dem Buch „Creative Writing“ von Alexander Steele und mit dem figürlichen Zeichnen hat er sein Interesse am Schreiben entdeckt. Er interessiert sich für fast alle Genres.

Familienzusammenführung

Miriam und ich verließen den Unfallort an der Steigung für einen neuen Einsatz, den die Zentrale folgendermaßen ausführte: „Reichenhaller Straße, Höhe Zwing! Dort hat sich eine Person unbefugt Zugang zum Schuppen neben der Straße verschafft. Urlauber haben es gemeldet."

Bei einem ersten Schneeschauer war es zu mehreren Unfällen auf der B305, der deutschen Alpenstraße, gekommen. Von Westen näherte sich bereits eine größere zweite Schneefront. Als ich an der Kreuzung dem Verlauf der B305 Richtung Weißbach folgte, bot sich nach Süden noch ein total anderer Anblick: strahlend blauer Himmel zwischen Kienbergl und Falkenstein. Der Asphalt geräumt und nass. Hier wären wir sogar mit unserem üblichen Streifenwagen, einem 3er-BMW Touring der F30-Generation, durchgekommen. Doch wegen angekündigter dreißig Zentimeter Neuschnee fuhren wir einen von der Zivilfahndung geliehenen weißen X2-SUV mit Allradantrieb. Uniformierte durften zivile Wagen nutzen.

Neben der Straße war der Schnee der letzten Wochen gut einen Meter hoch aufgetürmt. Die Stangen der Verkehrsschilder nicht zu sehen, nur deren Infos und Verbote ragten aus dem Schnee heraus.

Miriam, die schlanke Achtundzwanzigjährige mit dunklen blonden Haaren, die zu einem Zopf geflochten waren, griff zum Funkgerät. „Zentrale, für Wagen TS-89, Info von Homberg: Erreichen Einsatzort in wenigen Sekunden." Sie hängte das Gerät wieder ein und sah mit ihren gräulich-bräunlichen Augen herüber. „Cooler Wagen, den keanna uns gern öfta leihen!"

„Des tät dir passen, gä?", erwiderte ich schmunzelnd und setzte bereits auf der langen Geraden den rechten Blinker.

„Zentrale, verstanden!"

„Warum ned?" Miriam stich mit ihrem Zeigefinger über das Armaturenbrett. „A Innenreinigung zuvor, des wär nett gwesn, wenns des gmocht hätten."

„Nächstes Moi klappt des." Ich rollte auf den üppigen Parkplatz, an dem der Wanderweg rund ums Kienbergl startete. Auf der gegenüberliegenden Seite konnte der Falkenstein umrundet werden, und dort stand die von der Zentrale angegebene Hütte aus braunem Holz. Mit viel weißer Pracht auf dem Dach. Von den meldenden Urlaubern war nichts zu sehen.

„Typisch, koana mehr vor Ort, ned amoi, bis mir kimma", kommentierte sie es.

„Aber 's konn nua die Hüttn sei", war ich mir sicher und stellte den Motor aus.

Zusammen mit Miriam nutzte ich die Unterführung, um auf die andere Seite der Alpenstraße zu gelangen. Mit ihren 1,75 Meter war die Kollegin nur zehn Zentimeter kleiner als ich. Wir verließen den Weg und näherten uns der Hütte von der Rückseite. Dabei sahen wir, dass rechtsseitig ein Teil des Schnees vom Dach heruntergerutscht war. Dort tasteten wir uns entlang, stets minimum bis zu den Knöcheln einsinkend. Ich kniff die Augen zusammen, da der Schnee das Sonnenlicht unangenehm reflektierte.

„Do, Mike, sighst?", fragte Miriam mit leiser Stimme und deutete auf Spuren, die von der entgegengesetzten Richtung zur Tür führten. Von der Forststraße aus, dem Rundwanderweg um den Falkenstein.

„Do is jemand drinna", raunte ich zurück und zückte meine Waffe. Denn wer das war, das konnten wir gegenwärtig nicht einschätzen. Eigensicherung! Miriam folgte meinem Beispiel. Ich legte meine Hand auf die Klinke und drückte sie herunter. Das Schloss war unversehrt. Unverschlossen? „Bereit, Miri?", vergewisserte ich mich.

„Bin i", bestätigte sie knapp.

Ich stieß die Tür auf und trat zur Seite. Sie polterte vor etwas außerhalb unseres Blickfeldes. Miriams Pistole war in den Raum, eine Abstellkammer mit Geräten wie einem Rasenmäher und Materialen wie Holz oder Farbe, gerichtet. Auf dem Boden eine ausgebreitete Decke, der bärtige Mann darauf mit wuscheligen Haaren sah erschrocken zu uns hoch und hob beide Hände. Ich schätzte ihn auf um die sechzig. Seine Atmung wurde hektisch, das rechte Bein zitterte.

„Wer san Sie?", erkundigte ich mich.

„Bitte nicht schießen", bat er. „Ich tu nichts!"

„Steiner, Kollegin Homberg, Polizei Ruhpolding!"

„Is des Ihr Zuhause hier?", fragte Miriam.

„Nein", antwortete er zögerlich.

„Was machens dann hier?"

„Ich bin bis Siegsdorf getrampt, ein Lkw-Fahrer hat mich dort herausgelassen. In Inzell bin ich zu Fuß gestrandet, als der heftige Schnee begann. Am Busbahnhof hat mich ein Fahrer verscheucht und aus dem Haus des Gastes eine resolute Frau herausgeschmissen."

„Is verständlich, des san koa Unterkünfte ned."

„Der Name ist irreführend – Haus des Gastes. Es ist eine Tourist-Information. Unabhängig davon, ein Hotel kann ich mir nicht leisten."

„Wohin mechtens denn?", schaltete ich mich ein.

„Wollt nach Bad Reichenhall, aber das Wetter ist unberechenbar. Da es zudem schon spät ist, habe ich mir ein Quartier für die Nacht gesucht. Hoffend, dass das Wetter morgen wieder besser wird. Die Tür hier war unverriegelt."

„Is dennoch ned erlaubt."

„Wo soll ich denn hin?"

„Die Hüttn ghört oanem", griff Miriam ein. „Wenns bleiba, verstoßens gegen geltends Recht. Des hod nix mit verschlossen oda unverschlossen zum dua."

Ich neigte meinen Kopf zum Funk. „Zentrale, für Wagen TS-89, Steiner?"

„Mir müssa Eahna oan Platzverweis erteilen", erklärte die Kollegin weiter. „Des is Privatbesitz, Sie begehn oan Hausfriedensbruch! Wie hoaßens denn nun?"

„Zentrale hört", wurde meine Anfrage bestätigt. „Was liegt am Einsatzort an?"

„Ich bin der Berthold", wurde ihr geantwortet. „Aber alle nennen mich Berti. Wie waren Ihre Namen gleich?"

„Homberg, und der Kollege Steiner."

„Ein Tramper", berichtete ich, „auf der Durchreise nach Bad Reichenhall. Wollte unerlaubt auf Privatbesitz übernachten. Ein Platzverweis ist erteilt. Mehr möchten wir nicht tun."

„Das reicht in dem Fall", stimmte die Zentrale zu. „Zum Revier in Ruhpolding werden Sie eh nicht kommen. Die B305, Sie waren selber vor Ort, ist gesperrt, die Straße am Froschsee vorbei zugeschneit mit Verwehungen. Nächstes Schneegebiet im Anmarsch, in Traunstein und Ruhpolding beginnt bereits. Dreißig, eventuell bis zu fünfzig Zentimeter werden bis in die erste Nachthälfte erwartet. Bleiben Sie wie abgesprochen in Inzell, bitte, um diesen Bereich abzudecken. Melden uns, wenn Ablösung bereit ist. Wohnen Sie beide in Inzell? Sie haben Ihre Wagen sicher am Revier stehen?"

„Ja, stimmt! Ich komm aus Inzell, die Kollegin Homberg aus Reichenhall."

„Frau Homberg, für Zentrale?"

„Homberg hört", bestätigte sie.

„Haben Sie mitgehört?"

„Ja, hab ich!"

„Kennen Sie jemand, bei dem Sie unterkommen können? Falls nicht, würden Ihnen die Ausgaben, zum Beispiel für ein Hotelzimmer, erstattet werden."

„Da wird sich schon etwas finden. Bleibe, wie angeordnet, hier vor Ort in Inzell bis zur Ablösung."

„Gut, vielen Dank! Sauwedda mistiges, gä?" Oh, die Zentrale wich von der Vorgabe Hochdeutsch ab!

„Da haben Sie recht! Zum Glück nicht jeden Tag."

„Ich habe immer recht!", kam lachend als Antwort.

Miriam musste grinsen. „Klang jetzt missverständlich."

„I hob grod frische Fleischpflanzerl zhaus, Miri", bemerkte ich vom Funk abgewandt.

„Derf i des als a Einladung zu dir verstehen, Mike?"

„Was haben Sie gepflanzt?", fragte der Tramper, der merklich nicht aus der Gegend kam.

„Frikadellen hätt ich verstanden", meinte der Gast. „Aber es gibt so viele Dinge, die regional verschieden heißen. Geschmeckt haben sie jedenfalls super!"

„Des is die Hauptsach", meinte Miriam. „Mir übrigens a!"

Den X2 waren wir los, den nutzte unsere Ablösung. Ein Drittel des vorausgesagten Schnees war bereits gefallen und noch kein Ende in Sicht! Auf der Nebenstraße vor dem Haus breitete sich die Pracht nahezu unberührt aus. Ein Nachbar mit Hund war zum Beginn der Dunkelheit vorbeigelaufen, ansonsten nichts los draußen.

„Warum mechtens unbedingt nach Bad Reichenhall?", fragte ich Berti. „Wos verbindet Sie mit dem Ort, oda wos is passiert, dass Sie dohi ziaght?"

Zufahrt

„Meine Tochter ist dorthin gezogen", erklärte er. „Das ist zehn Jahre her, kurz bevor ich meine Bleibe verlor. Natürlich weiß ich nicht, ob sie dort immer noch lebt. Wie ich Sie eventuell finde, ist mir ebenfalls unklar. Und ob sie mich überhaupt sehen will?"

„Sie hobn diese zehn Johr koa Kontakt hobt?"

Er schüttelte den Kopf.

„Wos is mit der Bleibe passiert?", wollte Miriam wissen.

„Die ist abgebrannt, nur zwei Wochen nach meinem Jobverlust und ein Jahr nach dem Tod meiner Frau. Ich hatte alles verloren und hab es nicht geschafft, wieder auf die Beine zu kommen. Finanziell stand ich nicht so rosig da. So bin ich auf der Straße gelandet und hab mich mit der Zeit damit arrangiert. Vor Kurzem ist ein Bekannter von zwei Jugendlichen völlig sinnlos zusammengeschlagen und schwer verletzt worden. Das hat mir gezeigt, wie schnell was passieren kann. So hab ich mich auf den Weg gemacht, möchte meine Tochter gerne sehen – und sei es nur dieses eine Mal! Ich konnte dem nächtlichen Brand damals entkommen, aber mein Handy wurde wie viele andere Dinge ein Raub der Flammen. Meine Tochter weiß gar nicht, dass es mich überhaupt noch gibt."

„Wie hoaßts denn, Ihre Tochter?"

„Angelina Obermeyer, mit E und Y."

„I muss amoi telefonieren", meinte ich und stand auf.

Berti pennte im früheren Kinderzimmer. Meine Sachen waren etwas groß für ihn, aber das störte nachts nicht. Vor dem Schlafen hatte er auf unser Drängen das Bad genutzt. Vor allem Duschen und Rasieren stand auf dem Programm.

Es war nicht möglich, alles an in einem Gang zu waschen. Nicht wegen der Menge, sondern aus farblichen Gründen.

„Des muasst bügeln." Miriam reichte mir ein Hemd und zwei T-Shirts. Den Rest legte sie in den Trockner, während ich das Bügelbrett aufbaute. „Koannst des, Mike?"

„Freilich konn i des!"

„Host Familie ghobt, gä?"

Ich nickte.

„Is für di aloa recht groß, dies Hauserl."

„So is 's hoid im Lebn. Wie is des bei dir?"

„Ruhpolding is nah von mei Heimat. Da woar es aufd Schnell

126

günstig, zunächst wieda bei der Mama eizumzieha. Mei oids Zimma, dass i bis zur Ausbildung in Minga nutzt hob."

„Du suchst dir aber wos eignes?"

Nun nickte sie, jedoch verhalten. Was ich von ihr wusste, wusste ich von unser beider Vorgesetztem Maximilian, nicht von ihr selber. Die vielen Stationen in den nur drei Jahren nach der Ausbildung, ihr schlechter Ruf. Ebenso war es in die andere Richtung: Ihr war durch Max im Grunde bekannt, dass Freundin und Stiefsohn nicht mehr hier wohnten.

Was sollte sie als Krankheitsvertretung machen? Es schien ein erneuter Kurzeinsatz zu werden. Ihr siebter, inzwischen! Warum ließ sie das immer zu? Wohin würde sie ihr nächstes Engagement führen? Es war keine leichte Situation, und irgendwie tat sie mir leid. Ich war seit meiner Ausbildung vor fünfundzwanzig Jahren auf demselben Revier beschäftigt, und mit siebenundvierzig tatsächlich das Nesthäkchen vom langjährigen Stammpersonal.

„Wos moanst, wann keanna mir anrufa?", lenkte sie ab.

„Um sechse", legte ich mich fest. „Wobei scho des spät san könnt. I schau amoi, oder a hoibe Stunden früha?"

Draußen wurde es langsam hell. Wolken am Himmel, aber kein Schneetreiben mehr. Es war einiges an weißer Pracht gefallen, aber selbst die kleine Straße vor dem Haus geräumt.

Miriam gähnte. „Um zwoa is Dienstbeginn. Da is ned vui Zeit zum Schlofa. Hoff, kimmt boid, die Frau. Des Wecken hods dir aber ned übelnomma. War doch wos optimistisch mit hoibe sechse, gä?"

„Jo mei, des konn passiern! Mir starten recht früah, aber des is ned in jedem Beruf so. Recht host, vielleicht könn mir zumindst zwoa, drei Stund schlofa, bevor unser Schicht startet."

In diesem Moment hielt ein Wagen vor dem Haus. Miriam stand direkt auf. Eine Frau verriegelte ihn nach dem Aussteigen und kam zur Tür. Bevor sie schellen konnte, öffnete Miriam ihr. „Frau Obermeyer?"

Die Frau nickte strahlend. „Wo ist er, der Herr Papa?"

***Christian Günther** wurde 1979 in Essen geboren. Er ist gelernter Industrie-Technologe und examinierter Altenpfleger. Seit 2022 geht sein Essener Ermittlerduo Judith Reiter & Nick Fengler mit Ruhrpott-Slang als „Die zivilen Fahnder/innen" auf Streife - als Krimiserie.*

Was für ein Winter

Vom Schnee bedeckt ist weiß die Welt,
die weich vor meinen Füßen liegt
und eiskalt mir den Atem nimmt,
der Sonne Wärme ist vom Frost besiegt.

Stattdessen ist die Goldmarie
mal wieder bei Frau Holle.
Sie schüttelt gut die Betten aus,
und es sieht aus, als wär' die Welt aus weißer Wolle.

Andreas Rucks, *geboren 1979 in Stollberg/Erzgebirge, Erzieher im Bewegungskindergarten in Aue-Bad Schlema. 2005 erstes Buch veröffentlicht „Träume und Realität – poetische Texte". Seitdem sind zahlreiche Texte in Anthologien veröffentlicht worden. Herausgeber der Bücher: „Essen im Schulprojekt – mit vollem Bauch lernt es sich besser" (2009) sowie „Die Straßennamen der Stadt Aue – einer Stadt mit vielen Bezeichnungen" (2015). 2020 wurde „Menschen für Texte begeistern – Schreiben macht Spaß" veröffentlicht, einem Tafelwerk der Lyrik. 2023 erblickten zwei Spiele in ihrer Endfassung das Licht der Welt (Partnerstadtspiel, Sag's schnell), rechtzeitig zum „Tag der Sachsen" in Aue-Bad Schlema.*

Weihnachten

Weihnachten. Das Fest der Liebe. Und ich? Bin heute bewusst allein. Oh, so schlimm, wie das klingt, ist es gar nicht. Ich bin mehr als alt genug, um heute allein sein zu können. Habe ausreichend Weihnachten erlebt. Gute, schlechte, freudige, traurige, alles war dabei.

Meinen Tag habe ich entspannt gestartet. Ausschlafen, Frühstücken im Bett. Anschließend habe ich mich hübsch angemalt, nicht dass ich mein Alter verbergen könnte oder gar möchte. Es ist mir unverständlich, wieso manche Damen sich zwanghaft jünger machen möchten. Dennoch finde ich es besser, Menschen gut aussehend gegenüberzutreten. Gestern habe ich mir noch mal die Haare machen lassen. Wie immer schlinge ich ein buntes Tuch um meinen Kopf. Meine Nägel sind in festlichem Rot lackiert und auch meine Ringe dürfen nicht fehlen. Alte Erinnerungsstücke.

Mein Mann ist vor einiger Zeit gestorben. Meine Kinder und Enkel haben kein Interesse, ihre wenigen freien Tage mit mir zu verbringen. Ob ich das schlimm finde? Nein, überhaupt nicht. Ganz im Gegenteil. Diese gestressten erwachsenen Kinder mit ihren Kindern, die unerzogen und verwöhnt sind, fehlen mir nicht wirklich. Ich war immer schon der Meinung, dass jeder ab einem gewissen Punkt sich von seiner Familie lösen müsste. Die angeblichen Familienbande sind nur eine lästige Pflicht, die alle zusätzlich frustriert und einschränkt.

Ich erinnere mich daran, als ich im Alter der Kinder war. Man geht arbeiten. Rennt von einem Termin zum nächsten. Kämpft mit Krankheiten und versucht nebenbei noch alles zu organisieren. Dann soll man zum Heiligen Abend Glückseligkeit und Liebe vorheucheln. Und das, obwohl alle ausgelaugt sind und sich nach Ruhe, Stille und ein paar freien Tagen sehnen. Nein danke. Ich bin die meiste Zeit allein, da brauche ich auch keinen Besuch zu den erzwungenen Terminen.

Es ist bereits Abend geworden. Zeit für meinen Spaziergang. Beim

Blick nach draußen sehe ich den Weihnachtsmann vorbeilaufen. Besonders motiviert sieht er nicht aus. Als ob es das Schicksal heute auf ihn abgesehen hätte, rutscht er auf einer vereisten Pfütze aus und fällt krachend zu Boden. Wild gestikulierend steht er auf.

Der Bodensatz der Gesellschaft fällt zu allem Unglück auch noch auf den Boden. Als ob einen das Unglück, in welchem man sich sowieso schon befindet, noch mehr ärgern will. Was für eine schreiende Ungerechtigkeit.

Ich lege mir meinen geliebten weißen Nerzmantel über, ein Geschenk von meinem Mann von einer Reise. Auch mein Hut darf nicht fehlen. Seit Jahren gehe ich jeden Abend durch mein Viertel. Ich kenne jedes Haus und auch die Menschen, die darin leben. Andere Menschen und ihr Leben haben mich schon immer interessiert. Selbstverständlich nicht auf eine voyeuristische Art und Weise. Wo denken Sie hin? Vielmehr darum, was sie gerade umtreibt? Sind sie glücklich? Haben sie Probleme? Wissen sie um ihre eigene Situation? Solche Sachen.

Gleich gegenüber ist eine fast so große Villa wie meine. Es wohnt ein junger Mann darin. Ab und zu hat er Frauenbesuch. Scheint aber nicht so, als wäre er bindungsfreudig, wenn Sie verstehen, was ich meine. Heute hat er wieder Besuch. Ich sehe die beiden beim Dinner sitzen. Die Weihnachtsdekoration ist minimalistisch bis nicht vorhanden. Es wundert mich nicht wirklich. Die ganze Einrichtung besteht nur aus Beton und weißen Möbeln. Weniger ist mehr. So heißt es doch heute. Es muss schön sein, wenig zu haben. Ich habe die Menschen immer beneidet, die ihr Hab und Gut in einen Koffer packen und weiterziehen konnten. Doch dafür hänge ich zu sehr an meinen Erinnerungsstücken.

Alte Erinnerungen werden wach.

Seufzend gehe ich weiter.

Nach einigen Schritten kommt ein leer stehendes Haus am Wegesrand. Freunde von uns haben darin gewohnt. Leider sind beide bei einem Unfall ums Leben gekommen. Schade um die beiden. Ich beneide sie ehrlich gesagt um den gemeinsamen Tod. Mein Mann ist weg und ich bin zurückgeblieben. Und warte. Auf das Ende. Einen Neuanfang. Eine Begegnung.

Weiter geht es zu dem Neubau einer Familie. Ich sehe die Kinder wild herumtollen. Geschenke sind unter den Weihnachtsbaum gestapelt. Sehr viele Geschenke. Auch eine Familie, die meint, mit Überfluss immaterielle Defizite ausgleichen zu können. Es erinnert mich an meine Enkel.

Mir entgegen kommt wieder der Weihnachtsmann. Er hält vor dem Haus und greift in seine Innentasche. Holt einen Flachmann heraus und trinkt einen kräftigen Schluck. Weihnachten ist nicht für jedermann. Besonders nicht dieses heuchlerische Vortäuschen von Glück. Ich nicke ihm verstehend zu und gehe weiter.

Nur noch wenige Meter und ich bin an meinem Lieblingsplatz angekommen. Es ist eine große Eiche. Die Straße geht rechts und links an ihr vorbei und um sie herum wurde eine Bank um den Baum gebaut. Es ist ein toller Platz zu jeder Jahreszeit.

Ich sitze, denke und schwelge in Erinnerungen. Freue mich an dem, was ich erlebt habe. Ich bin dankbar.

Langsam mache ich mich auf den Rückweg, es ist kalt geworden. Offensichtlich habe ich doch länger geträumt als gedacht. Der Weihnachtsmann war da und die Kinder haben die Geschenke bereits alle ausgepackt. Ich sehe sie achtlos auf dem Boden liegen. Die beiden schauen irgendwelche animierten Filme im Fernseher. Scheint nicht so, als ob die Sachen gefallen. Wieder etwas, was in Schränken verstaut werden kann. Und anschließend ungenutzt weggeworfen wird, weil keiner damit gespielt hat. Was für eine Verschwendung.

Die Eltern. Die sehe ich in der Küche. Sie nimmt einen großen Schluck Wein und schaut böse auf ihren Mann. Das Gespräch ist lauter. Ich habe beide oft genug gesehen und weiß sie einzuschätzen. Natürlich kann ich es nicht hören. Ich sehe nur, wie er genervt den Raum verlässt. Sie nimmt noch einen großen Schluck, stützt sich am Tresen ab und schaut zu mir.

Ich halte ihren Blick fest und nicke ihr zu. Stumm tauschen wir uns aus. Frohe Weihnachten. Noch zwei Tage, dann ist auch dieser Irrsinn wieder vorbei.

Das dunkle Haus lass ich schnell hinter mir. In der Dunkelheit der Nacht haben die verlassenen Häuser immer etwas Furchterregendes an sich. Nichts, womit ich mich jetzt auseinandersetzen möchte.

Ich gehe am Weihnachtsmann vorbei, der auf einer Bank sitzt. „Weit bist du ja nicht gekommen", denke ich mir. Er schaut zu mir hoch. Mustert mich und meine nicht unauffällige Erscheinung. Nichts Ungewohntes für mich. Ich schaue ihm in die Augen und sehe, was er alles verloren hat. Am unteren Ende der gesellschaftlichen Nahrungskette. Verzweiflung, Schmerz, Trauer, Scham. Kämpfen ist ein immerwährender Krieg mit sich selbst. Sich motivieren und weitermachen. Egal, wie aussichtslos die Lage ist. Auch ich kannte diese Tage. Besonders dann, wenn man Liebe und Geborgenheit auf Knopfdruck bekommen sollte. Das Glück haben leider nicht alle. Ein Umstand, den wir nur zu gern vergessen.

Es erinnert mich daran, dass ich als kleines Kind zu Weihnachten mit in die Kirche zum Krippenspiel genommen wurde. Meine Mutter weinte bitterlich zu *Stille Nacht, Heilige Nacht*, damals habe ich es nicht verstanden. Als ich älter wurde und mich selbst diesem Irrsinn um des Friedens willen beugen musste, habe ich oft daran gedacht.

Ich gehe langsam weiter. Lege ihm beruhigend die Hand auf die Schulter und nicke ihm aufmunternd zu. Morgen ist ein neuer Tag. Keiner, der uns zu etwas zwingt. Nur noch heute. Sei tapfer.

In meiner Manteltasche krame ich nach einem Schein. Ich gebe ihm 50 Euro. Ich brauche es nicht. Es sind nur Zahlen. Er dankt mir. Ich höre es leise hinter mir, denn ich gehe schon weiter.

Das zeitlich begrenzte Pärchen aus dem Junggesellenhaus hat sich nach oben verzogen. Ich sehe die beiden. Der Wohnminimalismus schreibt wahrscheinlich auch keine Vorhänge vor.

Ich überquere die Straße und stehe vor meiner Villa. Was wohl passiert, wenn ich nicht mehr da bin? Es könnte mir egal sein. Leider hänge ich daran. Traurig ist es um die schönen Feste, die Partys, die Gespräche, die Geheimnisse. Was wäre nur, wenn Häuser sprechen könnten?

Wenig später bin ich im Salon. Trinke einen Cognac und höre eine Platte mit weihnachtlicher Musik. Für mich war es ein schöner Tag. Wenn ich die anderen Bewohner der Straße gesehen habe, bin ich mir nicht sicher, ob sie das Gleiche sagen würden. Vor dem Haus des Junggesellen ist gerade ein Taxi losgefahren.

Ich hänge meinen Gedanken nach. Bis es durch ein Klingeln unterbrochen wird. Missmutig gehe ich zur Tür. Ich mag keinen unangekündigten Besuch. Vor mir steht die Frau aus dem Neubau. Sie hält mir eine Flasche Rotwein entgegen.

„Frohe Weihnachten für Sie."

Überrascht schaue ich sie an: „Danke, kommen Sie doch herein."

Sie legt ab und ich führe sie in den Salon. Sie schaut sich die vielen

Bilder und Kunstwerke an meinen Wänden an. Ich unterbreche sie und frage: „Was möchten Sie trinken?“

Die Antwort geht in einem erneuten Klingeln unter. Ich entschuldige mich und gehe zur Tür.

Der Junggeselle hält mir einen Whisky entgegen. „Ich habe Sie vorhin allein spazieren gehen sehen. Frohe Weihnachten.“

Auch ihn bitte ich in den Salon.

Wir einigen uns auf Cognac.

Und ganz unerwartet bin ich Weihnachten nicht allein und in einer sehr interessanten Gesellschaft. Wir sitzen lange, trinken und erzählen. Genießen die unerwartete Gesellschaft.

Claudia Engelhardt: Zusammen mit ihrer Familie und mehreren Tausend Büchern wohnt sie in der Nähe von Leipzig. Sie liebt es, in jeder freien Minute in ein gutes Buch abzutauchen.

Einfach megacool

Deutschland ist cool – im wahrsten Sinne des Wortes und zumindest jetzt im Winter. Temperaturen weit unter zehn Grad, nasskaltes Wetter und ein scharfer Wind, der es wirklich in sich hat. Seit gestern ist es sogar noch eisiger geworden. „Typisch norddeutsch", meint Papa und ein Grund mehr, unser Leben in Namibia so richtig zu genießen. Bei uns zu Hause ist nämlich gerade Hochsommer und Sonne satt.

Umso verständlicher, dass ich trotz stylisher Daunenjacke, Wollschal, Thermo-Handschuhen, dicker Strickmütze und gefütterter Boots im Moment ständig friere. Wenigstens werde ich in meinem neuen Winteroutfit nicht nass. Hier regnet es nämlich oft. Graupelschauer gehören anscheinend zur Tagesordnung.

Cool sind aber zum Glück nicht nur die Temperaturen in Norddeutschland, sondern auch die Shoppingmöglichkeiten. So viele Stores mit megaviel Auswahl. Da können die Einkaufszentren in Windhoek überhaupt nicht mithalten. Und mein Taschen- und Weihnachtsgeld leider auch nicht.

Weitaus weniger cool und wirklich gewöhnungsbedürftig sind allerdings die Menschenmassen in den Läden, die langen Autoschlangen auf den Straßen und die Hektik überall. Reizüberflutung pur. Mir setzen der ständige Lärm, das Durcheinander von Geräuschen und Stimmen immer noch zu, obwohl wir jetzt schon eine ganze Woche bei meinen Großeltern und in meiner Geburtsstadt zu Besuch sind. Namibia ist zwar fast zweieinhalbmal so groß wie Deutschland, hat aber gerade mal so viele Einwohner wie Hamburg. Und Opa meint sogar, dass hier die Uhren noch anders als in den Großstädten ticken. Mir reicht es trotzdem, obwohl es natürlich toll ist, jetzt im Winter all die bunten Lichterketten und beleuchteten Fenster in den Straßen zu sehen. Davon kann ich gar nicht genug bekommen, ebenso wie von dem Weihnachtsmarkt, der zum Glück noch bis Anfang Januar geöffnet ist. Ich sage nur Reibekuchen, Apfelpunsch, gebrannte

Mandeln und Maronen. Mama schimpft natürlich, weil das alles andere als gesund ist. Oma und Opa sind wesentlich entspannter.

„Lass die Lütte doch. Sie hat Ferien und ihr seid ohnehin nur so selten hier", sagen sie.

Die beiden sind sowieso cool. Sie haben mir tatsächlich gleich bei unserem ersten Weihnachtsmarktbesuch eine Dauerkarte für die Eisbahn spendiert. Opa hat am nächsten Tag sogar noch Schlittschuhe für mich aufgetrieben. Die sind zwar etwas groß, ich drehe trotzdem täglich mit ihnen meine Runden. Ich wollte nämlich schon immer eine Eisprinzessin sein und war auch ganz hin und weg, als meine Großeltern mir zu meinem sechsten Geburtstag eine Schneekugel mit Anna und Elsa geschenkt haben. Neun Jahre ist das jetzt her und sie hat bis heute ihren Ehrenplatz in meinem Bücherregal. Schneeflocken, auch wenn sie nicht echt sind, glitzern einfach superschön.

Eine richtige Eisbahn ist das hier in der Innenstadt übrigens nicht. Das wäre in Zeiten des Klimawandels gar nicht mehr bezahlbar, hat mir Opa erzählt. Das Ganze besteht aus Kunsteisplatten, die wohl ökologischer und mindestens genauso gut wie natürliches Eis sein sollen.

„Mensch, pass doch auf. Du bist hier nicht alleine auf der Bahn", meckert plötzlich ein Typ mit Pudelmütze mit mir. Er schubst mich weg.

Ich strauchele, kämpfe mit dem Gleichgewicht und rette mich gerade noch an den Rand. Oh Mann, heute ist es echt wieder extrem voll hier. Richtig üben kann ich nicht. Dabei wollte ich mich endlich mal an die ersten kleinen Sprünge heranwagen. Vor- und rückwärtsfahren, abbremsen, mit einem Bein übersetzen und halbe Drehungen klappen nämlich schon ganz gut. Ich fröstele, während ich die anderen Jugendlichen hier von der Bande aus beobachte. Sie sind zu zweit oder in kleinen Grüppchen gekommen. Niemand sieht wirklich verfroren aus. Dabei haben noch nicht mal alle eine Jacke an. Sie tragen dicke und kratzig aussehende Weihnachtspullis mit Elchen oder Tannenbäumen. Die meisten von ihnen lachen und haben ihren Spaß. Es scheint auch keinen zu stören, dass es tierisch laut ist. Aus den Lautsprecherboxen wummert eine moderne Version von *White Christmas*. Tja, das wäre wirklich ein Highlight in meinen Ferien hier gewesen, denke ich laut seufzend. Ich weiß nämlich überhaupt nicht mehr, wie sich echter Schnee anfühlt. Vom Rodeln oder einer coolen Schneeballschlacht will ich gar nicht erst reden. Egal, die Weihnachtstage bei Oma und Opa waren trotzdem klasse. Mit echter und toll geschmückter Nordmanntanne, jeder Menge Geschenke, einer superknusprigen Gans, köstlichen Klößen und Rotkohl. Und Omas selbst gebackene Weihnachtsplätzchen sind ohnehin der Hammer.

Ich verziehe kurz den Mund. An Neujahr soll es nämlich ganz traditionell Grünkohl geben. Der bringt angeblich Glück und Reichtum im neuen Jahr. Na ja, besser als dieser norddeutsche Labskaus mit Rollmops, Hack und Spiegelei neulich. Omas ostfriesischer Krüllkuchen, das sind kleine Waffelhörnchen, der Schmandkuchen mit Zimt nach altem Familienrezept und ihre Friesentorte mit roter Grütze sind dafür umso besser. Und an Silvester will sie mit mir sogar noch Krapfen mit Rosinen backen. Der Abend wird bestimmt cool. Ich bin vor allem auf das Feuerwerk gespannt. So was ist bei uns nämlich wegen der Brandgefahr verboten. Papa und Opa haben gestern schon eingekauft – Unmengen von Raketen, Garten-Fontänen, Handfackel-Sets, Bengalfeuern und Wunderkerzen. Mama und Oma haben nur noch mit dem Kopf geschüttelt.

Ich muss plötzlich lachen. Auch hier schillert auf einmal alles in bunten Farben. Denn heute Abend ist Eis-Disco. Der Blick auf mein Handy verrät mir allerdings, dass ich mich schleunigst auf den Weg nach Hause machen muss. Ich bin ohnehin schon spät dran.

Auf dem Rückweg habe ich fast das Gefühl zu erfrieren. Meine Hände spüre ich kaum noch, meine Nase ist bestimmt knallrot von der eisigen Kälte. Der Wind hat nochmals ordentlich zugelegt. Das hier ist deutlich mehr als eine steife Brise. Oma hat zum Glück sofort eine Wärmflasche und eine dicke Wolldecke für mich. Im Ofen brutzeln Bratäpfel, die es gleich mit Vanillesoße gibt. Es riecht jetzt schon verführerisch. Mama ist wieder alles andere als begeistert von meinem Abendessen. Ich lasse es mir trotzdem ordentlich schmecken, bevor ich in der Wohnstube mit dem erleuchteten Weihnachtsbaum, dem knisternden Feuer im Kamin und meinem neuen Handy auf dem Sofa eindöse.

Opa weckt mich erst am nächsten Morgen. Ich fühle mich wie gerädert. Das Friesensofa ist nicht mehr das Neueste und alles andere als bequem. „Pst Jule", flüstert er. „Komm, zieh dich schnell an. Ich will dir draußen unbedingt was zeigen. Und sei leise. Die anderen schlafen noch."

Ich seufze und stehe bald wartend im Flur. „Wo wollen wir denn hin?“, frage ich fast noch im Halbschlaf.

„Lass dich überraschen.“

Opa macht es gerne spannend. Wir fahren mit dem Auto aus der Stadt heraus. Hier auf dem platten Land gibt es noch nicht einmal Straßenlaternen. Alles um uns herum ist dunkel, fast wie bei uns zu Hause. Aber so langsam dämmert es. Die Sonne geht bald auf.

„Schön, oder?“, meint Opa jetzt.

Ich nicke wenig begeistert. Ganz ehrlich: Ich kenne bessere Sonnenaufgänge. Hallo, ich lebe im südwestlichen Afrika.

Opa parkt den Wagen jetzt am Feldrand. Er stellt den Motor ab und reicht mir die Tasche mit meinen Schlittschuhen. „Zieh an!“

Ich bin mehr als irritiert. „Hä?“

„Okay, dann steig erst mal so aus.“

Es dauert nicht lange, bis ich verstehe, was meinen Großvater bewegt hat, mit mir hierhinzufahren. Auf den kargen Feldern hat sich nach den regenreichen Tagen eine Eisschicht gebildet.

„Ist nicht tief. Es kann also nichts passieren, Jule. Ich bin hier schon als Kind Schlittschuh gelaufen. Der Marschboden ist so verdichtet, dass das Wasser einfach nicht abläuft.“ Opa strahlt. „Wenn es früher richtig kalt wurde, sind wir kilometerweit über die Siele, also die Entwässerungsgräben, gefahren. Aber dafür muss es natürlich erst viel länger frieren“, erklärt er mir begeistert. „So, und jetzt los.“

Das lasse ich mir nicht zweimal sagen. Schon bald erkunde ich mit meinen Schlittschuhen die Umgebung hier. Erst noch etwas wackelig, weil das Eis viel unebener als auf der Kunstbahn ist. Aber ich werde von Minute zu Minute sicherer. Opa filmt alles mit seinem Handy. Ich glaube, er würde am liebsten selber hier eislaufen. Kein Wunder: Die Eisbahn ist einfach klasse. Die Weite der Felder und die Unendlichkeit des orangerot-blauen Himmels mit der Sonne erinnern mit ein wenig Fantasie schon fast an zu Hause, ebenso die Stille um uns herum. Einfach megacool!

Ulli Krebs, *wohnhaft in Norddeutschland, 1965 in Düsseldorf geboren, Studium Sozialarbeit, Journalismus und PR, als freie Redakteurin tätig, Hobbyautorin, Veröffentlichungen von Gedichten und Kurzgeschichten in verschiedenen Anthologien sowie Publikation eines Regionalkrimis.*

Leben nur

Ein Dezembertag so kalt, dass die Luft bei jedem Atemzug in winzigen Wolken davonstob. Wir gingen am Ufer des zugefrorenen Sees entlang, der Schnee knirschte unter unseren Stiefeln, ein dumpfes, fast beruhigendes Geräusch, das unser Schweigen begleitete. Mein Vater lief voraus, hoch aufgerichtet, seine Silhouette scharf gezeichnet gegen den hellen Himmel. Die tief stehende Sonne warf schräges Licht, das die Eisfläche des Sees in ein schimmerndes, unheimliches Weiß tauchte. Wir Brüder trödelten hinterher, immer ein paar Schritte zu weit zurück, als wollten wir das Band zu unserem Vater nicht abreißen lassen, es aber auch nicht zu straff ziehen. Jakob hatte diesen schelmischen Ausdruck im Gesicht, den ich so gut kannte. Er schob mit den Spitzen seiner Stiefel den Schnee vor sich her und tat so, als sei er ein Eroberer, der Neuland betrat. Ich muss sieben Jahre alt gewesen sein, mein Bruder ein Jahr jünger. Die Erinnerung daran ist kristallklar und zugleich von einer seltsamen Unwirklichkeit überzogen wie eine vereiste Autokarosserie, als hätte der Winter mit seinem frostigen Atem nicht nur den See, sondern auch die ganze Welt erstarren lassen.

„Glaubst du, das Eis hält uns?", fragte Jakob plötzlich und sah zu mir herüber, die Augen vor Kälte glänzend, die Wangen rotdurchblutet, kandierte Kirmesäpfel.

„Papa sagt, wir dürfen nicht draufgehen", erwiderte ich und hörte, wie meine Stimme zitterte, obwohl ich nicht fror.

„Du bist langweilig", meinte Jakob nur, stieß mich an der Schulter und lachte, Wölkchen atmend, die rasch vergingen.

Dann geschah es. Ein falscher Schritt, vielleicht eine Unachtsamkeit, eine verborgene Wurzel. Jakob stolperte, rutschte die schneebedeckte Böschung hinab, die Beine unter sich weggleitend auf der schiefen Ebene, die ihn unaufhaltsam aufs Eis hinausführte. Ich hörte das schabende Geräusch seiner Stiefelsohlen durch verharschten Schnee und nasses Herbstlaub, sah, wie seine Arme in panischer Suche nach Halt durch die Luft ruderten, eine auf dem Rücken liegende Kakerlake, und dann war er schon draußen auf dem See, rappelte sich auf, stand still da.

„Jakob!“, schrie ich, meine Stimme schrill wie die eines Vogels. Mein Vater fuhr herum, sein Gesicht erstarrte, als hätte ihn ein fallender Eiszapfen getroffen.

Das Eis knirschte bedrohlich, das Knacken bohrte sich durch die Eisfläche zum gegenüberliegenden Ufer und kam als Echo zurück wie ein Querschläger, ein Klang, der sich tief in mein Gedächtnis fraß, scharf und gnadenlos. Jakob regte sich nicht, als ob er wüsste, dass jede Bewegung ihn noch tiefer ins Verderben reißen könnte. Für einen Augenblick war die Zeit gefroren – so wie der See.

Doch dann – ein Splittern, ein dunkles, kaltes Geräusch, das mir das Herz zusammenzog. Das Eis brach und Jakob verschwand mit einem überraschten Aufschrei. Nur ein Loch blieb zurück, ein schwarzes, schauriges Nichts inmitten des Weiß.

Mein Vater rannte. Ich weiß nicht, ob ich in diesem Moment überhaupt atmete. Alles, was ich sah, war sein Schatten, der sich über das Eis warf. Er war so schnell, so entschlossen, dass ich heute noch nicht begreife, wie er es geschafft hat. Seine Hände griffen in das Loch, das Jakob verschluckt hatte, das Wasser spritzte, dann zog er ihn heraus.

Mein Bruder spuckte und hustete, seine Lippen blau, seine Wimpern mit Eiskristallen bedeckt. Ich stand da und konnte mich nicht rühren. Mein Vater wickelte Jakob in seinen Mantel, seine Stimme war eine Mischung aus Wut und Erleichterung, als er schrie: „Was hast du dir nur dabei gedacht, Junge?“

Später, als wir zu Hause waren und Jakob in Decken gehüllt vor dem Kamin saß, fiel kein Wort mehr darüber. Nur der Frost blieb in der Luft, ein unsichtbarer Beobachter in unserem Haus.

Manchmal denke ich daran, wie das Licht auf dem Eis tanzte, wie das Knirschen des Schnees uns begleitete, wie ich Jakobs Lachen hörte, bevor es verstummte. Es war ein kalter, strahlender Tag, ein Tag voller Leben – und doch fragt ein Teil von mir, was das Leben wirklich wert ist, wenn es nur Schmerz bringt.

Dennoch, ich halte diese Gedanken fest, so wie der Winter die Erde im Griff hat, eisig und erbarmungslos. Manche Fragen schmelzen nicht mit dem Schnee. Sie bleiben verborgen unter der Oberfläche, wie ein See, dessen Tiefe sich nie ganz begreifen lässt.

Und jetzt, so viele Jahre später, wenn ich mit einer heißen Tasse Bratapfeltee am Fenster sitze und den Schneeflocken zuschaue, die zu Boden fallen, nur um auf dem Asphalt zu vergehen, frage ich mich, was gewesen wäre, wenn mein Vater auch nur einen winzigen Moment gezögert hätte. Ein My langsamer, und Jakob wäre unter dem Eis geblieben, das kalte Wasser hätte ihn verschluckt, und wir hätten nur die gähnende Leere zurückbehalten.

Vielleicht sollte ich mich schämen, diese eine Frage zu stellen, aber ich schäme mich nicht: Was wäre mir erspart geblieben?

__Zero Alala,__ einst wohl geboren auf einem fernen Planeten, strandete in den ersten Minuten des Jahrtausends auf der Erde und lebt heute irgendwo im Ruhrgebiet mit sechs süßen Ratten, stillen Begleitern. Doch in der Stille entstehen Worte, die wie Rufe hinaus in die Welt gesandt werden, in denen sich die Weiten des Universums spiegeln, die nach Verbindungen haschen und Spuren hinterlassen in Gedichten, Geschichten und Gedanken auf der Suche nach dem, was Menschen und Sterne eint.

Das kleine Wassertröpfchen

„Schön ist es hier oben", dachte das kleine Wassertröpfchen, als es hoch oben auf einer kleinen Wolke saß. „Wie oft bin ich schon von hier aus auf die Erde hinunter gesprungen", überlegte es sich. Eigentlich war es sich nie klar darüber geworden, warum es das eigentlich tat.

„Ich glaube", sagte es zu sich selbst, „ich springe nur, weil ich mich dabei so rundum wohlfühle!"

„Ja", bestätigte es sich, „weil es so rundum schön ist, auf die Erde zuzufliegen und zu beobachten, wie die Menschen laufen, wenn ich komme, oder zu hören, wie meine Freunde die Pflanzen mir sagen, wie sehr sie mich brauchen." Es hatte seinen letzten Satz noch gar nicht zu Ende gedacht, da flog es schon wieder durch die Lüfte. „Langsam wird es kalt", dachte das kleine Wassertröpfchen bei sich. Schon sah es ein kleines Haus, aus dessen Schornstein weißer Rauch emporstieg. Ehe sich das kleine Wassertröpfchen versah, wurde es von einer Windböe erfasst und mit einem *Klick* klopfte es an die Fensterscheibe an.

„Draußen gießt es aber!", hörte das kleine Wassertröpfchen durch die Scheibe hindurch einen kleinen Jungen sagen.

„Ja", antwortete die Mutter des Jungen.

„Hoffentlich wird es bald wieder wärmer", bat ein kleines Mädchen mit Nachdruck. Es hatte sich neben dem Ofen eine Höhle gebaut. „Ich möchte endlich wieder draußen spielen!"

„Lars, kannst du bitte noch etwas Holz auf den Ofen legen?", bat die Mutter.

„Klar, mach' ich!", rief er und sprang auf. Dabei schaute er kurz durch das Fenster nach draußen und nahm das kleine Wassertröpfchen gar nicht wahr. Lars schob seine kleine Schwester etwas zur Seite, um den Ofen besser öffnen zu können. Schnell warf er einige dicke Holzscheite in das lodernde Feuer des Ofens. Es begann sofort wieder zu knistern.

„Hab' ich!", rief er.

Die Mutter klopfte am Barometer. Der Zeiger war gestiegen, was darauf hindeutete, dass es bald kälter würde und Schnee bringen könnte. „Ich denke, es wird bald schneien", sagte sie.

Das „Hurra" der beiden Kinder und das gemeinsame Anstimmen von *Es schneit, es schneit lala, lala, lala* konnte das kleine Wassertröpfchen schon fast nicht mehr hören. Es war am Fenster hinunter auf das Fensterbrett getropft und fiel nun von  dort auf die Erde. Von hier aus machte sich das kleine Wassertröpfchen wieder auf den langen Weg nach oben zu seiner kleinen Wolke.

Unterwegs merkte es, wie es immer kälter und kälter wurde. Es machte auf einer großen Wolke Rast. Wie oft hatte es in dieser Höhe zur Rast schon da gesessen.

Plötzlich wurde es ganz traurig. Ihm fiel ein, was ihm andere Wassertröpfchen erzählt hatten. Sie meinten, dass irgendwann die Zeit käme, da es kälter und kälter werde. Es käme dann die Zeit, wo das kleine Wassertröpfchen seinen vorerst letzten Flug als Wassertröpfchen haben würde.

„Wird es vielleicht mein letzter Flug sein?", erschrak das kleine Wassertröpfchen? Es hieß, dass sich alle Wassertröpfchen dann veränderten und verwandelten, wie sie es nannten, um sehr hübsch und glänzend wie ein Kristall zu werden. Aber so genau wusste es keines. Auch das kleine Wassertröpfchen konnte es sich nicht vorstellen, kein kleines Wassertröpfchen mehr zu sein. Warum sollte es sich auch verändern, es war doch schon so lange ein kleines Wassertröpfchen gewesen, das immer, nachdem es die schöne Aussicht genossen hatte, von seiner kleinen Wolke auf die Erde zu gesprungen war. Es konnte sich beim besten Willen nichts anderes vorstellen, beim besten Willen nicht!

Beruhigt darüber, dass es bestimmt nichts zu befürchten hatte, stieg es weiter empor zu seiner kleinen Wolke. Glücklich, endlich wieder angekommen zu sein, genoss es wieder einmal diese wunderschöne Aussicht.

Als es sich erneut freudig fallen ließ, wusste es plötzlich, dass die anderen Wassertröpfchen mit ihrer Vermutung recht hatten. Denn plötzlich, von einem Moment auf den anderen, verwandelte sich das kleine Wassertröpfchen in eine prächtige, in allen Farben glitzernde, wie ein Kristall glänzende Schneeflocke, die langsam, unendlich langsam wie ein Wattetupfen zur Erde hinunterschwebte.

Jörg Harder, *geboren am 17.12.1959 in Kiel, glücklich verheiratet seit 1983, Vater von zwei wundervollen Söhnen. Staatlich anerkannter Erzieher, Diplom Berufsbetreuer, Autor von Kurzgeschichten. Mensch.*

Dicke Freunde

Ich saß in dem Büro mit Blick auf den Verkaufsbereich des größten Sportausstatters im mondänen schweizerischen Winterskiort. Und mir gegenüber die Inhaber des Geschäftes: das Ehepaar Albin und Sophie und Junior Remo, der auf sein Handy starrte.

Sämtliche Geräusche traten in den Hintergrund, während ich mich auf die Fragestellung fokussiere: „Warum sollten wir Sie einstellen?" Das Bimmeln der Ladenglocke, die den Klang einer Kuhglocke hatte, das Türschlagen, weil jemand ins Lager eilte und die murmelnden Verkaufsgespräche. Jetzt hing viel davon ab, dass ich äußerlich ruhig, doch innerlich angespannt die Frage der Inhaberfamilie überzeugend beantwortete.

Zwei Wochen vorher

Mein Partner und ich hatten uns schon lange auseinandergelebt und beschlossen, uns zu trennen, damit wir noch Freunde bleiben konnten. Er meinte, unsere Konversation würde sich nur noch darauf beschränken, bei Netflix die Usability upzugraden und dass er endlich mal wieder das Internet nutzen möchte, ohne vorher neue Styleguides bewerten zu müssen. Ironisch übersetzte er für mich die Trennung noch mit Steuerung - Alt - Entfernen.

Ich lächelte mit Tränen in den Augen.

Da ich als Web-Designerin überall arbeiten konnte, fuhr ich zum Durchatmen in die Berge zum Skilaufen, wo es mich seit meiner Jugendzeit immer wieder hinzog. Das herrliche Bergpanorama, morgens der knirschende Schnee unter den Kufen und die wunderschöne Schneelandschaft, mit dem alles wie gepudert und so herrlich frisch aussah, und die Bewegung an der klaren Luft taten mir gut.

Drei Tage später stand ich nachmittags am Fenster einer kleinen Berghütte und starrte in das Grau hinaus. Der dichte Nebel verschluckte alles – die umliegenden Berge, den Wald und sogar den nahe gelegenen Skilift. Vor einer Stunde noch war ich auf Skiern den Hang hinuntergesaust, die frische Bergluft in den Lungen und das Gefühl der Freiheit im Herzen. Doch nun herrschte das absolute Gegenteil. Der Nebel war plötzlich aufgezogen, begleitet von einem aufkommenden Schneesturm und einem mulmigen Gefühl. Eine Rückkehr ins Tal war ausgeschlossen, solange der Sturm tobte.

„Sieht so aus, als würden wir hier wohl eine Weile feststecken", sagte eine tiefe, freundliche Stimme.

Ich drehte sich um und sah den Dorfpolizisten Stefan, den ich schon beim Hereinkommen an der Uniform erkannt hatte. Im Dorf hatte ich ihn beobachtet, wie er den vereinnahmend parkenden SUVs die Knöllchen an die Windschutzscheibe heftete, aber den ebenso falsch parkenden Kleinwagen mit Kindersitz sympathischerweise übersah. Er war ungefähr in meinem Alter und hatte das hier übliche gesunde Aussehen.

Beruhigend lächelnd meinte er: „Das Wetter in den Bergen kann manchmal ziemlich unberechenbar sein, aber keine Sorge, das legt sich schon wieder." Neben ihm lag ein riesiger Bernhardiner auf dem Holzboden, den Kopf schwer auf den Pfoten. Das Tier sah friedlich aus, obwohl es mit seinem massigen Körper und den treuen, braunen Augen eine imposante Erscheinung war. „Das ist Bruno", sagte er, als er meinem Blick folgte. „Er ist mein alter Begleiter, aber mittlerweile im Ruhestand. Früher war er bei Rettungsaktionen im Einsatz, aber nun ist er arbeitslos."

Ich trat lächelnd einen Schritt näher und streckte die Hand aus, Bruno hob den Kopf, um an meinen Fingern zu schnüffeln, sah mich an und ich hörte ein leises „Hallo?" von ihm. Dabei wedelte er leicht mit dem Schwanz. Ich stutzte – der Hund konnte doch nicht reden. Ich musste mich einfach verhört haben.

Stefan setzte sich auf die Bank neben dem Kamin und ich nahm immer noch etwas verdattert ihm gegenüber Platz. Die knisternden Flammen verbreiteten eine wohlige Wärme, während der Wind draußen um die Hütte heulte. Der Schneesturm hatte voll eingesetzt und dicke Flocken peitschten gegen die Fensterscheiben.

„Also, wie bist du hier oben gelandet?", fragte Stefan, während er uns eine Tasse dampfenden Tees einschenkte.

Während ich noch auf den Hund starrte und überlegte, ob ich seine Stimme wirklich gehört hatte, antwortete ich, dass ich einfach mal raus aus der Stadt wollte und nahm einen Schluck.

„Meist arbeite ich im Homeoffice. Da wird es auf Dauer ziemlich einsam und die Bewegung tut gut.“

Stefan nickte verständnisvoll. „Verstehe. Ich bin hier der Dorfpolizist – das ist manchmal das genaue Gegenteil. Man kennt jeden und es gibt immer irgendetwas zu tun. Aber diese Ruhe hier oben, das vermisse ich manchmal.“

„Und Bruno?“, fragte ich.

Stefan streichelte liebevoll über den Kopf seines treuen Begleiters. „Ja, wir waren in einem Lawinenrettungsteam. Bruno war unglaublich. Er hat so viele Menschen gefunden. Aber jetzt meint man, er wäre zu alt für die Einsätze geworden. Und blöd ist auch, dass der neue Bürgermeister keine Hunde mehr im Büro sehen möchte. Bruno langweilt sich.“

Sofort schlug ich mich auf Brunos Seite: „Man sagt, Bernhardiner haben ein großes Herz. Da könnte Ihr Bürgermeister von Bruno lernen, da es bei ihm ja nicht der Fall zu sein scheint.“

Er nickte und aus dem Hintergrund schien auch Bruno mir zustimmend zuzuzwinkern. Still lauschten wir dem Sturm und genossen die Wärme des Feuers. Stefan bemerkte nach einer Weile: „Auch wenn man gezwungen ist, hier oben zu bleiben. Es gibt doch Schlimmeres, als einen Sturm in der warmen Hütte auszusitzen.“

Nachdenklich geworden nickte ich. „Ja, eine Pause vom hektischen Alltag. Vielleicht genau das, was ich gebraucht habe.“

In dem Blick aus Stefans eisblauen Augen lag Verständnis. Bruno legte sich auf meine Füße und wärmte mich friedvoll.

Die Stunden vergingen, während der Schneesturm draußen unvermindert weiter wütete. Wir redeten über Bruno und seine Erlebnisse. Stefan bezeichnete ihn als besonderen Hund, aber machte keine Andeutung über seine Einzigartigkeit. Ich hatte mich sicherlich getäuscht. Schließlich, als der Sturm sich zu legen begann und der Nebel sich langsam auflöste, hörten wir das anschwellende Brummen des Schneemobils, das gekommen war, um uns abzuholen.

„Vielleicht könnte ich mit Bruno nachmittags eine Runde drehen, wenn deine Büroarbeit ansteht“, schlug ich vor.

Gerne wurde das Angebot von den beiden Herren akzeptiert. So fuhren wir einträchtig ins Tal zurück und Bruno sorgte für die nötige Wärme, da er den Platz neben mir wie selbstverständlich erobert hatte.

Tage später schlenderte ich mit Bruno gemütlich durch das verschneite Dorf. Er zog mich zum Dorfplatz und widmete sich einer seiner Meinung nach sehr interessant riechenden Ecke. Ich blickte auf und so fiel mein Blick auf ein Schild im Fenster des gehobenen Sportbedarfs- und Skiausrüstungsgeschäfts. Dort hing sichtbar: *Ideenmanager*in gesucht.*

Ich überlegte. Eine Abwechslung zur Einsamkeit des Homeoffice und ein Neuanfang in dieser fantastischen Gegend lagen in der Luft. Aber könnte ich Bruno, der mir sehr ans Herz gewachsen war, mitnehmen? Ich stellte mir vor, wie er gemütlich neben der Kasse lag, während die Kund*innen beraten wurden, und lächelte. Die Idee gefiel mir immer besser.

Und nun saß ich hier und beantwortete die Frage, welche Ideen ich mitbrächte: „Mein Werbekonzept sieht folgendermaßen aus: Für mich sind Kundinnen Gästinnen. Und ich möchte uns als Gastgeber*innen betrachten. So geht keine Gäst*in durch das Geschäft, ohne bemerkt oder angesprochen zu werden. Der Ice Breaker ist kein standardisierter Kundenservice-Sprech à la Chatbot, vielmehr möchte ich, dass auf Augenhöhe kommuniziert wird. Wenn Sie zum Beispiel ein schönes T-Shirt tragen, sage ich dazu etwas. Oder ich erzähle von den Atomic Redster Q6, die Sie gerade vor sich sehen. Ob Siezen oder Duzen – das wäge ich individuell ab. Auch anschließend, wenn es ums Eingemachte geht – also herausfinden, was die Gäst*innen denn haben wollen – versuche ich, auf einer möglichst individuellen Ebene zu bleiben, und berate nach den persönlichen Voraussetzungen. Und schaue direkt, wie ich weiterhelfen kann. Also zum Beispiel an der Umkleide direkt fragen, ob man eine andere Größe oder Alternativen bringen dürfe. Auch würde ich nie etwas verkaufen, in dem der Mensch an Haltung und Mimik signalisiert, da nicht reinzupassen. Das wissen unsere Gäst*innen auch. Sie sollen Wertschätzung erfahren, die es im anonymen Onlineshopping nicht gibt. Wenn wir dann mit den Gäst*innen zur Kasse gehen, ist das Verhältnis meist schon fast freundschaftlich und alle sind happy. Und wer möchte, könnte Bruno zum Abschluss auch noch streicheln."

„Eine präzise Analyse, was die Alleinstellungsmerkmale und Vorteile des stationären Einzelhandels sind."

„Keine neuen Events und Erlebnisse, sondern sich auf die Kernkompetenzen besinnen. Sehr gut." Auch Junior nickte, der sein Handy schon zu dem Zeitpunkt weggelegt hatte, als ich meinen Beruf erwähnte.

Vor dem Geschäft wartete Stefan mit Bruno auf mich und ich konnte meine Freude direkt teilen: „Hey, ich habe den Job und gestalte auch die Webseiten."

„Ich mache mal weiter meinen Job, schnappe einen Dieb und bringe Diebesgut zurück", lachte Stefan.

Und Bruno fügte nur für mich hörbar hinzu: „Und ich mach beides – ich fetch!"

„Äh, fetch?" Sonst war ich doch diejenige, die sich der Fachsprache auskannte. Also *Fetch* im Sinne von dem Abrufen und Bewegen der Datenobjekte. Mir dämmerte, dass er sich auf die weitere Bedeutung bezog, dass es auch *etwas zurückholen* oder *apportieren* :-) heißen kann. „Slay!", konterte ich.

„Was?" Nun hob er fragend die Augenbrauen.

Ich beugte mich zu ihm herunter, vergrub mein Gesicht in seinem Fell und erklärte ihm leise, dass mit *Slay* in der Jugendsprache gemeint ist, dass man etwas außergewöhnliches Gutes getan hat oder etwas in atemberaubender Art und Weise erledigt hat.

Bruno lächelte.

„Das klingt doch alles nach dem Anfang einer wunderbaren Freundschaft", grinste ich.

Marlene Ingendahl *lebt mit Mann, Kater und Hund am linken Niederrhein und arbeitet beruflich als Ingenieurin. Um das Beste aus der Coronazeit zu machen, buchte sie Videosportstunden, die von den beiden Haustieren eher als gelungener Beitrag zur Abendunterhaltung gesehen wurden. Da sie schon immer gerne Geschichten schrieb und um ihre Kenntnisse zu vertiefen, belegte sie daraufhin ein virtuelles Seminar. Nun schreibt sie mit viel Freude ihre eigenen Geschichten.*

Wunderweiße Nacht

Die Nacht ist schwarz
der Schnee ist weiß
es funkeln keine Sterne
der See liegt unter dickem Eis
am Waldrand knackst jetzt dürres Reis
ein Dorfhund heult von Ferne.
Er ruft in diese Dunkelheit
ohne Mondes bleichen
einsam haltend treue Wacht
er ruft nach seinesgleichen
Ein später Gast strebt wankend heim
auch er sucht seine Meute
der Wirt rief ihn noch hinterdrein:
„Machs gut und Schluss für heute!"

Hartmut Gelhaar: *Jahrgang 1948, Rentner, lebt in Wernigerode. Hat bereits in mehreren Anthologien veröffentlicht. Eigene E-Buch Publikationen unter bookrix,de/-texter. Eigener Podcast unter Youtube: „Lyrik für die Ohren".*

Der Geschichtenerzähler

Es ist Weihnachten 1982. Im Briefkasten liegt ein Brief von meinem Sohn Malte mit den folgenden Zeilen:

Liebe Mama!
Es ist wieder Weihnachten und ich werde heute Abend meinen Weihnachtsbaum „wiedersehen"! Ich bin dir unendlich dankbar für das wunderschöne Geschenk, welches du mir 1959, vor genau 23 Jahren, bereitet hast.
Ich liebe dich,
dein Malte

Als ich diese Zeilen lese, erinnere ich mich genau …

Malte ist blind zur Welt gekommen. Besonders traurig über sein Schicksal wurde er immer zu Weihnachten, weil er den schön geschmückten Weihnachtsbaum nie sehen konnte. Dadurch war das gemütliche Weihnachtsfest immer von einer unausgesprochenen und mitschwingenden Traurigkeit gekennzeichnet, bis im Jahre 1959 ein Geschichtenerzähler in unser kleines Dorf kam, der die Kinder und Erwachsenen mit seinen Erzählungen in seinen Bann zu ziehen schien.

Auch Malte war auf der Straße von dem Erzählen des Mannes gefesselt worden. Aufgeregt berichtete er mir damals von seinem Erlebnis mit dem Geschichtenerzähler. In diesem Moment hatte ich eine Idee. Ich fasste den Entschluss, diesen Mann heute zum Heiligen Abend zu uns einzuladen. Ich lief durch unser Dorf, um den Geschichtenerzähler aufzusuchen. Es hatte wieder zu schneien begonnen und es war kalt geworden. Ich stapfte durch den Schnee, aber fand ihn nicht. Schon wieder auf dem Heimweg traf ich einen Nachbarn, der mir „Frohe Weihnachten" zurief, und ich solle doch mal zu Hannes laufen, unserem Dorfwirt, dort sei jemand, der die vielen Gäste mit seinen Erzählungen faszinierte.

„Danke", rief ich glücklich zurück und stapfte zur Schenke hinunter. Als ich die Tür öffnete, hörte ich ein anhaltendes Klatschen, welches kein Ende zu nehmen schien.

„Ich bin direkt ins Träumen geraten", hörte ich jemanden sagen. Andere saßen schweigsam da, ein Mann hatte Tränen in den Augen. Langsam ging ich auf den bescheiden dasitzenden Erzähler zu, sah seine alte, zum Teil zerrissene Kleidung, seine längeren, struppigen Haare, das liebevoll strahlende Gesicht.

Einen Moment lang verließ mich der Mut, dann legte ich aber doch meine Hand auf die seine und erzählte ihm von meiner Idee. Er war tatsächlich bereit, später noch in unser kleines, strohgedecktes Haus am Dorfrand zu kommen.

Fieberhaft vor Aufregung erledigte ich die letzten noch nötigen Vorbereitungen. Wir saßen alle in der warmen, gemütlichen Weihnachtsstube vor dem geschmückten Weihnachtsbaum, als es plötzlich klingelte. Ich öffnete die Tür und drückte ihm schweigend die Hand.

„Malte", rief ich, „wir haben Besuch bekommen. Der Geschichtenerzähler ist da, um dir etwas zu erzählen."

Malte wippte aufgeregt auf seinem Stuhl hin und her. „Au fein", rief er, „au fein, was erzählst du mir denn?"

Der Geschichtenerzähler legte seinen alten Mantel zur Seite, setzte sich auf den Teppich vor den Weihnachtsbaum und fing an zu erzählen. Malte saß nun ganz ruhig und still da und lauschte mit schräggehaltenem Kopf den Worten dieses Mannes. Ich war wie gefesselt von den Worten, mit welchen er begann, einen Weihnachtsbaum zu beschreiben. So genau im Detail, treffend und durchdringend klar beschrieb er.

Seine Stimme war ruhig, mitfühlend und ergreifend. Jedes Wort war verständlich, bildhaft, deutlich, für Kinder ebenso zu verstehen wie für Greise. Er sprach die einfache Sprache des fahrenden Volkes, des einfachen Menschen. Jeder, der seinen Worten lauschte, musste von ihnen ergriffen werden, gebannt, nur des Zuhörens wegen, um sich das Gesagte innerlich bildlich vor Augen zu führen. Es war genau so wie in der Kinderzeit, als sich noch Worte augenblicklich in der Fantasie zu Bildern verwandelten.

Ich sah einen wunderschönen großen Weihnachtsbaum, der in seiner Pracht und Helligkeit alles bisher Gesehene übertraf. Er glänzte, strahlte und blinkte so vor meinen Augen, dass ich sie schließen musste. Ich sah Lebkuchenherzen und Marzipan an ihm hängen, Tannenzapfen, rote Äpfel und Schokolade in jeder Form. Unzählige brennende rote Wachskerzen spiegelten sich im Glanze des Baumes. Er stand auf einer großen Spieluhr und drehte sich zu einer leisen, mir wohlbekannten Melodie langsam im Kreis.

Es war still um uns geworden. Jeder gab sich seinen Träumereien hin. Als ich aus meinen Träumen erwachte, war der Geschichtenerzähler fort. Wann er den Raum verlassen hatte, weiß ich bis heute nicht. Malte hatte an diesem Abend zum ersten Mal in seinem Leben einen herrlichen Weihnachtsbaum *gesehen*, den er zeitlebens nicht vergessen wird. Und noch etwas wird er nie vergessen – diese ruhige, liebe und warmherzige Stimme, mit welcher der Geschichtenerzähler Malte seinen traumhaften Weihnachtsbaum zeigen konnte sowie den herzlich-warmen Händedruck, den er Malte gab, als er aufstand und ging.

***Jörg Harder,** geboren am 17.12.1959 in Kiel, glücklich verheiratet seit 1983, Vater von zwei wundervollen Söhnen. Staatlich anerkannter Erzieher, Diplom Berufsbetreuer, Autor von Kurzgeschichten. Mensch.*

Winterabend

Der laute Tag ist längst vorbei,
die Erde liegt nun still.
Nur aufgescheuchter Möwen Schrei
durchbricht die Ruhe schrill.

Der Vollmond gießt sein blaues Licht
aufs dunkle Wasser hin.
Es spiegelt zitternd sein Gesicht,
weil unruhig ist sein Sinn.

Der Abendwind weht leis vom Strand
und flüstert mit der See,
bringt ihr als zarten Gruß vom Land
ein Duftgewand aus Schnee.

***Hedwig Schulz-Gade** (1932-2018) wuchs in Wiesbaden auf und lebte später in der Nähe von Flensburg an der Ostsee. In ihren Gedichten, Geschichten und Märchen beschreibt die studierte Pädagogin die Schönheit der Natur und erzählt davon, wie die Welt durch Einsicht und Mitgefühl ein Stück besser werden kann. Veröffentlichungen: „Der Abendwind weht leis vom Strand" (2021), „Warum der Mond manchmal am Tag scheint" (Hörbuch (2024), etliche kleinere Beiträge in Anthologien.*

Die wundersamen Weihnachtsschneeflocken

Es waren einmal zwei Schneeflocken, die in derselben Wolke zu Hause waren. Eigentlich waren die beiden miteinander befreundet, doch wie das manchmal so ist, so gibt es auch unter Freunden Streit.

Eleonore, die etwas ältere Schneeflocke, sagte, dass sie noch rüstig und fit genug wäre, um schneller aus der Wolke auf den Boden zu kommen als Doris, die junge und sehr hübsche Schneeflocke.

Doris lachte Eleonore aus und sagte: „Oje, du in deinem Alter mit gebrochenen Schneeflockenästchen willst schneller sein als ich – du bist ja nicht einmal mehr so schön sechseckig wie ich und die vielen anderen in dieser Wolke.

Da schrie es vom anderen Ende der Wolke: „Könnt ihr zwei vielleicht auch mal wieder aufhören zu streiten? Es geht gleich los, dann machen wir uns alle auf den Weg nach unten, dann werdet ihr ja sehen, wer die schnellere ist …

Eleonore und Doris dachten: „Mensch, lass uns doch streiten, was geht dich das an." Und eigentlich wollten sie dieser Schneeflocke auch noch ihre Meinung sagen, doch dazu war es zu spät. Es fing an zu schneien und die ersten Schneeflocken machten sich bereits auf den Weg nach unten und sowohl Eleonore als auch Doris warteten nur auf das Startzeichen von der großen Wolkenschneeflockenchefin, damit sie endlich springen durften.

Da sagte die Wolkenschneeflockenchefin auch schon: „Eleonore und Doris, jetzt seid ihr beiden dran. Ich wünsche einen guten Flug."

Schon sprangen die beiden aus der Wolke und machten sich auf den Weg nach unten. Der Weg war sehr weit und so kam es, dass manchmal Eleonore schneller war und dann wieder Doris. Das fanden die beiden irgendwie lustig und sie lachten zusammen und vergaßen ihren Streit.

Als die beiden unten angekommen waren, landeten beide genau gleichzeitig auf der Mütze von Artem, der gerade auf dem Weg von der Schule nach Hause war.

Als Artem zu Hause angekommen war, waren weit mehr als die beiden Schneeflocken auf seiner Mütze und seine Mutter sagte: „Meine Güte, wo warst du denn? Du siehst ja aus, als wärst du am Nordpol gewesen ..."

Artem zog sich aus und legte seine Mütze auf einen kleinen Ofen. Der Schnee auf der Mütze schmolz sehr schnell, nur zwei Schneeflocken blieben übrig. Diese wollten anscheinend nicht schmelzen, was Artem irgendwie merkwürdig fand, allerdings dachte er sich: „Na ja, es geht ja auf Weihnachten zu, da weiß ja jedes Kind, dass so manche Wunder möglich sind." Er wusste, dass seine Mutter ihm niemals glauben würde, also schnappte er sich heimlich seine Mütze mit den beiden nicht geschmolzenen Schneeflocken und ging in sein Zimmer. Da Artem auch sehr an Naturwissenschaften interessiert war, packte er ein Mikroskop aus, dass er letztes Jahr zu Weihnachten geschenkt bekommen hatte, und schaute sich die beiden Schneeflocken an, die einfach nicht schmelzen wollten.

Im ersten Moment erschrak Artem ein wenig, denn es war das erste Mal, dass er im Mikroskop Schneeflocken mit Gesichtern sah. Als diese Schneeflocken dann auch noch mit ihm sprachen und mit ihren Zacken winkten, kniff er sich selbst, weil er dachte, dass das doch nur ein Traum sein konnte.

Doris, die junge Schneeflocke, erklärte Artem allerdings, dass er nicht träumte, sondern dass er wirklich zwei besondere Schneeflocken mit seiner Mütze aufgefangen hatte.

So unterhielten die drei sich eine ganze Weile und Artem fragte „Was ist eigentlich an euch so besonders? Ich meine ..., außer dass ihr nicht schmelzt wie andere?"

Da sagten Eleonore und Doris wie aus einem Mund: „Wir sind Weihnachtsschneeflocken, es gibt uns nur sehr, sehr, sehr selten. Im ganzen Winter in Deutschland findet man höchstens zehn Stück von uns."

„Aha", sagte Artem, „und was macht euch zu Weihnachtsschneeflocken?"

Woraufhin Eleonore und Doris antworteten: „Wer eine von uns findet, hat einen Wunsch frei. Da du zwei von uns gefunden hast, hast du zwei Wünsche frei."

Da freute sich Artem sehr und lange überlegte er, was er sich wünschen sollte. Da er ja zwei Wünsche frei hatte, überlegte er sich, dass er mit einem der Wünsche anderen etwas Gutes tun wollte. Und so wünschte er sich, dass sein Vater, der gerade wegen Krebs im Krankenhaus lag, ganz schnell wieder gesund werden würde.

Kaum hatte Artem diesen Wunsch ausgesprochen, klingelte es auch schon an der Türe und sein Vater stand davor und sagte: „Ein Wunder ist geschehen, ich bin wieder vollkommen gesund.“

Artem dachte: „Na, wenn du wüsstest“, und grinste dabei. Als zweiten Wunsch wünschte er sich einen Elektroroller, damit er in Zukunft besser und schneller in der Schule sein konnten. Und schon stand ein Elektroroller direkt vor ihm. Dann schaute Artem wieder auf seine Mütze und die beiden Schneeflocken waren nicht mehr da, dabei wollte er sich doch eigentlich nur bei Doris und Eleonore bedanken …

Er fragte sich den Rest seines Lebens, ob diese Schneeflocken jetzt vielleicht doch einfach geschmolzen waren? Oder hatten sie sich woanders hin auf den Weg gemacht, um dort Wünsche zu verteilen?

Wer weiß das schon?

Vielleicht sind sie ja bei dir gelandet? Schau dir mal lieber jede Schneeflocke in diesem Winter ganz genau an – nicht, dass du noch eine Weihnachtsschneeflocke verpasst …

Susanne Weinsanto wurde 1966 in Karlsruhe geboren.

Wintereinbruch

Der Winter ist ins Land gezogen,
Zweige haben sich durchgebogen,
zerbrechen unter ihrer Schneelast,
es zerbricht sogar so mancher Ast.

Ein Schneeflockengestöber setzt ein,
inzwischen gefriert es Stein und Bein,
auf harschem Schnee liegt Puderzucker,
Wildtiere sind jetzt arme Schlucker.

Tümpel, Teiche und Seen zufrieren,
die Not ist groß bei vielen Tieren,
die Futtersuche ist stark erschwert,
Eis-Schneedecke es ihnen verwehrt.

An Fenstern Eisblumen erblühen,
dort ihren Advents-Charme versprühen
von langen Eiszapfen eingerahmt.
Ein Kunstwerk, vom Frost stilvoll geplant ...

Ingrid Baumgart-Fütterer

Winterdetektive

Dezember 1979

Es war einer dieser Winter, in denen der Schnee in dicken Flocken fiel und die Welt in ein weißes Wunderland verwandelte. Im Radio lief Paul McCartneys *Wonderful Christmastime* und damals sagten die Erwachsenen, dass es der schlimmste Winter wäre, den sie je erlebt hätten. Für uns Kinder war es der beste Schneemonat aller Zeiten.

Ich war acht Jahre alt, die Tage schienen endlos und gefüllt mit Abenteuern. Meine Freunde und ich verbrachten jeden Nachmittag draußen, bis die Kälte in unsere Wangen biss oder die Dunkelheit und Mamas mahnende Worte uns schließlich nach Hause trieben.

Als ich an jenem besonderen Tag raus zum Spielen lief, schien die Welt in Zucker getaucht zu sein.

„Höher, die Mauer muss höher!", rief Ralf, der mit einer Schaufel Schnee auf die Spitze unserer Burg schleuderte. Die Schneeburg war unser ganzer Stolz. Zwei Tage hatten wir an ihr gebaut, nun war sie fast perfekt: mit Türmen, einem kleinen Eingang und einem Geheimversteck, in das nur wir hineinkriechen konnten. Der Schneemann davor – wir nannten ihn Sir Rübennase – bewachte die Burg. Sein Besen diente ihm als Schwert und sein Eimerhut machte ihn zu einem stolzen Ritter.

„Pass auf, Kathrin, der Turm fällt gleich um!" Ich zeigte auf das schwankende Konstrukt, das meine kleine Schwester gebaut hatte.

Kathrin schob energisch noch einen Schneeball unter die wackelige Spitze. „Hält schon", sagte sie und grinste dabei verschmitzt. Kurz darauf fiel der Turm tatsächlich ein und wir lachten alle so laut, dass Sir Rübennase beinahe seinen Hut verlor.

Unser Schlitten, ein rot lackierter Holzschlitten mit glänzenden Metallkufen, war unser treuer Begleiter. Wir hatten ihn zusammen mit Papa repariert, abgeschliffen und gestrichen, sodass er fast wie neu aussah. Der Schlitten war unser Karren, wenn wir Schneebälle auf die Burg fuhren, unser Streitwagen, wenn wir durch den Garten sausten, und unser Thron, wenn wir Sieger einer Schneeballschlacht waren.

„Wer zuerst beim Schneemann ist, gewinnt!", rief Ralf und sprang auf den Schlitten.

Lachen, Schneestaub in der Luft und kalte, rote Nasen – das war der Winter, wie wir ihn liebten.

Wir waren gerade dabei, unsere Schneeburg fertigzustellen, als Kathrin plötzlich rief: „Wo ist der Schlitten?" Ihre Stimme klang besorgt und sie sah sich hektisch um.

„Vielleicht ist er hinter der Burg?", schlug Ralf vor, ohne aufzusehen, während er einen Schneeball rollte. Doch ein kurzer Blick hinter die Burg zeigte: Da war kein Schlitten.

Ich legte die Schaufel beiseite und spürte, wie ein leises Unbehagen in mir aufstieg. Der Schlitten war doch eben noch da – wir hatten ihn zuletzt neben der Burg abgestellt. Jetzt war er weg.

„Vielleicht hat ihn jemand genommen?" Kathrin sah mich mit großen Augen an.

„Quatsch", sagte Ralf. „Wer sollte den Schlitten klauen? Hier sind doch nur wir." Doch auch er stand nun auf und sah sich um. Der Hinterhof war nicht groß und von der Burg aus konnte man alles überblicken – aber es gab keine Spur von dem Schlitten.

„Ich weiß, was wir tun!", sagte ich entschlossen. „Wir werden Detektive! Wir lösen das Rätsel und finden den Schlitten."

Ralf grinste breit. „Okay, aber ich bin der Chefdetektiv. Du kannst mein Assistent sein."

„Ha, warum das denn?", protestierte ich, doch Kathrin unterbrach uns: „Ich bin die Spurensucherin! Ich kann Spuren im Schnee lesen!"

Wir teilten uns die Aufgaben. Ralf wollte Hinweise sammeln, Kathrin begann, den Schnee um die Burg herum nach verdächtigen Abdrücken zu untersuchen, und ich entschied, die Umgebung genau zu beobachten.

Zuerst suchten wir neben der Burg, hinter dem Schneemann und sogar in dem kleinen Holzschuppen, wo wir unsere Schneeschaufeln aufbewahrten. Aber da war nichts.

„Warte!", rief Kathrin plötzlich und zeigte auf eine Reihe von Fußspuren, die sich in Richtung der Straße zogen. „Vielleicht hat ihn wirklich jemand geklaut!"

Ralf kratzte sich am Kopf. „Aber die Spuren sehen aus wie unsere eigenen."

„Vielleicht hat der Dieb extra so getan, als wären es unsere Spuren", überlegte Kathrin und ihre Augen funkelten vor Aufregung.

„Oder vielleicht ... ist der Schlitten von allein weggefahren!" Ralf grinste. „Vielleicht ist er ein magischer Schlitten!"

„Das ist doch albern", sagte ich, obwohl ich die Idee insgeheim ziemlich cool fand. „Aber was ist, wenn ein Hund ihn geschnappt hat? Oder der Wind ihn weggepustet hat?"

Die Diskussion wurde immer wilder und bald entstanden in unsrer Fantasie die wildesten Theorien.

Die Spuren im Schnee führten uns zunächst bis zum Ende des Hofes, wo sie abrupt aufhörten. Ralf kniete sich hin und beäugte die Stelle kritisch. „Hm, das könnte bedeuten, dass der Dieb den Schlitten getragen hat!"

„Oder er hat ihn hochgehoben, um keine weiteren Spuren zu hinterlassen", fügte Kathrin hinzu, ihre Stimme zitterte vor Spannung.

Ich sah mich um. „Vielleicht hat der Wind ihn in den Garten geweht." In unserer detektivischen Märchenwelt war damals eben alles möglich.

Wir beschlossen, die Suche auszuweiten. Der Garten hinter dem Haus war ein unberührtes Schneeparadies. Spurensucherin Kathrin ging mit entschlossenem Schritt voran. Die Hasenspuren, denen sie folgte, endeten in einer dick verschneiten Hecke. „Hier ist bestimmt ein geheimer Eingang", flüsterte sie und kroch auf allen vieren ins weiße Dickicht.

Ralf rollte mit den Augen. „Das ist doch Quatsch. Ein Hase kann keinen Schlitten klauen!" Aber dann stieß er einen überraschten Laut aus: „Hey, hier sind Kratzspuren! Vielleicht hat ein Wolf den Schlitten geschnappt!"

„Ein Wolf? In unserem Garten?" Kathrin sah ihn skeptisch an. „Das glaube ich nicht."

Doch Ralf war längst in Fahrt. Er hob einen langen Stock auf und hielt ihn wie ein Schwert. „Ich bin bereit, falls er zurückkommt!"

Ich konnte nicht anders, als zu lachen. „Vielleicht sollten wir zuerst das Gewächshaus durchsuchen."

Im alten, verstaubten Gewächshaus entdeckten wir nur verrostete Gartengeräte und eine dicke Eisschicht auf den Scheiben. Keine

Spur vom Schlitten, aber die Kälte im Inneren ließ uns wie kleine Dampflokomotiven ausatmen.

„Was ist, wenn jemand den Schlitten gestohlen hat, um ihn als Weihnachtsgeschenk zu benutzen?“, überlegte Kathrin, als wir uns wieder auf den Weg machten.

Ralf nickte. „Oder er wurde entführt und wartet jetzt auf uns, um gerettet zu werden.“

„Vielleicht sollten wir die Nachbarn fragen?“, meinte ich.

Und so marschierten wir weiter. Unsere Nachbarn, Frau und Herr Müller, öffneten ihre Tür nur einen Spalt, aber Frau Müller lachte, als sie hörte, dass wir Detektive spielten. „Ihr habt vielleicht Ideen! Nein, bei uns hat sich kein Schlitten versteckt.“

„Das sagen sie nur, weil sie ihn nicht herausrücken wollen“, flüsterte Ralf verschwörerisch, während wir wieder abzogen.

Die Zeit verging und die Kälte kroch uns langsam in die Finger. Schließlich ließ Kathrin sich in den Schnee plumpsen. „Ich glaube, der Schlitten will nicht gefunden werden“, seufzte sie.

Ralf sah mich an, sein Stock jetzt wie eine Stütze in der Hand. „Vielleicht geben wir auf für heute?“

Ich nickte widerwillig. „Ja, ... aber morgen suchen wir weiter!“

Als wir die Haustür aufstießen, schlug uns der Duft von heißem Kakao entgegen. Mama stand in der Küche, ein fröhliches Lied summend, während sie dampfende Tassen auf das Tablett stellte.

„Na, habt ihr euren Schlitten gefunden?“, fragte sie, als wir mit roten Wangen und schneeüberzogenen Jacken hereinkamen.

„Noch nicht“, murmelte Kathrin enttäuscht und zog ihre Stiefel aus. „Aber wir haben Spuren gefunden! Vielleicht wurde er entführt.“

„Oder er ist durch ein geheimes Portal verschwunden“, ergänzte Ralf und stellte seinen Schwert-Stock in die Ecke.

Mama lächelte und zog Kathrin in eine Umarmung. „Dann könnt ihr ja morgen weitersuchen. Jetzt trinkt erst mal euren Kakao, bevor ihr selbst im Schnee verschwindet.“

Wir setzten uns an den großen Holztisch, der direkt vor dem Fenster stand. Draußen war es inzwischen dunkel geworden und die Straßenlaternen warfen ihr warmes Licht auf den glitzernden Schnee. Ich rührte nachdenklich in meinem Kakao, während Ralf mit einem Berg von Schlagsahne kämpfte, der fast aus seiner Tasse quoll.

„Vielleicht finden wir ihn wirklich nie“, sagte Kathrin leise.

„Unsinn“, erwiderte ich, obwohl ich mir selbst nicht mehr so sicher war. „Irgendwann taucht er wieder auf.“

Ralf zuckte die Schultern. „Wenn nicht, bauen wir uns einfach einen neuen. Diesmal einen mit Raketenantrieb!“

Das brachte uns alle zum Lachen und für einen Moment vergaßen wir den vermissten Schlitten. Der Kakao wärmte uns von innen und der Gedanke an Raketenantriebe ließ uns neue, verrückte Abenteuer planen.

Die Tage vergingen und der Winter schien kein Ende zu nehmen. Jede Nacht fiel neuer Schnee und wir spielten weiter draußen, aber die Suche nach dem Schlitten geriet allmählich in den Hintergrund.

„Vielleicht taucht er einfach so wieder auf“, sagte Ralf eines Nachmittags, während wir einen neuen Schneemann bauten.

„Das wäre langweilig“, erwiderte Kathrin. „Ein Detektiv muss sein Rätsel lösen, bevor die Spur kalt wird.“

„Die Spur ist längst eingeschneit“, meinte ich trocken und stapfte durch den tiefen Schnee zurück zur Burg.

Dann, an einem der ersten milden Tage im März, geschah es. Die Sonne hatte den Schnee in der Einfahrt ein wenig schmelzen lassen und Pfützen bildeten sich dort, wo zuvor hohe Schneeberge gewesen waren. Auch unsere Schneeburg wurde bereits immer kleiner. Ich war gerade dabei, den Hof zu fegen, als etwas Rotes unter der schmutzigen Schneeschicht hervorlugte, dort, wo sich eine besonders dicke Schneemauer befand.

Mein Herz machte einen Sprung. „Kathrin! Ralf! Kommt schnell!“, rief ich und zeigte auf den roten Fleck.

Kathrin rannte herbei und stieß einen freudigen Schrei aus. „Das ist er! Das ist unser Schlitten!“

„Ich wusste es!“ Ralf grinste über beide Ohren und begann sofort, mit den Händen den Schnee beiseitezuschieben. „Er hat sich hier die ganze Zeit versteckt!“

Es war nicht einfach, ihn auszugraben. Der Schnee war hart gefroren und wir mussten eine Schaufel holen, um die letzten Reste freizulegen.

„Er sieht ein bisschen mitgenommen aus“, bemerkte Kathrin. Die rote Farbe war an einigen Stellen abgekratzt und die Kufen waren rostig geworden.

„Das macht nichts“, sagte ich. „Hauptsache, er ist wieder da.“

„Vielleicht hat er sich absichtlich versteckt“, sagte Kathrin plötzlich und klang fast ernst. „Weil er wollte, dass wir etwas Neues entdecken.“

„Wie die ganzen Theorien, die wir uns ausgedacht haben“, stimmte ich zu. „Oder die Spurensuche.“

„Oder den Raketenantrieb!“ Ralf grinste und wir mussten wieder alle lachen.

In den folgenden Tagen schmolz der Schnee immer weiter und bald war von unserer Burg nur noch ein kleiner Hügel übrig. Der Schneemann kippte langsam zur Seite, bis ihm schließlich der Kopf samt Eimerhut herunterrollte.

Wir drei saßen auf der alten Schaukel unter dem großen Baum und schauten auf die letzten Schneereste im Garten. Ralf zog einen langen Zweig durch den aufgeweichten Boden und seufzte. „Das war ein cooler Winter, oder?“

„Der beste“, stimmte Kathrin zu. „Wir hatten sogar einen Detektivfall.“

„Weißt du, was ich am besten fand?“, fragte ich schließlich.

„Den Raketenantrieb!“, rief Ralf und lachte.

„Den Kakao“, sagte Kathrin mit einem breiten Grinsen.

„Nein“, antwortete ich leise. „Dass wir das alles zusammen gemacht haben.“

Für einen Moment schwiegen wir und die warme Sonne ließ unsere Gesichter kribbeln.

„Lasst uns den Schlitten nächstes Jahr gleich von Anfang an gut verstecken“, sagte Kathrin schließlich. „Dann haben wir wieder was zu suchen.“

Wir lachten und schauten einander an, die Sonne blendete uns durch die kahlen Äste des Baumes. Es war ein Abschied von diesem Winter, aber kein Abschied von der Erinnerung. Die würde bleiben – genau wie der Schlitten, irgendwo im Schuppen, und unsere Geschichten, die nur darauf warteten, erzählt zu werden.

***Bernhard Finger** (geboren 1971) ist Pferdenarr, Mittelalterfan, Hobbykoch und begeisterter Bogenschütze. In seiner Freizeit schreibt er Kurzgeschichten, darunter Gruselstorys, die auch bereits in einer bekannten Heftromanserie veröffentlicht wurden. Heute schreibt und veröffentlicht er vor allem Märchen, Fantasy und gelegentlich Science-Fiction.*

Schneetreiben

Am Morgen
das süß-scharfe Aroma
der Felder schmecken und die Würze
zerriebener Kiefernnadeln.
Schales Seewasser trinken aus der
hohlen Hand des Dezembers.
Hier, wo die Stadt in Gedanken
schon zu Ende ist und der Träume
weites Land unter Schneetüchern ruht.

Apfelbaumkronen am Himmel
und Tannen, ferner mit jedem Schritt.
Schlafende Hütten, gerümpelumstellt,
und nackte Beete hinter den Zäunen ...
Durch die Gärten geht das Gestern,
Schulter an Schulter mit dem Heute,
dorthin, wo alles möglich ist,
wo alles schwebt und quillt und treibt
wie Frühling in jungen Stämmen.

Edda Gutsche *ist freischaffende Autorin und Publizistin und widmet sich der sogenannten kleinen Form. Ihre Gedichte, Kurzgeschichten und Märchen wurden sowohl als Einzeltitel als auch in diversen Anthologien und Literaturzeitschriften veröffentlicht. 2018 ist ihr zweiter Lyrikband „Die Heide hat lila Augen" erschienen. Edda Gutsche hat mehrere Preise gewonnen, darunter den „Opus Magnus Discovery Award" in den USA für ein englischsprachiges Romanmanuskript. Sie ist auch journalistisch tätig und hat insbesondere zu kulturhistorischen Themen diverse Artikel, Buchbeiträge und Bücher auf Deutsch und Polnisch verfasst.*

Der Wintermantel

Vor einem halben Jahr trat Bea ihre Arbeit als Lehrerin an einer Grundschule an. Eine kleine beschauliche Schule, das war ihr Traum gewesen, der sich wie ein Wunder erfüllte. Doch sehr bald wurde dieser zu einem Albtraum.

Auf dem Weg zur Arbeit hatte sie jedes Mal das Gefühl, als ginge sie direkt in einen Hexenkessel. Die Hexen darin waren zwölf Kolleginnen, die sich allesamt in miesen Verhaltensformen überboten. Schnell bekam Bea mit, dass man sich über sie als Boa, also als Schlange, lustig machte. Meistens arteten solche Lästereien nur in Gekicher aus. Eigentlich nicht weiter schlimm, aber Bea fühlte sich ausgegrenzt und enttäuscht. So hatte sie sich ihre Arbeitswelt nicht vorgestellt.

Ausgerechnet ein ungeliebter Gegenstand in ihrem Haushalt sollte ihre Kolleginnen gefügig machen. Im Keller lag noch immer ein Mantel, den sie von ihrem finnischen Freund geschenkt bekommen hatte, als sie bei ihm einmal die Weihnachtstage verbrachte.

Natürlich war dieser überdimensionale dickgefütterte Mantel mit Riesenkapuze passend für kalte Winter in Finnland. Aber hier in einer mitteldeutschen Kleinstadt wollte Bea ihn nicht tragen. Zudem hatte Thore recht unsanft mit Bea Schluss gemacht. Das war ein Grund mehr für sie, den Mantel mit anderen ungeliebten Erinnerungsstücken in einen Altkleidersack zu stopfen und mit Nichtbeachtung zu strafen.

Bis zu dem Tag, als das Thermometer auch in Mitteldeutschland auf minus fünfzehn Grad sank. Widerwillig erinnerte Bea sich an ihre finnische Winterliebe und den Mantel, der ihr damals gutgetan hatte. Mit einem leichten Fluch auf Thore holte sie den Monstermantel wieder aus dem Kleiderbeutel hervor.

Als würde der Mantel spüren, welche Bedeutung er bekam, plusterte er sich außerhalb des muffigen Beutels auf und kuschelte sich wärmend an Beas Körper.

Am nächsten Morgen ging sie gut gelaunt zur Schule, vorbei an frierenden Menschen, die sie kaum wahrnahm. Sie sah zwar aus wie eine Polarforscherin, aber niemand machte sich lustig über sie. Unter der dicken Kapuze hätte sie ohnehin das Lästern der Kolleginnen nicht gehört. Aber heute herrschten nur stöhnende und bibbernde Geräusche. Der Winter mit seiner extremen Kälte hatte alle im Griff.

Sogar der Schulleiter, das einzige männliche Mitglied des Kollegiums, raffte sich heute zu einer fordernden Ansage auf, was ihm sichtlich unangenehm war. Seine Stimme war ungewöhnlich laut und die Kolleginnen unterbrachen für einen Moment erstaunt ihr Gejammer und Gehuste.

„Meine Damen, die Schulbehörde hat angewiesen, dass wir in den nächsten Tagen die Pausenaufsicht verstärken."

Im Lehrerzimmer wurde es unruhig und die Stimme des Schulleiters wurde dünner. Aber er fuhr mutig fort: „Durch den Eisschnee besteht eine erhöhte Verletzungsgefahr."

Einige Kolleginnen begannen zu murren und sogar zu schreien: „Das ist eine Zumutung. Da mach ich nicht mit!" Das Gezeter wurde lauter und drohte auszuarten.

„Bitte, meine Damen!" Der Schulleiter klopfte auf den Tisch und bekam ein hochrotes Gesicht. Die Frauen erschraken und beruhigten sich allmählich. Der Schulleiter hielt den Brief vom Schulamt hoch und Bea sah, dass seine Hände zitterten. Der Mann musste ihren aufmerksamen Blick bemerkt haben, denn jetzt sah er ihr direkt in die Augen. Hastig stieß er den Satz aus: „Frau Rosenberg, ich habe Sie für die nächste Pause als zusätzliche Aufsicht eingetragen."

Im Lehrerzimmer wurde es auf einmal still, fast friedlich. Bea blieb ganz ruhig. Nun war ihr Auftritt gekommen. „Ja, klar. Mache ich, Herr Bäumler. Und Sie können mich auch für die Frühaufsichten eintragen. Ich bin ohnehin schon vor Unterrichtsbeginn in der Schule."

Der Schulleiter murmelte nur ein leises: „Dankeschön, Frau Rosenberg." Dann schlich er sich davon, um die weiteren Pausenvertretungen in seinem Plan einzutragen.

Annette kam als Erste zu Bea an den Tisch. „Du, das ist echt nett von dir. Boah, äh, entschuldige, Bea!" Bea ließ sich nichts anmerken.

„Wirklich, finde ich klasse von dir", tönte es schon von der anderen Seite.

Rosi stieß ihre Sitznachbarin an, die brav erwiderte: „Das nenne ich echte Kollegialität. Bea, du bist goldrichtig bei uns.“

Bea genoss die positiven Ergüsse ihrer Kolleginnen noch ein wenig. Dann schwang sie sich in ihren Mantel und schwebte davon. Unterwegs sah sie in die Gesichter der frierenden Menschen und dankte ihrem verflossenen Thore für seinen wunderbaren Mantel, in dem ihr jetzt wohlig warm war, sowohl am ganzen Körper wie auch in ihrem Herzen.

Was für ein Winter!

Gila Trojman, die im Wangerland an der Nordsee lebt, hat als Sonderschulpädagogin zahlreiche Lehrerzimmer kennengelernt. Diese vielfältigen Erfahrungen inspirierten sie zu ihrer Geschichte vom besonderen „Wintermantel“.

Naturtalent

Über Nacht hat ein Künstler
Bilder an mein Fenster gemalt,
ohne dass ich ihn
dafür jemals bezahlt.

Aus Strichen entstanden
Muster in Weiß wie Schnee.
Andere Farben hat er vergessen
und doch alle Konturen ich seh.

Scheint die Sonne auf mein Bild,
funkelt es in vielen Farben ganz wild.

Andreas Rucks, geboren 1979 in Stollberg/Erzgebirge, Erzieher im Bewegungskindergarten in Aue-Bad Schlema. 2005 erstes Buch veröffentlicht „Träume und Realität – poetische Texte". Seitdem sind zahlreiche Texte in Anthologien veröffentlicht worden. Herausgeber der Bücher: „Essen im Schulprojekt – mit vollem Bauch lernt es sich besser" (2009) sowie „Die Straßennamen der Stadt Aue – einer Stadt mit vielen Bezeichnungen" (2015). 2020 wurde „Menschen für Texte begeistern – Schreiben macht Spaß" veröffentlicht, einem Tafelwerk der Lyrik. 2023 erblickten zwei Spiele in ihrer Endfassung das Licht der Welt (Partnerstadtspiel, Sag's schnell), rechtzeitig zum „Tag der Sachsen" in Aue-Bad Schlema.

Yuki und der Schnee

Über Nacht hat der erste große Schnee das Land in wattiges Weiß gehüllt. Er hat sich so flockig leicht auf den Dachfenstern von Yukis Mietwohnung niedergelassen, dass sie trotz einer unruhigen Nacht nichts davon mitgekriegt hat. Nein, das stimmt nicht. Als sie um halb eins ins Bad musste, hatte sie etwas irritiert, das sie nicht benennen konnte, und nun versteht sie, was es war. Nicht ein Vollmond hatte das Schlafzimmer in ein sanftes Licht getaucht, sondern der Schnee, der das aus vereinzelten Wohnungen der Siedlung noch fallende Licht und jenes der Straßenlampen spiegelte. Nun liegt er wie eine kuschelige Decke auf den Fenstern. Nur am oberen Rand der Scheibe ist ein schmaler Schlitz frei, durch den sich jetzt die Morgendämmerung ankündigt.

Yuki hüpft zurück ins Bett, kuschelt sich in die Decke und versucht, wieder einzuschlafen, denn sie muss heute nicht so früh auf der Arbeit sein wie sonst. Doch sie schafft es nicht, nochmals zur Ruhe zu kommen, der Schnee lockt sie zu sehr. Morgens ist ihr immer warm, vielleicht liegt es an den unruhigen Träumen, die sie auch beim Schlafen in Bewegung halten.

Sie geht nur mit dem kurzen Nachthemd bekleidet in die Küche und stellt den Wasserkocher an. Bald steigt ein frischer Duft nach Minze aus ihrer Lieblingstasse. Yuki dreht das Radio an. Sie liebt es, nach dem Aufstehen teetrinkend am Esstisch zu sitzen und über das Radiohören Verbindung mit der Welt aufzunehmen. Gerade informiert die aufgeregte Stimme des Moderators, dass auf den Straßen Chaos herrscht: Der öffentliche Verkehr ist zusammengebrochen. Stau, Auffahrunfälle und rutschende Autos verwandeln die Straßen in ein unkontrollierbares Durcheinander. Es scheint, als hätten viele den frühen Arbeitsweg trotz Warnungen mit dem Auto gewagt und würden nun mit Sommerpneus in Schneeverwehungen steckend auf ein Abschleppfahrzeug hoffen. Auch auf den Fahrleitungen und Schienen der Straßenbahnen und Züge liegen schwer riesige Massen von Schnee. Viele Linien waren schon am Vorabend zu später Stunde eingestellt worden, als der Schnee immer heftiger fiel. Yuki hatte davon nichts mitbekommen, sie war früh zu Bett gegangen.

Das Licht in der Wohnung hat Yuki an diesem Morgen noch nicht angemacht, um das anheimelnde Dunkel zu genießen, das so nur der Schnee oder der Vollmond kreieren. Es ist eine lichte Dunkelheit, die einen sanft umfängt und nicht in Unbehagen versetzt. Langsam bricht der Tag an, doch es wird kaum heller in der Wohnung, denn auf den Dachfenstern liegt der Schnee immer noch dicht. In Yukis vier Wänden herrscht Iglu-Gemütlichkeit. Sie geht zum Balkon, dem einzigen nicht zugeschneiten Fenster, und blickt beim Hinausschauen in ein Winterwunderland. Im frühen Morgenlicht sind die Umrisse der Häuser, Bäume und Menschen noch undeutlich, man erahnt sie mehr, als dass man sie sieht. Diese Stimmung hat etwas Geheimnisvolles und Beruhigendes. Die wirren Träume der Nacht lösen sich langsam auf und machen einem angenehm gelösten Gefühl Platz. Mit den Händen umfasst Yuki die bauchige Teetasse und nimmt einen tiefen Schluck. Er rinnt warm ihre Kehle hinunter und verbreitet ein wohliges Gefühl im Brustraum. Sie leert die Tasse ohne Hast, während sie in das erstrahlende Weiss hinausblickt.

Da taucht die Sonne, die sich seit einigen Minuten durch eine sanfte Rötung der Luft ankündigt, am Horizont auf. Die ersten Sonnenstrahlen treffen auf die alles einhüllende Decke aus Weiß und lassen sie so intensiv aufleuchten, dass Yuki der Atem stockt. Die Schneekristalle glitzern wie kleine Edelsteine. Nun fällt auch Licht durch die frei werdenden Stellen auf den Dachfenstern ins Wohnungsinnere und vertreibt die Schatten der Nacht. Die Sonne lässt die spitzen Gipfel der fernen Bergkette glänzen, die Helligkeit wird mit jedem Moment intensiver.

Gedankenverloren lässt Yuki die leere Teetasse in der Hand baumeln, ein paar übrig gebliebene Tropfen fallen dabei aus der Tasse auf den Parkettboden. Sie merkt es nicht. Zu verzaubert ist sie vom Bild, das sich ihr draußen bietet. Yuki schlüpft rasch in warme Socken, leichte Hausschuhe – die warmen liegen noch zuhinterst im Schuhschrank – und eine Jacke. Dann öffnet sie mit einem Ruck die Balkontüre und tritt hinaus. Die Luft ist frisch, klar und kühl, jedoch nicht eisig. Sie vergisst, die Jacke zuzuknöpfen, und verliert sich ganz im Staunen.

Die Umgebung ist ein einziges Meer aus Schnee, in dem die Sonne mit ihren Strahlen Muster malt. Am liebsten würde Yuki ihr Mobiltelefon holen, um dieses Bild festzuhalten, doch der Moment ist zu kostbar, um ihn zu stören.

Auf dem Balkon stehen mehrere schwere Tontöpfe mit Chrysanthemen und einer großen Hortensie. Auch sie wurden vom Wetterwechsel überrascht und ihre gebeugten Zweige hängen schneeschwer bis hinunter auf den Boden. Ein hoher Schneekragen liegt auf der Balkonbrüstung – von rekordverdächtigen achtundzwanzig Zentimetern hat der Radiomoderator gesprochen. Yuki schaut erneut hinaus in die schneeige Wunderwelt. Alles um sie herum ist wie in einen samtenen weißen Stoff gehüllt. Auch die Wolken am Himmel, aus denen die winterliche Pracht gefallen ist, leuchten milchweiß in der Morgensonne auf. Aus den Kaminen entweicht zitternd grauweißer Rauch, so als würde eine unsichtbare Hand an ihm herumzupfen. Ein Personenwagen ist auf der Quartierstraße stecken geblieben, der Automobilist verhandelt gestenreich mit dem Abschleppwagenfahrer. Schließlich setzen sich beide in ihre Fahrzeuge und kurze Zeit später kommt der in einer Schneewehe gestrandete Wagen frei.

Yuki steht schon eine Weile auf dem Balkon und nun beginnt sie, die Kälte zu spüren. Sie erschauert in ihrer viel zu leichten Bekleidung. Schon will sie sich umdrehen, um hineinzugehen, da hält sie inne. Geschwind tritt sie vor und schüttelt vorsichtig mit klamm werdenden Fingern den Schnee von den Zweigen der Pflanzen. Diese schnellen, von der schweren Last befreit, hoch und Schnee fällt auf Yukis offene Hausschuhe und tränkt ihre Socken mit eiskalter Feuchtigkeit. Rasch versucht sie, die Schneehäufchen abzuschütteln, doch diese verfangen sich im Strickgewebe und bilden dort kleine Klümpchen. Ihr Blick fällt auf den Topf mit Kapuzinerkresse, der dicht an der Hauswand steht. Ein paar Blätter sind an der Spitze mit Schnee überzuckert. Sie wischt sie ab und erblickt eine einzige Blüte, die tieforange am Zweig hängt, so als hätte sie nicht bemerkt, dass Winter und Kälte Einzug gehalten haben.

Yuki geht hinein, wo der Radiomoderator immer noch – oder erneut? – über das Schneechaos spricht, das über das Land hereingebrochen ist. Seine Begeisterung, aus dem Schneefall ein Schneedrama zu machen, steigert sich von Satz zu Satz und schwingt durch Yukis Wohnung. Sie holt die Zeitung aus dem Briefkasten und schlägt sie auf. Der Titel *Schneechaos* reicht über ein seitengroßes Bild, auf dem eine entgleiste Straßenbahn sichtbar ist. Aus ihren Fenstern blicken erstreckte Gesichter, einige noch halb im Schlaf gefangen. Yuki beginnt, den Artikel darunter zu lesen, doch er ist ihr zu reißerisch formuliert. Auch der Radiomoderator geht ihr mit seinen sensationsheischenden Aussagen und der immer wieder überschlagenden Stimme auf den Wecker. Sie stellt das Gerät aus und geht erneut zur Balkontüre.

Für Yuki ist der Schnee ein Segen, sie liebte ihn schon immer. Unten erblickt sie eine Nachbarin, die in dunkle Winterkleidung gehüllt mit fedrigen, schnellen Schritten über die Straße eilt. Auf der Straße beginnt sich der dort liegende Schnee in einen unansehnlichen grauen Matsch zu verwandeln. Der Zauber des Schnees ist gebrochen, doch Yuki atmet auf. Es scheint nicht eisig zu sein auf den Gehwegen, das gefällt ihr. Sie mag es nicht, wenn der Untergrund rutschig ist und ihr das Gefühl von Sicherheit und Standfestigkeit raubt.

Mit einem letzten Blick saugt Yuki die Atmosphäre dieses Morgens in sich hinein, bevor sie sich vom Fenster abwendet und in die Küche geht. Dort braucht sie einen Moment, um sich im nach wie vor dämmrigen Licht zu orientieren. Sie zündet eine Kerze an und öffnet den Kühlschrank. Ihr Magen knurrt vernehmlich, es ist höchste Zeit fürs Frühstück. Wie wunderbar ist dieser Start in einen Novembermontag. Yuki stellt das Radio wieder an und summt fröhlich die ertönende Melodie mit, während ihre Hände flink Obst schneiden.

Wenige Tage später ist Yuki frühmorgens auf dem Weg zur Arbeit. Es herrschen bereits um sechs Uhr Temperaturen über null. Sie spürt feine Regentropfen auf ihrem Gesicht. Oder sind es Tropfen, die sich aus den feuchten Nebelschwaden materialisieren und sich an alles anhaften? Im Quartier liegen nur noch vereinzelt kümmerliche Haufen schmutzigen Schnees. Der Regen frisst den Schnee, sagt ihr Bürokollege aus den Bergen, und genauso ist es in den letzten Stunden geschehen. Der gestern einsetzende Regen hat zusammen mit den höheren Temperaturen sein Werk getan. Der große Schnee schmilzt in schnellem Tempo. Auch der riesige Schneemann mit der Karottennase, den Kieselaugen und dem mit Tannenzweigen geschmückten Bauch schaut weniger imposant aus als noch vor ein paar Tagen, als ihn eifrige Kinderhände schufen. Auf der Straße rinnt geräuschvoll das Wasser in den Gully. Der Zauber der Winterlandschaft ist vergangen. Es herrscht typisches Spätherbstwetter, alles erscheint grau in grau. Die trübselige Stimmung der Natur gräbt sich ins eigene Gemüt und man möchte nur noch ins Haus flüchten und sich die warme Bettdecke bis über beide Ohren ziehen.

Doch Yuki ist guter Dinge. Das Winterwunderland steht ihr noch lebhaft vor Augen und die Erinnerung daran macht sie froh. Der Schnee wird wieder kommen und erneut seinen Zauber über die Landschaft ausbreiten.

„Bald", denkt Yuki, dabei spielt ein verträumtes Lächeln um ihren Mund.

Manuela Klemenz *arbeitet seit einigen Jahren an einer Schweizer Hochschule und nähert sich der 60. Wieder angefangen mit dem Schreiben, vor allem von Kurzgeschichten und Gedichten, hat sie vor sieben Jahren. Ihre weiteren Hobbys findet sie im handwerklichen Bereich. Seit letztem Jahr veröffentlicht sie ihre Texte.*

Wintermärchen

Man spürt es tief im Inneren,
wenn der Sommer nichts weiter ist
als ein Lächeln auf dem Gesicht.
Und die letzten Blätter fallen zu Boden.
Der kühle Wind weht durchs Haar
und die Kälte legt die Blumen schlafen
Es ist die Zeit im Jahr, in der die Welt zu einem Märchen wird.

Liebe umarmt unsere Herzen, wie der warme Plätzchenduft.
Schnee fällt leise und sanft, gleicht tausend Himmelswünschen.
Schillernd erhellen die Sternschnuppen die stille Nacht,
legen frei die Nostalgie der lieblichen Zeit.

Träume, Magie und Kinderlachen
und die funkelnde, bunte Lichterpracht
verzaubert unsere Seelen.

Wenn die schönen Engel ihre Chöre singen,
der große Stern am Himmelszelt unser Schicksal leitet,
strahlende Augen, lachende Herzen
und Feuerwerke des Glücks

Halten fest an vergangenen Zeiten,
fantasieren über den Spiegel der Zukunft.
Und mit dem Frost schmilzt
die Ruhe der Sternschnuppennacht
Festlich ertönen die Glöckchen
und der Zauber der Weihnacht liegt in der Luft.
Ist ein Schauspiel der Poesie.

Die Wintermonate, Gemälde der Schönheit und Zufriedenheit
Kerzenlicht und das Knistern des Kamins,
welche Vorfreude unsere Gemüter erfüllt
Und ein fröhlicher Schneemann steht vor dem Haus.
Immerwährende Erinnerungen und Traditionen.

Und man weiß, der Winter legt sich nun übers Land
wie der warme Kakao über unser Herz
Jedes Jahr aufs Neue schreibt er
feierliche, gemütliche Geschichten
in das Buch des Lebens nieder.
Und lässt uns für immer an Wunder glauben.

Als angehende Medizinische Fachangestellte im zweiten Lehrjahr hat **Chantal Wobito** *bereits zwei Geschichten veröffentlicht: „Von Clowns und Springteufeln" in der Reihe „Wo die wilden Geister wohnen" und „Traumlokomotive" in „Träume sanft, mein liebes Kind".*

Und das wegen ein paar … winterlicher Love-Troubles

Tim rückt seine Mütze zurecht. Es schneit an diesem frühen Nachmittag, an dem er mit seiner Freundin Antonella im Wald unterwegs ist. Das Geschirr des Mittagessens haben sie stehen gelassen, um den Winterzauber zu erleben, solange er noch so zuckrig ist.

Tim denkt an den Mittagsbraten, den sie bei ein paar Gläschen Wein genossen haben. Antonella hat kurz genippt und mit ihm angestoßen – und er hat auch noch für sie getrunken.

Gegen Abend sind sie bei seinen Eltern zum Essen eingeladen. Tim denkt an den Weihnachtsabend vor drei Wochen. Ziemliche Missstimmung. Gelinde gesagt. Und das wegen ein paar Fleischvögeln! Warum nur musste sich Antonella so dezidiert äußern – ohne um ihre Meinung gefragt worden zu sein? „Antonella …“

„Ja?“

Tim nestelt an seinem Schal. „Du, Weihnachten bei meinen Eltern …“

„Uffa, mit den beiden Gören!“

Ihre direkte Art: typisch Italienerin. Oder Halbitalienerin. Jedenfalls südländisches Blut. Da wird Tim gleich warm, trotz seiner leicht kühlen Hände.

„Antonella, bitte, das sind keine Gören!“ Tim reibt seine Hände aneinander und tastet die Jackentaschen ab. Handy, Geldbeutel, Zigaretten, Autoschlüssel … Hat er seine Handschuhe jetzt echt vergessen – und das auf einem Schneespaziergang?

„Jaja, ich weiß, deine Nichten“, hört er sie sagen. Sie zieht ihm die Mütze ins Gesicht. „Die sind dir heilig …“

Sie ist noch süßer, wenn sie ihn so spitzmädchenhaft wie jetzt ansieht. Der pulvrige Schnee knarzt unter Tims Schuhen. Auch seine Füße haben schon wärmere Momente erlebt.

„Jetzt übertreib doch nicht“, sagt er und betrachtet die tief verschneiten Bäume am Wegrand. „Nicht heilig, nein, nein. Aber Clara und Corina …“

„… sind schon etwas eigen. Mit ein paar Fleischvögeln, die man verweigert, rettet man die Erde nicht wirklich …“ Antonella blickt auf den Ast vor ihnen, der unter der Last des Schnees ächzt.

„Das mag ja sein“, sagt er, während er anhält. „Wobei ich schon nachvollziehen …“

„Jaja, du Allesversteher“, sagt sie, während sie den Ast befreit, sodass er nach oben spickt. „Verständnis für alle Gutmenschen!“

„Antonella!“, sagt er und wischt sich den Schnee von der Jacke. „Ich will keine Diskussionen, nicht schon wieder! Keinen Streit. Vor allem nicht heut Abend!“ Tim streckt die Hand nach ihrer aus, während sie weiterspazieren. Spürt ihre wollenen Handschuhe. „Antonella“, säuselt er. „Darf ich dich um einen Gefallen bitten …?“

„Natürlich“, säuselt Antonella zurück. „Aber eigentlich sollte das eher ich tun, denn es gibt da …“

Er drückt ihre Handschuhhand. „Wäre es möglich, heute Abend … nun, wie soll ich sagen … könntest du dich etwas … zurückhalten?“

„Es wäre besser, er würde sich zurückhalten“, denkt Antonella. „Ob er mich bewusst überhört – oder nicht hören will, was ich ihm zu sagen habe?“ Antonella dreht den Kopf mit der neckischen Mütze und funkelt Tim an. Der richtige Moment kommt dann schon noch. „Ich soll also heute Abend diplomatisch sein?“, sagt Antonella und zupft an ihren Handschuhen. „Va bene, Fleischvögel sind einen Streit sowieso nicht wert. Ich wollte nur schauen, ob beim Aktivismus deiner Nichten wirklich was dahinter ist. Ist schon längst gegessen.“

Tim erinnert sich an den Weihnachtsabend, an dem es ebenfalls geschneit hatte. Die Fleischvögel-Klima-Debatte, angeheizt von Antonella mit ihren provokativen Fragen, hatte dazu geführt, dass Tims Bruder Nick seine Töchter verteidigte. Dann mischte sich auch noch Tims Schwägerin ein. Und die Freunde seiner beiden Nichten Clara und Corina. Tims Eltern hatten mit ihren Versuchen, die Weihnachtsrituale mit Tannenbaum und Singen durchzuziehen, die Stimmung erst recht aufgeheizt.

„Mich beschäftigt vielmehr“, hört er sie jetzt sagen, „was danach passiert ist …“

Was sie jetzt wohl meinte. So viel war da dann gar nicht mehr passiert. Am Schluss waren nur noch zwei zu hören gewesen: sein Bruder Nick und er, Tim. Es ging da längst nicht mehr um die Fleischvögel. Sondern darum, wer das bessere Leben hatte.

„Nick und ich haben das ausdiskutiert", sagt Tim und legt den Kopf in den Nacken. Die Schneeflocken schmelzen auf dem Gesicht, sobald sie gelandet sind.

„Euer Ausdiskutieren hat bei dir zu ziemlichen Nachwehen am Tag danach geführt", sagt Antonella und streicht ihr Haar, das unter der schneebedeckten Mütze hervorschaut, nach hinten. Sie erinnert sich an ihre Wut am Weihnachtsabend, an die Traurigkeit, an das Verstummen am Stefanstag. Seither zweifelt sie, ob Tim der Richtige ist.

„Ach, den Tag nach Weihnachten, den hab ich schon lange abgehakt." Tim fährt sich mit den Händen übers Gesicht, um es vom Schneenass zu befreien. Brummschädel und miesepetrige Freundin – auch das ging jeweils vorbei. Laut sagt Tim: „Komm …, ist doch schon so lange her!" Er legt den Arm um sie. „Lass uns nicht streiten – sondern lieber einen Schneemann bauen. Danach hab ich mir ein Bierchen verdient."

Die alte, hölzerne Wanduhr tickt. Auf dem Tisch stehen noch die Teller vom Mittagessen. Mit vom Schneespaziergang noch immer etwas steifen Händen trägt Tim sie in die Küche. Dort nimmt Antonella die Teller entgegen und spült sie vor. Ist jetzt der richtige Moment, es ihm zu sagen?

„Carissima, was ist denn?", fragt er und legt ihr die Hand auf die Schulter.

Antonella rubbelt mit dem Scotch die Reste der braunen Soße weg. Tim wundert sich über die harte Schulter unter seiner Hand. Sie stellt den vorgespülten Teller in die Abwaschmaschine, ohne eine Miene zu verziehen. Als er schon denkt, sie werde ihn weiter anschweigen, ringt sich Antonella doch noch durch zu sagen: „Wegen heute Abend …"

Tim stellt sich neben sie und schaut durchs Fenster in die weißen Bäume. „Ja …?"

Sie atmet tief aus. „Können wir das … verschieben?"

„Verschieben?", sagt Tim. „Meine Eltern haben für uns alle eingekauft. Sie rechnen mit uns."

Auch Antonella blickt nun zum Küchenfenster hinaus in die verschneiten Bäume. „Ja, schon. Aber zwei Personen weniger, das kommt doch nicht drauf an. Ich bin nicht so in Stimmung." Und denkt: „Wenn ich doch jetzt auch so Klartext reden könnte wie bei den Fleischvögeln!"

„Ist es wegen der ... ich meine wegen Clara und Corina?" Tim spürt den warmen Fußboden: Seine Zehen sind langsam am Auftauen. Für den Besuch bei seinen Eltern werden sie wieder schön warm sein.

„Es ist was anderes ...", sagt Antonella. „Warum nur druckse ich so rum!", denkt sie.

„Es ist", sagt Tim, „weil du immer gleich Streit suchst."

„Ich? Streit? Quatsch! Ich wollte das mit den Fleischvögeln nur genau wissen. So bin ich nun mal." Antonella dreht sich zu ihm. „Gepoltert hast dann ja vor allem du", sagt sie, während sie ein Weinglas spült. „Und auch bei uns beiden war Sand im Getriebe."

„Ich kann mich an keinen Sand erinnern", sagt Tim. „Eher an Schnee."

„Haha! Nennen wir es Unstimmigkeit, Missstimmung. Einmal mehr ..." Antonella dreht sich zu ihm. „Weil du ..."

„Hatte halt einen Brummschädel und war dann ..."

„Soso, Brummschädel ... und warum, he ...?" Antonella stampft mit dem Fuß auf. „Den Rest kannst du machen – mir reicht's!"

Noch immer fällt der Schnee in dicken Flocken. Der Tag weicht dem frühen Abend. Im Ofen knistert das Feuer, das Antonella angezündet hat, während Tim die Küche aufgeräumt hat.

„Für dich", hört Antonella Tims Stimme von weit her, obwohl er sich neben sie auf das Sofa setzt.

Er stellt eine Dose Bier und eine Tasse Tee auf den kleinen Tisch. Mit einem Lächeln deutet er auf den Tee für sie. Dann zieht er am Verschluss und genehmigt sich einen Schluck Bier. „Das tuuuut guuuut!"

Antonella starrt mit verschränkten Armen ins Feuer.

„Antonella, was ist los?"

Sie rückt etwas von ihm weg. „Das da, das ist los!", sagt sie und zeigt auf das Bier.

„Komm", sagt Tim, „wegen des Bierchens ..."

„Ja, genau so hat es bei deinen Eltern an Weihnachten angefangen. Zuerst ein paar Gläschen Wein, dann das Bierchen und dann noch eines und noch eines und noch eines … es waren sieben“, sagt sie und zeigt ihm eine ganze Hand und zwei Finger. „Sieben!“

„So genau weiß ich das jetzt nicht mehr“, sagt Tim, nimmt einen weiteren Schluck und rückt näher zu ihr heran, sodass sie seinen Oberschenkel spürt. „Seit wann zählst du denn mit, wenn ich mir ein Bierchen genehmige?“

Antonella rückt zur Seite, um den Geruch von Bier nicht einatmen zu müssen. Den hat sie schon bei ihrem Vater gehasst.

„Du lässt dich nicht bremsen“, sagt sie. „Sogar wenn ich dir gut zurede! Dich darum bitte, dass du aufhörst. Dass du auf mich hörst! Aus Trotz machst du weiter.“ Antonella umfasst die dampfende Tasse und pustet. „Und dann wirst du laut. Wirst zu einem, der mir fremd ist. Und für den ich mich schäme. Fremdschäme.“ Sie nippt am Tee.

„Ach was, ich bin doch kein Fremder! Du musst dich doch nicht für mich schämen vor meinen Verwandten! Was redest du denn?“ Über den Sofarand legt Tim den Arm um sie. „Fahren wir nachher los? Meine Eltern erwarten uns.“

„Tim“, sagt sie. Das Feuer knistert. Wie nur kann ich seinem schönen Blick widerstehen? Sie weiß, dass sie muss. Sie muss es ihm sagen!

Antonella setzt sich auf und löst sich aus seinem Arm. „Ich komme nicht mit.“ Sie wirft das Haar nach hinten. „Nicht wegen der … nicht wegen Clara und Corina, nein. Sondern … weil du zu viel Wein und zu viel Bier trinkst! Und dann ausfällig wirst. Und ich nur dazu da bin, dich wieder nach Hause zu chauffieren.“

Er schweigt und überlegt. „Dann bleib ich halt auch hier. Meine Eltern werden das schon schlucken. Und wir machen uns einen gemütlich-kuscheligen Herzkino-Sofa-Feuerknister-Abend.“

Wider Willen muss sie lächeln. Sie spürt sein Bein wieder an ihrem.

Die Erinnerung an solche Sofa-Abende flammt bei Antonella auf. Ja, der Anfang war jeweils noch romantisch gewesen, mit Kuscheln und Küssen. Das Bier hatte sie ignoriert. Ihr Lächeln gefriert, als sie an den Abend vor ein paar Monaten denkt. Nach dem ersten ein weiteres … Bierchen … noch eines. Obwohl – oder weil – sie sagte: „Komm, es ist genug.“

„Mach mir keine Vorschriften!!“

Sie hatte in Tims Augen geschaut, die ihr in diesen Momenten unheimlich sind.

„Du bist nicht meine Mutter. Ich kann ja wohl selber entscheiden, wann ich genug habe!“

Und als sie gesagt hatte: „Einbildung ist auch eine Bildung ...“

Tschagg.

Der Schlag in ihr Gesicht.

Von ihm, dem so Sanften, so Süßen, dem Lustigen, Verträumten.

Sie hatte sich den Schlag schöngetextet, weil sich Tim danach wieder mehr Mühe gab. Seit dem Weihnachtsessen jedoch trank er wieder deutlich mehr Bier und war vermehrt in aggressiver Stimmung.

„Schläge in einer Beziehung“, sagt Antonella jetzt und stellt die Tasse abrupt auf den Salontisch, „sind ein absolutes No-Go! Einmal ist ein Mal zu viel.“

Sie dreht sich zu ihm und hält seinem Blick stand, obwohl sie ein Ziehen in ihrer Brust spürt. „Ich hab dich gern. Trotzdem oder gerade deshalb: entweder unsere Beziehung – oder dein Bier.“

Antonella hält inne, um tief durchzuatmen. Die Flammen im Ofen züngeln. „Wähle.“

Autor und Yogalehrer **Marcel Friedli-Schwarz** *liebt es, mit seiner Hündin im tief verschneiten Wald zu spazieren. Er schreibt Kurzgeschichten und Gedichte sowie an einem Roman. Bei Schreibwerk Ost und dem Schweizer Buchhandels- und Verlags-Verband absolviert er den Diplomlehrgang Literarisches Schreiben.*

Christrose

183

Ich weiß nun auch,
warum dein strahlend Blütenweiß
sich eingenistet hat in unsre Herzen:
fünf Blütenblätter schmücken dich,
so viel wie Finger an der Hand,
ein Zeichen treuer Freundschaft denen,
die dir besonders nahe sind.

So gleichst du einem Boten,
der aus Himmels Fernen,
zu uns gekommen ist,
ein Licht in Winters Kälte
und diese überwindend
dem Künftigen entgegen lebt.

__Wolfgang Rinn,__ geboren und aufgewachsen in Tübingen, Sonderschullehrer, schreibt und veröffentlicht Gedichte seit 1992.

Schnee, Schnee, Schnee

Sabine stand auf dem Balkon ihrer Wohnung im vierten Stock des Mehrfamilienhauses, in das sie vor einigen Tagen gezogen war. Die Bäume, auf die sie von oben blickte, sahen aus wie kahle, braune Gerippe, die Wiese zwischen ihrem und dem nächsten Haus hatte die Farbe eines schwachen Grüntons, der Himmel über ihr hingegen zeigte sich in einem einfarbigen Einheitsgrau.

Die junge Frau seufzte, es war halt typisches Novemberwetter. Am liebsten würde sie sich mit einer heißen Tasse Tee und einem guten Buch auf ihr Sofa setzen, aber da hatte ihre Hündin Melody bestimmt etwas dagegen. Sie drehte sich um und schaute durch die offene Balkontür ins Wohnzimmer hinein. Wo war das Mädel überhaupt? Sabine schaute nach rechts, dann nach links - und schmunzelte.

Melody hatte wohl den gleichen Gedanken wie sie gehabt, vom Tee und dem Buch abgesehen, denn die Hündin lag lang ausgestreckt auf dem Sofa und schlief tief und fest. Sabine sah aber nicht nur ihre Hündin, sondern auch die noch nicht ausgepackten Umzugskartons. Nein, da hatte sie überhaupt keine Lust dazu, lieber ging sie mit Melody spazieren.

Sie ging zur Garderobe, an der Halsband und Leine hingen. Kaum drang das Geräusch, das die beiden machten, als Sabine sie in die Hand nahm, in Melodys Gehörgänge, sprang sie auf und lief schwanzwedelnd zu ihrem Frauchen.

„Ja, ja, schon gut, wir gehen ja. Jetzt lass mich doch das Halsband hinmachen, halt doch mal still!"

Endlich gelang es Sabine Melle, wie sie ihre Hündin auch nannte, das Halsband anzulegen. Sie zog sich ihre festen Turnschuhe und eine dicke Jacke an, nahm Melody an die Leine und schon waren sie im Treppenhaus. Aufzug hatte das Haus leider keinen, aber Sabine sah es positiv, so blieb sie wenigstens fit.

Die Zeit flog nur so und schon war es Anfang Januar geworden. Sabine und ihre Hündin hatten sich gut in ihrem neuen Zuhause eingelebt und bereits erste Freundschaften geschlossen. Gemeinsam hatten sie bei ihren Spaziergängen die nähere und weitere Umgebung erkundet und Sabine war total begeistert von der tollen Landschaft, die sie um ihren neuen Wohnort herum vorfand. Wiesen, Wälder, Äcker, Bauernhöfe, es war ein bisschen wie auf dem Land, obwohl sie in dem Vorort einer Großstadt lebte. Ihre neue Arbeitsstelle war auch super, sie hatte sehr nette Kollegen und was das Beste war, sie konnte Melody mit ins Büro nehmen. Aber jetzt war erst mal Wochenende, da wollte sie nicht an die Arbeit denken.

„Lass uns schlafen gehen“, sagte sie am späteren Freitagabend zu ihrer vierbeinigen Begleiterin, die sich sofort auf ihren Platz neben Sabines Bett begab und sich hinlegte. Sabine kuschelte sich unter die Bettdecke und war kurz darauf eingeschlafen.

Die junge Frau schlug die Augen auf, streckte sich und gähnte laut. Worauf sofort ein Hund vor ihrem Bett stand und eifrig mit dem Schwanz wedelte.

„Ja, ja, ist ja gut, ich bin ja wach. Komm, du darfst noch ein paar Minuten ins Bett zum Kuscheln.“

Das ließ sich Melody natürlich nicht zweimal sagen. Sie sprang aufs Bett, legte sich neben ihr Frauchen und gemeinsam dösten sie noch ein wenig in den Samstagmorgen hinein. Nach einer ganzen Weile schaute Sabine dann doch mal auf den Wecker. Erst 7 Uhr, da müsste es doch eigentlich noch dunkel sein, dachte sie bei sich. Aber es hatte den Anschein, als würde es schon dämmern, doch dazu war es noch zu früh. Sie stand auf, ging zum Fenster und zog den Vorhang auf. Und hielt die Luft an – draußen war alles weiß! Es lagen bestimmt schon 20 Zentimeter Schnee und es schneite immer noch munter weiter. Der Wahnsinn, so viel Schnee hatte es an dem Ort, an dem sie aufgewachsen war, nie gegeben!

„Los komm, Melle, es hat geschneit, lass uns spazieren gehen!“

Sabine rannte regelrecht ins Bad, so sehr freute sie sich über den Schnee. Nach einer Katzenwäsche zog sie sich schnell an und scheuchte ihre Hündin, die lieber noch ein wenig geschlafen hät-te, aus dem Bett. Und schon waren sie unterwegs, liefen ein kurzes Stück durch den Ort und kamen dann auf die Felder.

Zu der frühen Stunde begegnete ihnen niemand. Der Schnee knirschte unter Sabines Stiefeln, wenn sie ihre Füße aufsetzte. Die fallenden Schneeflocken machten aus ihr eine Schneefrau, weil sie auf Sabines Mantel und der Wollmütze, die sie auf dem Kopf trug, liegen blieben. Die eisige Luft biss in ihrer Nase, welche auch schon ganz kalt war, aber das war ihr egal, sie genoss jede Minute des Spaziergangs. Auch Melody fand den Schnee toll, ein ums andere Mal wälzte sie sich in der weißen Pracht. Um sich nach dem Aufstehen ausgiebig zu schütteln, was ihr Frauchen schmunzeln ließ.

„Komm, wir gehen noch eine kleine Runde durch den Wald“, ließ sie ihren Vierbeiner wissen.

Als sie dort angekommen waren, ging Sabine staunend durch die mit Schnee bedeckten Bäume hindurch. Das Grün der Tannen war kaum noch zu sehen und auch auf den Ästen der Laubbäume lag der Schnee zentimeterhoch. Als Melody unter einer Tanne entlanglief und dabei an die unteren Äste kam, fiel der darauf liegende Schnee auf sie hinunter. Mit einem großen Satz sprang die Hündin auf den Weg zurück und schüttelte sich ausgiebig.

Sabine indes stand da und lachte, bis ihr die Tränen kamen. „Na komm, mein kleines Schneemonster, lass uns in Richtung Heimat gehen. So langsam wird es mir doch zu kalt und Hunger habe ich auch.“

Das ließ sich Melody nicht zweimal sagen, denn auch ihr Magen knurrte vernehmlich. Voller Vorfreude lief sie mit weit ausgreifenden Schritten durch den Schnee, so schnell, dass Sabine kaum noch hinterherkam. Diese beeilte sich deshalb auch, weil der Kaffee sehr laut nach ihr rief.

Am Nachmittag des darauffolgenden Tages gingen Sabine und Melody nicht über die Felder, welche im Westen lagen, sondern sie waren im Norden des Ortes unterwegs und begleiteten dort einen Bach, der sich ein tiefes Tal in die Landschaft gegraben hatte. Schon von Weitem hörten sie Kindergeschrei und dann sah Sabine es auch schon – Kinder jedweden Alters fuhren den Abhang zum Bach hinunter, manche vorsichtig und entsprechend langsam, andere flott und verwegen.

„Mensch, da hätte ich jetzt auch mal wieder Lust darauf“, sagte Sabine sehnsuchtsvoll. Sie hatte schon seit einigen Jahren nicht mehr auf einem Schlitten gesessen. Ihr fiel ein, dass sie ihren alten Holzschlitten beim Umzug ja mitgenommen hatte. Er stand im Keller, da müsste sie nur die Kufen ein wenig vom Rost befreien. Ach ja, ihr Fury. Sie grinste und nahm sich fest vor, am Abend, wenn es dunkel und die Kinder zu Hause waren, mit Melody Schlitten fahren zu gehen!

Tausende von Sternen glitzerten am klaren Himmel, der Mond war aber nicht zu sehen. Es war bitterkalt geworden, nachdem die Sonne untergegangen war. Aber Sabine störte das nicht, sie war warm angezogen und außerdem wärmte die Vorfreude auf das, was gleich passieren würde, ihr Herz. Sie saß oben auf dem Hügel auf ihrem Schlitten, Melody stand erwartungsvoll neben ihr. Die junge Frau atmete die klare und kalte Luft tief ein, dann gab sie sich selbst das Startzeichen und gab ihrem Fury die Sporen, worauf dieser sich in Bewegung setzte. Schnee spritzte unter ihren Fersen auf, als sie den Schlitten in die optimale Spur brachte. Schließlich wollte sie nicht im Bach landen, sondern über die dort stehende kleine Brücke fahren.

Immer schneller ging die wilde Fahrt den Abhang hinunter, der Wind zerrte an Sabines Schal, ließ ihn wild hinter ihr herflattern. Melody rannte mit großen Sätzen neben dem Schlitten her, darauf bedacht, immer in der Nähe ihres Frauchens zu bleiben. Und schon kamen sie unten an und Sabine bremste den Schlitten ab.

„War das toll!", rief sie voller Begeisterung. Ihre Hündin fand das auch, denn sie sprang aufgeregt um sie herum.

„Los komm, das machen wir gleich noch einmal!"

Sabine stand auf und lief mit dem Schlitten und Melody im Schlepptau den Hügel wieder hinauf. Oben angekommen, blieb sie schwer atmend stehen. „Ich glaube, ich sollte mal wieder etwas für meine Kondition tun", japste sie. Aber die Anstrengung war schnell vergessen, als sie sich auf den Schlitten setzte und erneut nach unten fuhr. Nach der vierten oder fünften Fahrt machte sie dann eine kleine Pause, damit sich Melody ein wenig ausruhen konnte.

„Lass uns noch ein zwei- oder dreimal oder vielleicht auch viermal fahren, Melle, dann reicht es aber für heute und wir gehen nach Hause".

Sabine wollte gerade wieder losfahren, als sie nicht schlecht staunte

– ihre Hündin sprang nämlich vor ihr auf den Schlitten und setzte sich hin.

„Ich glaube nicht, dass das eine gute Idee ist“, meinte Sabine. „Dir wird die schnelle Fahrt bestimmt nicht geheuer sein. Komm, geh runter.“

Die Hündin tat, wie ihr geheißen, kehrte dann aber sofort wieder auf den Schlitten zurück. Sie war müde, sie wollte nicht mehr rennen, aber auch in der Nähe von ihrem Frauchen bleiben.

„Na gut, dann schauen wir mal, wie lange du sitzen bleiben wirst.“ Die junge Frau schob den Schlitten mit den Füßen an und schon sausten die beiden den Abhang hinunter. Melodys Schlappohren flatterten genau wie Sabines Schal im Fahrtwind und Sabine staunte nicht schlecht, denn Melle sprang wider Erwarten nicht vom Schlitten, nein, sie blieb sitzen, bis Sabine unten bremste, erst dann hüpfte die Hündin in den Schnee.

„Das glaube ich jetzt nicht! Du bist wirklich sitzen geblieben! Bist halt ein tapferes Mädel!“ Sabine knuddelte ihre Hündin ausgiebig, bevor sie sich auf den Weg nach oben machte. Das war der Teil, der ihr bei dieser Sache weniger gefiel, aber er gehörte halt dazu.

Eine halbe Stunde später hatte Sabine dann endgültig genug vom Schlittenfahren, zumindest für diesen Abend. Ihr war so was von kalt, das war ihr bisher gar nicht aufgefallen. Erst jetzt, beim nach Hauselaufen, fing sie an zu zittern. So schnell sie konnte, ging sie zu dem Haus, in dem sie wohnte, brachte ihren Fury in den Keller und rannte die Treppen regelrecht nach oben.

In der Wohnung angekommen, zog sie sich schnell aus und stellte sich unter die warme Dusche. Melody hingegen hatte sich vor die Heizung, die Sabine gleich hochgedreht hatte, als sie heimgekommen war, gelegt und genoss die Wärme dort.

Ihr Frauchen tat es ihr nach dem Duschen gleich, mit einer heißen Tasse Tee saß sie auf einem Stuhl, den sie sich extra dorthin gestellt hatte, neben ihrer Hündin und taute langsam auf.

„Was für ein schöner Abend“, dachte sie. „So viel Spaß hatte ich schon lange nicht mehr. Hoffentlich bleibt der Schnee noch eine Weile liegen, damit ich noch das eine oder andere Mal mit Melody Schlitten fahren gehen kann. Vielleicht sollte ich …“

Ein lautes *Wuff* riss sie aus ihren Gedanken. Sie schaute zu ihrem

Vierbeiner und grinste. Melody war aufgewacht und verlangte jetzt nach ihrer Abendmahlzeit. In dem Moment knurrte der Magen von Sabine laut und sie lachte.

„Komm, Melle, es wird Zeit, dass wir die verbrauchten Kalorien ersetzen und etwas essen. Und dann machen wir es uns auf dem Sofa gemütlich."

Melody war mit diesem Plan völlig einverstanden und so kam es, dass die beiden eine Stunde später nebeneinanderliegend auf dem Sofa schliefen und von diesem wunderschönen Wintertag träumten, während im Fernsehen der Nachrichtensprecher seine Meldungen verlas.

__Ingrid Hägele,__ Jahrgang 1961, ist Single und wohnt in Stuttgart, wo sie auch geboren wurde. Sie ist Rentnerin und schreibt mit Unterbrechungen seit Jugendtagen. Frau Hägele in allen Genres zu Hause, ihre bevorzugten Themen sind aber Indianer und Pferde. Viele ihrer Kurzgeschichten wurden bereits in verschiedenen Anthologien veröffentlicht.

Ein zauberhafter Moment

Gedankenversunken gehe ich durchs Haus,
durchquere dabei Raum für Raum.
Was löste diesen Zustand aus?
Ist das real oder befinde ich mich in einem Traum?
Mit dem Handy in der Hand
ich ziellos durch die Wohnung lief.
Aufgelegt – mein Telefon sich im Dauer-Piepton befand.
Was lief gerade schief?

Das Telefonat nahm seltsame Strukturen an,
wir befanden uns nicht mehr auf einer Bahn,
zwei Generationen und unterschiedliche Ansichten,
das Aneinandergeraten ist manchmal schwer zu schlichten.
Heute ging irgendwie alles daneben.
Was war das für ein blöder Streit eben?

Wir, Mutter und Tochter,
sind zusammen stark,
wir sind ein eingespieltes Team,
gegen uns keiner ankommen mag.

Aber gerade fühle ich mich verloren und allein –
und genau das wollte ich nicht sein.
Es hat sich vieles geändert in letzter Zeit,
ich glaube, dafür war ich noch nicht bereit.
Ist es vielleicht die Enttäuschung, die aus mir spricht,
denn du hast für heute abgesagt und kommst nicht.
Vielleicht habe ich unfair darauf reagiert,
die Emotionen explodierten unkontrolliert.

Im Wohnzimmer kam ich endlich zum Stehen,
die Tränen liefen, ich konnte nichts sehen.
Mein Blick war starr und verbohrt.
Aber da war etwas … ich suchte den Sehnsuchtsort …
Meine Neugier war geweckt.
Was wohl hinter dem Blinken steckt?
Ich schob den Vorhang zur Seite
und bemerkte erst jetzt, dass es ganz leicht schneite.
Als Phänomen kam die Sonne dazu,
es glitzerte und funkelte, das war der Clou.

Und wie auch in jedem Jahr
war der erste Schnee der Star.
Denn egal ob jung oder alt –
er verzaubert alle, ob Menschen, Tiere, Wiesen oder Wald.
Tief versunken in dieses wundervolle Bild
fühle ich mich in Erinnerungen eingehüllt.

Ich sehe mich als Kind in den 70er-Jahren,
als in Deutschland alle eingeschneit waren.
Damals kam man nicht von A nach B,
weil es keine Straßen und Wege mehr gab – juhe.
Für uns war es Abenteuer pur,
wir waren nur noch draußen, draußen in der Natur.
Wollten wir uns vorwärtsbewegen,
dann mussten wir uns mit dem Schnee anlegen.

Es wurde geschüppt, gefegt und viel gelacht,
natürlich auch viel Blödsinn gemacht.
Ob Schneeballschlacht, Iglu oder Schneemann bauen,
wir passten gut aufeinander auf und konnten uns vertrauen,
denn so abenteuerlich es auch war,
so verbarg sich dahinter auch viel Gefahr.
Denn wir waren noch Kinder und klein,
eine zwei Meter hohe Schneewand flößte da schon Respekt ein.
Aber damals sahen wir es aus Kinderaugen
und konnten unser Glück kaum glauben.

Doch so einen Winter gab es lange nicht mehr
und diese unbeschwerte Zeit ist lange her.
Heutzutage ist es fast schon ein Phänomen,
hier bei uns eine geschlossene Schneedecke zu sehen.

Ich schmunzle und stelle fest,
dass hier in der Zwischenzeit was passiert ist.
Vertieft in meine Reise durch Raum und Zeit,
habe ich nicht bemerkt, wie heftig es schneit.
Die Sonne ist langsam am Untergehen,
da sehe ich Mutter und Tochter stehen.
Die Kleine voller Ungeduld,
ob Mama nun endlich den roten Overall rausholt.
Das Anziehen konnte nicht schnell genug gehen,
sie will endlich raus, sie hat so viele Ideen.
Lachend, kreischend und juchzend zugleich,
jeder sofort zur Seite weicht,
so eroberte sie mit einem riesigen Juhe
endlich den Schnee.

Mit Opa und Schlitten tobte sie den Weg entlang,
bis Opa völlig außer Puste da stand.
Mit Papa will sie ein Iglu bauen,
da werden aber alle staunen.
Oma, gib nur acht,
jetzt gibt es eine Schneeballschlacht.

Herzhaft lachte ich auf einmal los,
die Erinnerungen lassen mich nicht los.
Vergessen sind mit einem Mal die trüben Gedanken.
Ich kann den Schnee nur dafür danken.

Träume ich oder träume ich nicht?
Was zaubern hier Dunkelheit und Licht?
Mit meinem Blick zum Fenster ich vor einem Spiegelbild steh,
in dem ich hinter mir plötzlich eine junge Frau seh.

Ich höre, wie meine Tochter zu mir spricht.
Sie ist hier, ich träume nicht.
„Mama, weißt du noch?
Da gibt's was ganz Besonderes noch.
Mama, zieh dich warm an.
Hilfst du mir bei meinen Overall dann?"

Natürlich helfe ich dir mein Kind,
dann toben wir in dem Schnee geschwind.
Lachend stürmen wir hinaus,
alles sieht weiß und glitzernd aus.

„Mama, komm lass dich in den tiefen Schnee fallen,
wir können es doch noch, wir zeigen es allen."

So zaubern wir im tiefen Schnee
einen Schneeengel oder eine Schneefee.
Mein Blick geht nach oben,
ich sehe die Schneeflocken toben.
Plötzlich ist es friedlich und still um uns herum,
ich drehe den Kopf und schau mich um.

Welch zauberhafter Moment, wurde uns gerade geschenkt,
die Blicke zueinandergelenkt.
Ein glückliches Strahlen die Gesichter erhellt,
wir sind das beste Mutter-Tochter-Team der Welt.

Was auch immer geschieht.
Ich hab dich lieb.

.

Wir schauten uns immer noch an,
als wir ein Räuspern vernahm.
Erschrocken stellten wir fest,
dass um uns die ganze Familie versammelt ist.

Nun aber genug der Gefühlsduselei,
bei einer Schneeballschlacht sind wir alle dabei.

Gesagt und getan.
Und die ersten Schneebälle suchen ihre Bahn.
Der Spaß beginnt,
Erwachsene werden wieder zum Kind.

Das schafft nur der Schnee,
da Magie von ihm ausgeht,
gekonnt setzt er mit glitzernden funkelnden Flocken den Akzent,
schafft für er alle einen zauberhaften Moment.

Ines Reimer *Jahrgang 1970, lebt mit ihrer Familie in Mecklenburg-Vorpommern. Nach dem Schulabschluss erlernte sie den Beruf der Kindergärtnerin und schulte später zur Krankenschwester um. Sie liebt das Arbeiten mit Menschen und ist schon viele Jahre im psychiatrischen Bereich tätig. Aus gesundheitlichen Gründen kann sie ihre Tätigkeit nicht mehr voll ausüben und hat sich mehr und mehr ihren Gedichten gewidmet. Mittlerweile gibt es eine umfangreiche Sammlung von Gedichten und Geschichten aus ihrem täglichen Leben.*

Auf der Schlittschuhbahn

Die Sonne schien von einem wolkenlosen Himmel, doch die Luft war kalt. Der Winter hatte das Land fest im Griff. Die letzten Tage hatte es kräftig geschneit und die weiße Pracht verteilte sich daher auf allen Wegen. Es herrschte perfektes Wetter, um den Tag draußen beim Schlittschuhfahren mit Freunden zu verbringen.

Aber Allison hatte andere Pläne.

Sie legte das Handy weg, nachdem sie Isaac geschrieben hatte, und ging in die Küche. Dort stand ihr Vater Chris am Kühlschrank.

„Guten Morgen, Schatz, was möchtest du essen? Rührei kann ich dir nicht machen, wir haben keine Eier mehr. Wir müssen also später noch einkaufen", sagte er.

„Guten Morgen, Toast reicht mir völlig. Müssen wir unbedingt einkaufen fahren? Ich will heute mit Isaac Schlittschuhlaufen."

Für einen Moment herrschte Schweigen, bevor sich Chris umwandte und seine Tochter direkt ansah.

Natürlich kannte er Isaac. Er und Allison waren schon seit einiger Zeit mehr als nur Freunde. Es war nicht so, dass er seiner Tochter das Glück nicht gönnte, aber er machte sich Gedanken – sie war eben sein kleines Mädchen. Dazu kam noch Derek Grander – Isaacs Vater. Die beiden Männer kannten sich recht gut … Chris biss sich beim Gedanken an Derek auf die Zunge.

„Übrigens wird sein Dad auch dabei sein", fügte Allison süffisant hinzu. Oh ja, es machte Spaß, ihren Vater zu ärgern. Sie sah, wie er zuckte, wie seine Wangen sich röteten und er sich verlegen abwandte.

„Lass uns doch zusammen hingehen. Einkaufen können wir später." Dieser Vorschlag war gewagt, das wusste sie.

Chris hob überrascht eine Augenbraue. Er hatte sich doch gerade verhört? Für einen Moment war nichts weiter zu hören als das Weihnachtslied im Radio.

„Ich soll zum Schlittschuhfahren mitkommen?", hakte Chris ungläubig nach.

Seine Tochter lächelte lieblich. „Es ist doch Weihnachten, Dad, und dort gibt es auch einen kleinen Weihnachtsmarkt." Hinter dem Rücken kreuzte sie die Finger. Gelogen war es nicht, dann könnte er ihr auch gleich ein paar süße Leckereien kaufen.

Chris war unschlüssig. Er wollte Derek gerne wiedersehen. Vor einigen Wochen hatten es zwischen ihnen gewaltig geknistert, wenn man es so nennen wollte. Der andere Mann war ein paar Jahre jünger, aber charmant und witzig. Zudem verstanden sich ihre Kinder gut. Doch hatte Derek denn überhaupt Interesse? Vor allem an ihm?

„Gib dir einen Ruck und komm mit. Einkaufen können wir im Anschluss. Zumal der Supermarkt um die Ecke ist", drängte Allison. Er musste einfach Ja sagen, denn sonst würde das nie was werden. Sie hoffte nur, dass Isaac auch Erfolg hatte.

„Ich komme aber nicht mit aufs Eis", stimmte Chris zu.

Allison klatschte in die Hände. Die erste Hürde war geschafft.

Nach dem Frühstück machten sie sich auf den Weg zum Marktplatz der Stadt. Dort war eine große Schlittschuhbahn aufgebaut. Darum standen zahlreiche Buden, die Glühwein, Lebkuchen und andere Leckereien anboten. Daran hatte Allison aber kein Interesse. Sie ging weiter zum Eingang der Eisbahn. Chris folgte ihr langsamer. Immer wieder sah er sich um.

Die Buden waren festlich geschmückt und es duftete an jeder Ecke verführerisch.

„Da sind Isaac und sein Dad." Aufgeregt winkte Allison den beiden und eilte auf sie zu. Chris ging ihr zögerlich hinterher.

„Oh, hallo Allison. Du bringst auch deinen Dad mit", grüßte Derek sie.

Die Angesprochene zuckte mit den Schultern und gab Isaac ein Küsschen auf die Wange. Sie war sich wohl bewusst, dass ihr Vater ihnen zusah. „Damit er auch mal herauskommt und nicht nur zu Hause sitzt."

Chris verdrehte die Augen, reichte Derek aber die Hand. „Schön, dich wiederzusehen", sagte er.

„Geht mir genauso. Wie gehts dir?"

Sie plauderten über ein paar harmlose Dinge, während Allison ihrem Freund einen Blick zuwarf. „Wir gehen aufs Eis!", rief sie und wandte sich um.

Isaac würde ihr schon folgen – und das tat er auch.

„Denkst du, das klappt? Ob beide mal miteinander reden?" Fragend sah er seine Freundin an. Allison ging zum Tresen, um sich Schlittschuhe auszuleihen. „Ich hoffe es. Hat dein Dad etwas gesagt?"

Isaac beugte sich nach vorn und raunte: „Als ich ihm sagte, dass dein Dad dabei sein würde, wollte er sofort mitkommen. Wenn sie zusammenkommen, werden wir uns öfter sehen." Dieser Gedanken gefiel ihm wirklich gut.

Grinsend reichte Allison der Dame am Tresen das Geld und nahm die Schlittschuhe entgegen. „Dann würden wir auch Weihnachten zusammen verbringen."

Ja, das wäre in der Tat schön. Sie würde es ihrem Vater gönnen, glücklich zu sein. Er hätte es ebenso verdient wie Derek.

„Allerdings müsste er dafür endlich über seinen Schatten springen und einen Schritt zu auf deinen Dad machen", fügte sie hinzu.

„Meiner hätte nichts dagegen. Wenn nicht, holen wir einen Mistelzweig."

Auch Isaac bezahlte und zusammen wechselten sie die Schuhe, um auf die Bahn zu können.

Währenddessen standen Derek und Chris am Rand der Bahn und plauderten miteinander. „Unsere Kinder mögen sich sehr", setzte Chris an. Er wusste nicht, wie er den Satz beenden sollte, ohne Derek zu beleidigen. Dieser zog sich den Schal enger um den Hals, denn es war wirklich kalt geworden.

„Ich glaube, Isaac ist das erste Mal richtig verliebt", stellte Derek fest und sprach damit das Offensichtliche aus. „Vielleicht sollten wir einmal mit beiden darüber reden. Du weißt schon." Auch ihm war das Thema unangenehm.

Chris räusperte sich. Ihm wurde plötzlich warm, was nicht nur an ihrem Gespräch lag. Menschen wuselten um sie herum, ohne dass sie es bemerkten. „Ja, das sollten wir wohl", gab Chris lahm zurück.

Für einen Moment herrschte Schweigen, bis Derek ihn direkt ansah. „Was macht ihr an Weihnachten?"

Die Frage hing einen Augenblick zwischen ihnen. „Na ja, du weißt, meine Frau starb vor einigen Jahren und ich habe, außer meiner Tochter, keine Familie mehr", antwortete Chris traurig. „Allison und ich werden Weihnachten daher zu zweit verbringen." Er zuckte mit den Achseln und sah dann auf die Eisfläche. „Und ihr?"

Die Frage war leise und Derek hätte sie fast überhört. Tief atmete er durch und legte ihm eine Hand auf den Arm. Chris zuckte merklich zusammen und sah ihn an. Seine Wangen glühten nicht nur von der Kälte rot. „Dann feiert doch mit uns. Isaac würde sich freuen und ich mich auch."

Überrascht blinzelte Chris, konnte sich aber nicht rühren. „Würde euch das nicht stören? Gibt es denn keine Frau in deinem Leben?" Schon als die Worte seine Lippen verließen, bereute er sie. Beschämt senkte er den Kopf und wünschte sich ganz weit weg.

„Ich würde dich sonst nicht fragen. Und nein, es gibt keine Frau – nicht mehr. Ich war mit Mira nur wegen unseres Sohnes zusammen. Ich mag Männer lieber, Chris. Zudem ist Isaac fast erwachsen und versteht das." Er schwieg und schaute ihm anschließend direkt in die Augen. „Ich mag dich, falls dir das nicht klar ist."

Noch durch den Stoff hindurch spürte Chris die Finger, die seine Haut zu verbrennen drohten. Perplex stand er da und wusste nicht, wie er reagieren sollte. Derek mochte ihn? Konnte das möglich sein? Durfte es denn so einfach sein?

„Es war wohl keine gute Idee", sagte Derek und zog seine Hand weg. „Tut mir leid, ich wollte dir nicht zu nahetreten."

Hastig wandte er sich ab und war schon einige Schritte fortgegangen, als Leben in Chris kam und er ihm eilig folgte. „Derek, warte."

Der jüngere Mann blieb zwar stehen, drehte sich aber nicht um. „Es tut mir leid. Ich bin nur überrascht. Ich dachte, nun ja, dass du kein Interesse an mir hättest." Die letzten Worte waren leise und Chris senkte den Kopf.

Langsam drehte sich Derek um. „Doch, das habe ich. Ich mag dich wirklich. Von deiner Tochter weiß ich, dass auch du Männer magst." Er wirkte für einen Moment verloren. „Ich möchte Weihnachten gerne mit euch zusammen verbringen."

Chris machte einen Schritt nach vorn, sodass sie sich fast berührten. „Ich wollte es nicht wahrhaben, weißt du? Die Tatsache, dass ich dich mag und du mich auch mögen könntest." Chris wusste, wie diese Worte klangen, und schämte sich für seine Schwäche. Was sollte Derek nur von ihm denken?

Dieser berührte ihn jedoch sanft am Kinn und sah ihm in die Augen. „Es ist die Wahrheit. Also, was meinst du, wollen wir Weihnachten zusammen verbringen?"

Chris schluckte, dann nickte er. „Ja, sehr gerne. Allison wird sich freuen und ich mich auch."

Ein Lächeln breitete sich auf dem Gesicht des Jüngeren aus, während Chris spürte, wie sein Herz schneller schlug. „Schön. Darf ich dich dann küssen?"

Darauf gab es nur eine Antwort, Chris beugte sich nach vorn und berührte mit seinen Lippen die von Derek.

„Sie haben es endlich geschafft, wurde auch Zeit", meinte Allison und deutete auf ihren Vater. Isaac nahm ihre Hand und gemeinsam drehten sie noch eine Runde, um an ihren Vätern vorbeifahren zu können. Anderen mochte das peinlich sein, ihnen aber nicht. Allison klatschte in die Hände und hob einen Daumen, als ihr Vater sie ansah. Er hatte den Anstand zu erröten, genau wie Derek.

„Wird auch Zeit, Dad!", rief Isaac. „Damit sind wir Weihnachten zu viert."

Elegant fuhren Allison und Isaac an den Angesprochenen vorbei, woraufhin Chris beschämt den Blick senkte.

Ihm war bewusst, dass seine Tochter schon lange darauf aus gewesen war, ihn zu verkuppeln. Nachdem sie mit Isaac zusammengekommen war, hatte sie dessen Vater als die beste Wahl erachtet. Tatsächlich hatte Isaac auch nichts dagegen gehabt. Ihm war es wichtiger gewesen, dass sein Vater endlich wieder glücklich war und sie dann vielleicht auch wieder eine richtige Familie sein konnten. Zudem sah er auf diese Weise Allison öfter, was ihm wirklich sehr entgegenkam und ihn breit grinsen ließ.

„Fahrt doch eine Runde mit uns", schlug Isaac gut gelaunt vor.

Erstaunt sah Derek seinen grinsenden Sohn an. „Was meinst du, wollen wir der Jugend zeigen, dass wir das auch können?" Aufmunternd hielt Derek Chris die Hand hin und dieser nahm sie gerne.

„Ich stand ewig nicht auf Schlittschuhen, aber klar. Ich bin dabei."

Zusammen gingen sie zur Kasse und bezahlten. Das Anziehen der Schlittschuhe erwies sich jedoch als recht schwierig und etwas ungewohnt, aber letztlich erfolgreich. Ein wenig später stand er gemeinsam mit Derek auf dem Eis. Der Jüngere hatte mit vor Freude funkelnden Augen seine Hand genommen. Dieser wunderschöne Anblick ließ Chris' Herz schneller schlagen.

Das Ganze fühlte sich gut und richtig an.

Die ersten Schritte auf dem Eis waren sehr wackelig und Chris war froh, nicht zu stürzen. Jetzt war er also doch auf dem Eis, obwohl er dies zu Beginn gar nicht gewollt hatte.

„Ganz schön wackelig und vor allem ungewohnt. Das habe ich schon lange nicht mehr gemacht", sagte er.

„Dafür schlägst du dich aber gut. Außerdem bin ich auch aus der Übung", gab Derek zurück. Sie strahlten sich an und beide wussten, dass ihre Offenheit füreinander eine gute Entscheidung gewesen war.

Zusammen mit ihren Kindern drehten sie einige Runden über das Eis. Nach und nach wurde auch Chris sicherer und sein Laufstil sah eleganter aus. Wenn auch nicht so gut wie Allisons. Seine Tochter schien ein echtes Naturtalent zu sein – und er war stolz auf sie.

„Lass uns noch eine heiße Schokolade trinken, Chris", schlug Derek nach einer Weile vor.

„Sehr gerne. So schön wie es auch ist, ich brauche eine Pause. Kommt ihr mit?", wandte sich Chris an Allison und Isaac.

Letzterer schüttelte nur den Kopf. „Nein, wir drehen noch eine Runde. Viel Spaß euch beiden." Er streckte seinem Vater die Zunge raus.

Derek verzog kurz das Gesicht. „Dann eben nicht." Er hackte sich bei Chris unter und zusammen verließen sie die Eisfläche. Eine heiße Schokolade war eine gute Idee, Chris freute sich darauf, mit dem anderen für eine Weile alleine zu sein.

Es würde ein schönes Weihnachtsfest werden, so viel stand fest. Sie wären zu viert und Chris war voller Vorfreude. Seine Wangen waren nicht nur von der Fahrt auf dem Eis gerötet, als er einen Blick auf den Mann an seiner Seite warf. Er konnte sein Glück kaum fassen.

Es mussten eben doch mal Wunder geschehen.

Doreen Pitzler *wurde 1986 in Sachsen-Anhalt geboren, wo sie auch aufgewachsen ist. Schon früh entwickelte sie eine Vorliebe für gute Geschichten und inspirierende Welten. Zu Schulzeiten verband sie diese Vorliebe mit ihrer eigenen blühenden Fantasie und begann mit den Schreiben eigener Geschichten. Heutzutage ist das Schreiben ein willkommener Ausgleich zu ihrer Bürotätigkeit.*

Der Schlüssel
zum kleinen Glück

Es hatte die ganze Nacht geschneit. Mittlerweile war es zwar schon kurz vor neun, dennoch waren die Gehwege noch nicht vollständig geräumt. Stellenweise schimmerte es gefährlich glatt. Vorsichtig setzte Sandra einen Fuß vor den anderen.

„Passen Sie bloß auf! Nicht stürzen!", rief ihr ein Nachbar zu, der damit beschäftigt war, sein Auto freizukratzen. „Ist glatt heute!"

„Sag bloß", murmelte Sandra zwischen zusammengebissenen Zähnen.

Er deutete auf die beiden vollen Einkaufstaschen, die sie schleppte. „Warum sind Sie nicht mit dem Auto gefahren?"

„Ist in der Werkstatt", antwortete sie knapp, lächelte gespielt freundlich und ging weiter.

Als Sandra endlich zu Hause ankam, schnaufte sie erleichtert durch, zog ihren Schlüssel aus der Manteltasche und steckte ihn ins Schloss. Als sie ihn drehte, hakte er kurz, dann hörte sie ein leises Knacken und hielt den abgebrochenen Teil des Schlüssels in der Hand.

„Scheiße! Das darf doch nicht wahr sein!" Grimassenhaft verzog sie das Gesicht, als ihr klar wurde, dass ihr nun nur noch ein Schlüsseldienst helfen konnte. Entnervt kramte sie nach ihrem Handy.

„Na toll! Ausgerechnet jetzt!", schimpfte sie, als sie feststellte, dass der Akku so gut wie leer war.

Eilig googelte sie nach dem nächstgelegenen Schlüsseldienst, rief an und geriet an einen hektisch klingenden Mitarbeiter, der sich über Hochbetrieb und zu wenig Personal beklagte.

„Ich schicke jemanden, aber nicht innerhalb der nächsten drei Stunden."

„Wie bitte?", stieß Sandra hervor. „Ist nicht Ihr Ernst? Soll ich hier etwa festfrieren?"

„Wie ich bereits erwähnte, bei uns herrscht Hochbetrieb! Soll ich Ihren Auftrag nun annehmen oder nicht?"

Sandra rollte mit den Augen. „Natürlich sollen Sie das!"

„Können Sie nicht so lange bei jemandem unterkommen? Geben Sie mir Ihre Handynummer und ich melde mich, bevor wir uns auf den Weg machen."

„Bei jemandem unterkommen? Eine grandiose Idee", nörgelte sie sarkastisch. „Es sind alle auf der Arbeit!"

„Dann weiß ich auch nicht weiter. So schnell es geht, schicke ich einen Kollegen und …"

„Warten Sie! Ich hab 'ne Idee!", unterbrach ihn Sandra. „Im Stadtpark, das Café am See. Dort werde ich warten. Aber Sie müssen im Café anrufen, da der Akku meines Handys gleich leer ist, okay? Die Inhaberin kennt mich gut. Wird also kein Problem sein. Muss nur schnell die Nummer googeln."

„Finde ich selber raus. Bis später", erwiderte er und legte auf.

Sandra deponierte den Einkauf in ihrem Carport und machte sich auf den Weg ins Café. Nachdem sie erklärt hatte, was passiert war, sah sie sich nach einem freien Platz um. Leider gab es nur noch einen einzigen – an einem Tisch am Fenster, an dem ein alter Herr saß.

„Darf ich mich zu Ihnen setzen?", fragte Sandra und entdeckte erst jetzt, dass er einen Zeichenblock vor sich liegen hatte und zeichnete.

Der alte Herr sah auf und lächelte. „Sehr gerne! Freue mich immer über nette Gesellschaft."

„Darf ich fragen, was Sie zeichnen?", erkundigte sich Sandra, zog ihren Mantel aus und hing ihn über die Lehne.

„Ich zeichne die Schönheiten des Lebens."

Überrascht hob Sandra die Brauen. „Die Schönheiten des Lebens? Die finden Sie in einem Café?"

„Warum sollte ich sie nicht in einem Café finden? Doch in diesem Jahr sind es die Schönheiten der Jahreszeiten, die von mir entdeckt werden wollen. Im Frühling hielt ich die erwachende Natur in einer Zeichnung fest, dann die bunte Vielfalt des Sommers, im Herbst die warmen Farben des Laubs und nun widme ich mich der Eleganz des Winters."

Sandra betrachtete seine Zeichnung und nickte anerkennend. „Eine traumhafte Winterlandschaft! Bin beeindruckt. Sie sind ein Künstler!"

„Nein, die Natur ist der Künstler. Ich zeichne nur das, was ich sehe."

Sandra warf einen überraschten Blick aus dem Fenster, der dem alten Herrn nicht entging. „Sie hatten noch gar nicht bemerkt, wie herrlich es heute ist, nicht wahr?", fuhr er fort und nickte nachdenklich. „Ja, so ist es leider. Wintertage sind kürzer, dunkler und uns ist kalt. So eilen wir vorbei und übersehen oft die Wunder des Winters, die sich in den kleinsten Dingen offenbaren – eine Eisblume am Fenster oder traumhaft glitzernder Schnee im Sonnenlicht."

„Traumhaft ist heute gar nichts", seufzte sie und wandte sich ihm wieder zu. „Als ich vom Einkaufen nach Hause kam, ist mir beim Aufschließen der Tür der Schlüssel abgebrochen. Muss jetzt drei Stunden auf den Schlüsseldienst warten. Darum beschloss ich, hier so lange meine Zeit totzuschlagen."

Der alte Herr schüttelte den Kopf. „Das ist nicht gut!"

„Stimmt! Mag nicht daran denken, was mich der Spaß kosten wird."

„Davon rede ich nicht. Ich meinte, es ist nicht gut, dass Sie Ihre Zeit totschlagen! Zeit ist ein wertvolles Geschenk!"

„Herumhocken und warten? Wirklich ein tolles Geschenk!" Die Ironie in ihren Worten war nicht zu überhören.

„Warum nutzen Sie nicht Ihren Schlüssel?"

„Aber ich hatte Ihnen doch erzählt, dass er …"

„Ich rede nicht von Ihrem Haustürschlüssel", unterbrach er sie, „sondern den Schlüssel, den jeder von uns stets bei sich trägt."

Irritiert kräuselte sie die Stirn. „Welchen auch immer Sie meinen. Ich habe ihn ganz sicher nicht!"

„Oh doch!", erwiderte er kopfnickend. „Es ist die Achtsamkeit! Für mich ist sie der Schlüssel zum kleinen Glück. Jeder von uns kann ihn nutzen und die Zeit mit etwas Wundervollem ausfüllen. Mit meinen einundachtzig bleibe auch ich nicht vor schlechten Tagen verschont. Doch anstatt mich über etwas aufzuregen, was ich eh nicht ändern kann, konzentriere ich mich auf das Schöne, was jeder Tag bereithält – selbst der dunkelste! Heute genieße ich zum Beispiel meinen Tee und erfreue mich an der Schönheit des Winters. Das ist für mich mein kleines Glück!"

„Die Schönheit des Winters?", wiederholte Sandra und verzog gequält das Gesicht. „Glatte Straßen, Schneechaos, Autoscheiben frei kratzen, Schnee schieben. Im Dunkeln zur Arbeit gehen, im Dunkeln wieder nach Hause kommen."

Sie nickte gespielt begeistert. „Stimmt! Wirklich 'ne atemberaubende Schönheit."

„Aber nichts von dem, was Sie gerade aufzählten, trifft gerade auf Sie zu! Oder?" Fragend sah er Sandra an, dann deutete er zum Fenster. „Schauen Sie noch einmal hinaus und lassen sich etwas Zeit! Was sehen Sie?" Bevor Sandra antworten konnte, fuhr er fort. „Ich möchte Ihnen sagen, was ich sehe. Es sind schneebedeckte Bäume, ein Azurblau, das hier und da zwischen den Wolken hervorblinzelt, Menschen, die auf dem zugefrorenen See Schlittschuh laufen. Ich sehe fröhliche Kinder bei einer Schneeballschlacht im Park und …"

„Als Kind habe ich Schneeballschlachten geliebt", unterbrach Sandra ihn begeistert.

„Tatsächlich?" Seine buschigen Augenbrauen schnellten nach oben. „Worauf warten Sie dann?"

„Um Gottes willen!" Sie lachte kurz auf. „Ich bin doch kein Kind mehr!"

„Was wäre so schlimm daran, es wieder zu sein? Nur für einige Minuten. Man ist nie zu alt, um mal wieder Kind zu sein."

„Mag sein, aber …"

„Ist das Leben nicht schon ernst genug? Na los! Gehen Sie zu den Kindern und machen mit! Was hindert Sie? Nutzen Sie Ihre Zeit, um sie mit Freude zu füllen!"

„Aber ich erwarte den Anruf vom Schlüsseldienst. Mein Handy ist aus, darum werden die hier anrufen."

„Wo ist das Problem?", erwiderte der alte Herr achselzuckend. „Man kann mir Bescheid geben. Ich komme dann zu Ihnen in den Park."

„Das würden Sie tun?" Sandra sah ihn überrascht an, dann schaute sie hinaus zu den tobenden Kindern und biss dabei nachdenklich auf ihrer Unterlippe herum. „Meinen Sie wirklich, ich sollte?" Ohne eine Antwort abzuwarten, sprang sie auf und schmunzelte spitzbübisch. „Okay! Ich mache es!"

Als sich Sandra der Schneeballschlacht näherte, stiegen erneut Zweifel in ihr auf. Unsicher blieb sie stehen und beobachtete die Kinder, die sich lachend mit Schneebällen bewarfen und bei jedem Treffer jubelten. Dann wurde auch Sandra getroffen, gefolgt von einem kräftigen Kichern.

Im selben Moment sprang ein Mädchen hinter einem Baum hervor. „Treffer!", trällerte es und rannte zu seinen Freunden.

„Na warte!", rief Sandra gespielt ernst, formte einen Schneeball und warf ihn hinterher. Zur großen Freude der Kinder verfehlte er sein Ziel.

„Attacke!", rief einer der Jungen, worauf die ganze Truppe Bälle formte und sie auf Sandra schoss. Strahlend ging sie zum Gegenangriff über!

Als Sandra ins Café zurückkehrte, klebten nasse Haarsträhnen an ihren roséfarbenen Wangen und ihre Wimperntusche war komplett verschmiert. „Es war sooo klasse", berichtete sie begeistert.

„Das freut mich! Sie sehen jetzt viel entspannter aus, wenn auch etwas lädiert", erwiderte der alte Mann lachend.

„Macht nichts, das wars wert! Fühle mich wie neugeboren." Selig lächelnd fügte sie augenzwinkernd hinzu: „Eine gute Idee, den Schlüssel zum kleinen Glück zu nutzen!"

Kurz nach Mittag konnte Sandra endlich wieder in ihr Haus. Während ihr Handy auflud, entdeckte sie zwei verpasste Anrufe ihrer Mutter und rief zurück.

„Eine Schneeballschlacht?", hakte ihre Mutter entsetzt nach, als sie erfuhr, wie ihre Tochter den Vormittag verbracht hatte. „Bist du mit deinen sechsunddreißig nicht ein bisschen zu alt dafür? Na ja, ist wenigstens nicht so verrückt wie die Idee, die du als Kind hattest, sobald Schnee lag."

„Welche Idee meinst du, Mama?"

„Sag bloß, das weißt du nicht mehr? Wenn es schneite, wolltest du immer …" Ihre Mutter stockte kurz, dann fuhr sie hektisch fort. „Es hat an der Tür geklingelt. Bestimmt das Paket, das ich erwarte. Ich melde mich heute Abend noch mal", versprach sie und legte auf.

Fieberhaft überlegte Sandra, welche Idee ihre Mutter gemeint haben mochte. Doch erst als sie an der Terrassentür stand und in den verschneiten Garten schaute, fiel ihr plötzlich ein, welch merkwürdigen Wunsch sie als Kind hatte. Seinen Reiz hatte er in all den Jahren scheinbar nicht verloren, denn sie verspürte bei dem Gedanken an ihn das gleiche Kribbeln im Bauch wie damals als Kind. Was wäre, wenn sie sich ihren Wunsch endlich erfüllte? War es nicht genau das, wovon der alte Herr im Café gesprochen hatte? Achtsam sein und offen für das Schöne im Leben? Ab und zu wieder Kind sein – und sei es nur für wenige Minuten?

Kurz entschlossen kochte sich Sandra heiße Schokolade und füllte sie in einen Thermobecher. Anschließend murmelte sie sich warm ein. Im Norwegerpullover und einer Strumpfhose unter ihrer Jeans schlüpfte sie in Boots und Daunenjacke, legte sich den dicksten Schal um, den sie besaß, zog ihre Mütze weit über die Ohren und vergrub ihre Hände in Handschuhen. Dann schnappte sie sich den Kakao, zwei Wolldecken, ihre Iso-Matte und ging in den Garten. Bei jedem Schritt hörte sie dieses knirschende, wattige Geräusch des Schnees unter ihren Schuhen. Sie breitete die Iso-Matte auf dem Rasen aus und legte eine Wolldecke darüber. Dann setzte sie sich im Schneidersitz auf die Decke, warf sich die zweite um die Schultern und strahlte übers ganze Gesicht.

Als Sechsjährige hatte Sandra immer davon geträumt, im Schnee zu picknicken, nun wurde ihr Traum endlich wahr! Genussvoll ließ sie sich einen kräftigen Schluck ihrer heißen Schokolade schmecken und atmete anschließend tief durch. Erst jetzt bemerkte Sandra, wie herrlich frisch und sauber die Luft roch. Verträumt und umgeben von friedvoller Stille schaute sie minutenlang den Schneeflocken zu, wie sie zu Boden schwebten. Ihr reines Weiß überzog Büsche, Sträucher und Bäume. Sandra spürte, wie der Stress des Tages von ihr abfiel. Tiefer und tiefer tauchte sie ein in die Schönheit des Winters, der es wie keine andere Jahreszeit vermochte, Gärten und Landschaften in Orte der Stille zu verzaubern. Alles ruhte, hielt inne, sammelte verborgen unter Eis und Schnee neue Kraft für einen Neubeginn. Sandra lächelte bei dem Gedanken, dass vielleicht genau dies die Botschaft des Winters an uns Menschen ist. Es ihm gleichzutun, innezuhalten und zur Ruhe zu kommen, während wir gemeinsam mit ihm das alte Jahr ausklingen und das neue beginnen lassen.

Petra Kesse, 1965 in Bremen geboren, nimmt seit ihrem Belletristik-Fernstudium an Literaturwettbewerben teil. Mit „Das Leben liebt es kurvenreich" veröffentlichte sie 2019 ihr erstes Buch mit Kurzgeschichten, das 2022 auch als Hörbuch erschienen ist. www.petrakesse-autorin.de.

Stippvisite im Schwimmbad

Sandro öffnet das Fenster und schiebt die Fensterläden zur Seite. Um den Tag in seinem Hell und Neu starten zu lassen.

Es schneit! Er blickt zur Linde vor der Wohnung, welche die weiße Patina voller Anmut trägt. Dass es bis in die Niederungen schneit, bis zu seiner Linde!

Sandro schließt das Fenster, streckt, reckt sich. Spürt die Müdigkeit und die Anspannung der letzten Wochen in seinen Muskeln, in seinem Kopf. Er schaukelt ihn hin und her, schüttelt Arme, Hände, Füße. Gestern hat Sandro die allerletzte Prüfung absolviert. Ob er bestanden hat? Das würde ihn enorm erleichtern. Die letzten Jahre waren intensiv. Die Doppelbelastung von Studieren und Arbeiten hat Sandro zugesetzt.

Er denkt an die vergangene Nacht – an den Traum mit dem großen Mann. Mit dem sonnigen Lächeln.

Der Tag wird so gut wie der erste Espresso. Darum will sich Sandro einen richtig guten machen. Während er an ihm nippt und dazu Müsli löffelt, entschließt er sich zur Stippvisite im Schwimmbad: einen Kilometer schwimmen, vierzig Längen. Er zieht sich warm an und schnappt sich das Rad aus dem Keller.

„Schade, dieser Pflotsch", denkt er, als es von der schwarzgeräumten Straße an seine Jeans sprüht. Beim Schwimmbad parkt er sein Rad, öffnet die Tür des Gebäudes und der Garderobe.

Ein paar Jacken trifft er an. Jeans, Unterhosen, Pullover. Sein Blick fällt auf zwei große rote Schuhe. Zu zweit, parallel nebeneinander, bilden sie eine Einheit. Wie ein Paar, das zusammengehört. Wie zwei Menschen, die miteinander, gemeinsam auf dem Weg sind.

„Wer wohl so große Füße hat?", denkt Sandro, als er in seiner Badehose unter der Dusche steht.

Brrrrr. Seine Zähne klappern, als er den rechten Flügel der Türe zur Schwimmhalle öffnet.

Es riecht nach Hallenbad. Im Rhythmus der Schwimmbewegungen kanalisieren sich Sandros Gedanken. Durch das Fenster sieht er, wie die Schneeflocken wirbeln.

Ein Mann in der Bahn nebenan absolviert ebenfalls ein paar Längen. Sandro wechselt vom Brustschwimmen ins Crawlen. Er hofft, so die vierzig Längen schneller hinter sich zu bringen. Beim nächsten Kreuzen dreht Sandro den Kopf so, dass er in ein Augenpaar blickt.

„Er meint nicht mich. Warum sollte er?"

Sandro erhascht einen weiteren Blick. Er lächelt zurück und spürt einen Schwall Wärme. Hat keine Bedeutung. Man darf ja wohl noch freundlich sein.

Schon wieder lächelt ihm sein Nachbar zu.

Ein paar Längen später stockt Sandro der Atem. Enge kriecht in seine Brust. Der Schwimmer von nebenan ist nicht mehr im Wasser. Er ist fort! Er klettert aus dem Becken, dreht sich kurz um, bevor er zur Dusche geht.

So schade! Weg ist er. Wahrscheinlich hat er seinen Kilometer schon geschwommen. Ihm nachgehen: Was er dann denken und davon – von ihm, Sandro – halten würde!

Er zählt die Längen: neun, zehn. Nicht mal ein Viertel dessen, was sich Sandro vorgenommen hat. Mit dem Blick durchwatet er das Schwimmbecken. Die paar, die noch schwimmen, sind wie Enten, die ihren Schnabel ins Wasser tauchen. Er stemmt sich aus dem Wasser.

In die Luft wirft er die Angst. Sandro drückt den Türflügel weg und schickt den Blick in die Dusche.

Da ist keiner. Niemand.

Sandro verschiebt das Duschen, um Richtung Garderobe zu sputen. Dann drosselt er das Tempo. Damit sein Auftauchen zufällig aussieht.

Der Mann von eben schlüpft in den ersten der beiden roten Schuhe, greift nach der Jacke und stellt sich vor den Spiegel. Mit ein paar Handgriffen richtet er sein Haar. Den Blick nicht auf sein Spiegelbild gerichtet. Sondern auf Sandro. In der Badehose.

Auch Sandro schaut in den Spiegel. Schaut den Mann an, im Spiegel. Ob seine Augen grün sind? Das muss wie Anstarren wirken.

Ihn scheint das nicht zu kümmern. „Den Kilometer schon gemacht?"

„Ähm, ja, fast." Da Sandro seine Antwort selber nicht für überzeugend hält, schiebt er nach: „Ich hab mich beeilt."

Sandro erfährt, dass der Mann Sebastiano Sanfilippo heißt. Er wohnt in einem Außenquartier der Stadt. Jetzt grinst er und drückt mit der Mütze die schwungvolle Frisur platt. Die Haarspitzen äugen hervor.

Als Sandro überlegt, ob er ihn nach der genauen Adresse fragen soll, wummt die Tür zu. Sebastiano ist weg und fort. Schon wieder!

Fröstelnd steht Sandro da. Er kramt das Shampoo aus seinem Sportsack und beschließt, das Duschen nachzuholen.

Draußen legen sich Schneeflocken auf Sandros Winterjacke. Er klemmt seinen Sportsack auf den Gepäckträger des Rads, dessen Schloss er gedankenversunken aufschließt.

Wieder zu Hause spült Sandro die Caffettiera, um sie mit Kaffeepulver und Wasser zu füllen und auf die Herdplatte zu stellen.

Der Espresso ist schön schwarz und schön heiß. Während er ihn im Mund schwenkt, schaut er zur mit Schnee bedeckten Linde vor dem Fenster. Seine Gedanken schweifen zu Sebastiano. Sandro greift nach dem Handy, um nach dessen Nummer zu suchen.

Ob er ihn anrufen soll?

Besser nicht.

„Ob ich ihm gefalle? Ein Lächeln und etwas Small-Talk, was bedeutet das schon?"

Der Traum dieser Nacht kommt Sandro in den Sinn: der Mann, der ihm zulächelt. Sandro greift zum Telefon und wählt die Nummer.

Sein Herz pocht.

Tüt, tüt, tüt.

Der Anrufbeantworter mit der Ansage wie am Bahnhof: „Dongdong, Anschluss verpasst. Hinterlass für die nächste Fahrt deine Nachricht." Sebastianos Stimme klingt wie Sandros Lieblingsmelodie.

Er spricht Sebastiano auf den Beantworter – klarer Fall von Mutanfall. Über seinen Versprecher ärgert er sich gründlich. Das wars!

Immerhin hat er's probiert." Sandro geht in die Küche, um das Geschirr von heute Morgen zu spülen. Während er die Caffettiera zum Abtropfen platziert, klingelt das Telefon.

Sebastiano!

Der Anschluss passt, die Fahrt geht weiter: Die beiden verabreden sich zum Spazieren.

Sie leuchten schon von Weitem: die roten Schuhe von Sebastiano. Als würde er vom Schwimmbad kommen. Die Wollmütze, das neckische Haar.

Sie spazieren dem Fluss entlang. Sandro ist froh, dass sie nicht in einer Bar sitzen. Dann würde Sebastiano sehen, dass Sandros Hände zittern.

Sebastianos Stimme beruhigt ihn mehr und mehr. Er erzählt aus seinem Leben: von seinem Studium (Politologie), von seinem Hobby (Tennis) und von seiner Arbeit als Berater.

„Was machst du?"

„Eben grad die Prüfungen an der Uni gemacht. Hoffentlich bestanden!"

„Bestimmt!" Sebastiano lächelt ihm zu.

Auf einer Bank am Flussufer schauen sie aufs Wasser, auf dem die Schneeflocken tanzen. Sandro legt die Hand auf jene von Sebastiano. Das Herz pocht.

Einen kurzen Moment lang lässt ihn Sebastiano gewähren – dann schiebt er Sandros Hand zur Seite.

„Entschuldige bitte", sagt Sandro.

„Das ist zu schnell?"

„Das ist es nicht", sagt Sebastiano. „Es ist … ich bin … in einer Beziehung." Er lächelt Sandro zu. „Vielleicht werden wir Freunde?"

*Autor und Yogalehrer **Marcel Friedli-Schwarz** würde, wenn es schneit, eher joggen als schwimmen gehen. Er schreibt Kurzgeschichten, Gedichte und an einem Roman. Zurzeit absolviert er bei Schreibwerk Ost und beim Schweizer Buchhandels- und Verlags-Verband den Diplomlehrgang Literarisches Schreiben.*

Die ersten kleinen Wintervorboten

Routinemäßig ich am Morgen aus dem Fenster sah,
ich stellte fest, dass irgendetwas anders war –
mein Blick ging ins Dunkel,
ich erkannte ein schwaches Funkeln.

Das Thermometer bestätigte meinen Verdacht,
der erste Frost kam in der Nacht.
Sommerliche Temperaturen zeigte der Oktober bisher,
diesen Umschwung zu glauben fiel mir schwer.

Doch dieses eisige Phänomen
lockte mich hinaus, um es zu spüren und zu sehen.
Die frostige Luft war klar und rein,
jeder Atemzug wirkte befreiend.

Mir fröslstelte, ich wollte gerade ins Haus hinein,
da kam leichter Nebel auf mit rötlichem Schein.
Dieses Naturschauspiel war phänomenal,
so ein einzigartigen Anblick gibt es kein zweites Mal.

Wenig später erstrahlte die Sonne in voller Pracht,
sie hatte ein Glitzern und Funkeln an den Tag gebracht.
Die Natur erschien in einem anderen Glanz,
die Sonnenstrahlen zauberten einen frostigen Tanz.

Die Blätter hatten sich mit Kristallen geschmückt
und glänzten ganz entzückt.
Sie präsentierten sich in einem kristallglitzernden Kleid,
doch dafür war sie noch nicht bereit.

Die Temperatur stiegen wieder an,
der ganze Schmuck verschwand sodann.
Ein kurzes Naturschauspiel bekamen wir geboten.
Es hieß: die ersten kleinen Wintervorboten.

Ines Reimer *Jahrgang 1970, lebt mit ihrer Familie in Mecklenburg-Vorpommern. Nach dem Schulabschluss erlernte sie den Beruf der Kindergärtnerin und schulte später zur Krankenschwester um. Sie liebt das Arbeiten mit Menschen und ist schon viele Jahre im psychiatrischen Bereich tätig. Aus gesundheitlichen Gründen kann sie ihre Tätigkeit nicht mehr voll ausüben und hat sich mehr und mehr ihren Gedichten gewidmet. Mittlerweile gibt es eine umfangreiche Sammlung von Gedichten und Geschichten aus ihrem täglichen Leben.*

Kalte Weihnachten

Am 24. Dezember fuhren wir sechs Stunden von Upstate New York bis zu einem gelben Bungalow umgeben von roten Fabrikgebäuden mitten in New Jersey. Mein Bruder Billy und ich waren eingequetscht in einem alten Ford – zusammen mit Mama und unserem neuen Vater Steven. Es war das erste Weihnachten mit der neuen Stieffamilie.

Steven parkte vor dem Haus. Wir rannten auf die Tür zu und klingelten. Grandma und Grandpa reichten uns die Hand. Steven wurde von seinem Vater auf die Schulter geklopft.

Anstatt abends unsere Geschenke zu bekommen, mussten wir uns bis zum Morgen gedulden. Es war eine schreckliche, lange Nacht. Die Bettlaken im Gästezimmer waren eisig. Ungeduld und Vorfreude weckten mich abwechselnd auf.

Es war pechschwarz draußen, als wir erwachten. Wir konnten nicht länger im Bett bleiben. Ich zupfte meinen blauen Pyjama zurecht. Billy trug sein breites Lächeln. Die Lücke zwischen seinen Zähnen war so frech wie er. Sommerpossen sprenkelten unsere Gesichter wie Farbspritzer, unsere feuerroten Haare waren verwuselt vom Schlaf. Ich machte mir einen Zopf und spritzte mein Gesicht mit kalten Wasser ab.

Die Weihnachtsbeleuchtung aus der Stube war so hell, dass wir kein Licht anzuschalten brauchten. Die Treppe, bedeckt mit einem roten flauschigen Teppich, knarzte nicht, als wir auf Fußspitzen hinabgingen. Geschenke türmten sich unter und neben dem Weihnachtsbaum. In Bergen so hoch wie die Alpen. Eingewickelt in allerlei buntes glitzerndes Papier, mit Schneeflocken und Weihnachtsmännern bedruckt.

Mein Herz hüpfte.

„Annica, ich habe Hunger." Billy stupste mich an.

Wir schlichen in die Küche. Es war uns verboten worden, an den Kühlschrank zu gehen. Ich legte meinen Finger an meine Lippen und ging in die Hocke, um vorsichtig die Tür aufzuziehen. Die kleinen weißen Brötchen in dem Plastikbeutel waren einfache Beute. Schnell stopften wir sie in unseren Mund.

Ich schob einen Stuhl zum Schrank und kletterte hinauf.

„Annica, was machst du?“ Grandma stand vor uns. Rosafarbene Kopfhaut blitzte durch das graue Haar.

„Trinken.“ Ich zeigte auf die Gläser und den Wasserhahn.

Grandma schüttelte ihren Kopf und riss die Schranktür auf. Sie füllte Gläser mit Wasser und befahl uns, ins Bett zu gehen.

Wir kamen erst runter, als Mama uns rief.

Der Geruch von gebratenem Speck, Eiern und Toast breitete sich im gesamten Haus aus. Billy rieb seinen Bauch und lächelte: „Essen.“

Es klingelte. An der Tür standen unsere neuen Cousinen Kim und Heidi. Beide hatten langes, blondes Haar und funkelnde blaue Augen. Sie rannten zu ihrer Grandma und zu Grandpa und wurden innig umarmt. Die neuen Tanten Sally und Susan sowie Onkel Greg gaben uns die Hand.

Mama trug ein Kleid, das ich nicht kannte. Rot, weiß und grün kariert. Das Kleid ging bis zu ihren Knöcheln und hatte lange Ärmel. Es sah zu alt aus für Mama. Darüber trug sie ein gestricktes Dreieckstuch. Helles Blau, durchwebt mit silbernen Fäden. Es passte nicht zum Kleid, aber zu Mama.

Heidi und Kim kicherten und hielten Hände, als sie am Weihnachtsbaum vorbeigingen. Ihre Schritte wurden langsamer. Onkel Greg legte seine Hände auf ihre Schultern und schob sie voran ins Esszimmer. Der Tisch war von einer dunklen, grünen Tischdecke bedeckt. Große Kelchgläser funkelten im Kerzenschein.

Wir vier Kinder saßen an einem separaten Tisch. Wir aßen kleine süße, fluffige Pfannkuchen getränkt in Ahornsirup, Rührei und knusprigen Speck.

Billy und ich grinsten unsere Cousinen an.

Sie streckten ihre Zungen raus.

Heidi zischte: „Nazis!“

Ich verschluckte mich am Orangensaft. Nur weil wir aus Deutschland kamen, waren wir doch keine Nazis. Ich wollte etwas sagen, aber Mama schüttelte ihren Kopf.

Die anderen nahmen keine Notiz.

Die Männer gingen raus zum Rauchen. Grandma kochte Kaffee

und ging hinterher. Die Frauen wuschen das Geschirr ab und wir Kinder, jedes mit einem Geschirrtuch bewaffnet, rubbelten alles trocken.

Wir versammelten uns in der Stube.

Die Töne von *Oh Tannenbaum* wurden mit viel Luft durch Flöten gepustet. Es gab Applaus und Heidi und Kim verbeugten sich.

Billy stand auf, um seine Breakdance-Moves vorzuführen, die er von zu viel Michael Jackson auf MTV inhaliert hatte.

Steven sprang auf und schob ihn Richtung Couch. „Solche Bewegungen wollen wir nicht sehen."

Aschenbecher wurden geholt und Zigarettenqualm benebelte den Raum.

Kim war als Erste dran. Sie riss das Papier von ihrem Geschenk. Es war ein Pool für Barbie. Billy bekam ein Matchbox-Auto. Barbie samt pinkem Cabriolet würde eine neue Heimat bei Heidi bekommen.

Ich rüttelte und schüttelte mein Paket und riss das rote Papier ab. Darin war ein Karton. Etwas zu groß und leicht für eine Barbie. Ich hob den Deckel und blickte enttäuscht auf ein orangefarbenes Kleid, verziert mit einem weißen Lätzchen.

„Das war meins, als ich so alt war wie du. Ich hoffe, es gefällt dir." Sally nickte mir zu.

Ich blickte zum Boden und murmelte: „Danke."

Das Kleid war in 1983 nicht mehr modern und war es bestimmt auch nicht in 1950 gewesen.

„Noch jemand ein Bier?" Steven stand auf und holte einen Sechserträger Budweiser. Die Dosen zischten und der Geruch von Bier mischte sich unter den Tannenduft.

Geschenk nach Geschenk wurden von den Cousinen geöffnet. Sie enthielten Barbiekleider und Pferde.

Endlich war ich an der Reihe. Ich riss das Papier ab und öffnete den Deckel des Kartons. Der Geruch von alten Büchern schlug mir entgegen.

„Das sind meine Jugendbücher über Werte und Normen", sagte Susan, „damit du lernst, wie ein junges Mädchen sich in den USA benimmt."

Die große, warme, rote Kugel der Freude, die ich anfangs in meinem Bauch verspürte, wuchs zu etwas Kaltem und Hartem und bewegte sich Richtung Hals. Als die Cousinen jede eine riesige Tüte befüllt mit glänzenden, in goldenem Papier eingewickelten Süßigkeiten bekamen und wir nichts, hielt ich es nicht mehr aus.

Ich rannte ins Bad. Billy kam hinterher und ich zog ihn zu mir. Wir klammerten uns aneinander. Ich weinte und wollte nach Hause, nach Deutschland. Wo zwar weniger unter dem Weinachsbaum lag, dafür aber schöneres. Das Gelächter der Cousinen sowie Franks Sinatras Gesang *I'll be home for Christmas* drang durch die Tür.

Es klopfte. Mama redete auf Deutsch mit uns – obwohl Steven dies verboten hatte, da er die Sprache nicht verstand.

Ich ließ meine Enttäuschung raus. Keine Barbie, nur gebrauchten Schrott, während die anderen neues Spielzeug bekamen. Tränen der Wut rannten heiß meine Wangen hinunter.

„Und Nazis sind wir auch nicht", sagte ich empört, „mein echter Papa ist Amerikaner."

Mama lehnte ihre Stirn gegen meine: „Bitte."

Ich schluckte und nickte.

Sie umarmte mich und hielt mich fest. „Ich schenke dir eine Barbie, sobald ich es kann."

„Sie hat Heimweh", sagte Mama, als wir in der Stube standen.

Die Stieffamilie schaute mich an und nickte mit dem Kopf.

„Und sie möchte Schokolade."

Billy lächelte mich an.

Die Erwachsenen fanden das lustig und ich bekam eine Tüte M&Ms in die Hand gedrückt.

Als wir am nächsten Tag nach Unadilla fuhren, war ich froh. Meterweise mit Schnee bedeckt war es dort wärmer als in der Kälte, die von dieser Familie ausgestrahlt wurde.

*Die Deutsch-Amerikanerin **Christine M. Bigley**, Jahrgang 1974, wurde in der Hafenstadt Bremerhaven geboren und wuchs im ländlichen Upstate New York auf. Die frische Küstenbrise hat sie zurück nach Norddeutschland geholt. Ihre Texte sind in verschiedenen Anthologien veröffentlicht.*

Winter-Slam
im Stadtteil-Kino

Puh, sie ist schon dran. Ihre Lippen sind noch ganz steif, draußen ist es bitterkalt. Eben wurde die Reihenfolge der Vortragenden für diesen Winter-Slam im Stadtteilkino ausgelost. Andererseits passen kalte Lippen gut zu ihrem Text. Trotz der Kälte zieht sie ihre Jacke aus und lässt sie auf ihrem Sitz, an die Fotos denkend, die anschließend in der Lokalpresse und im Internet erscheinen. Hier wird es schnell warm werden, denn das Kino ist brechend voll. So als würde gerade ein neuer und sehr gut besprochener Film anlaufen. Aber zweimal im Monat gibt es hier Musik oder Literatur, der Singer-Songwriter-Slam war schon in der letzten Woche.

Vor dem freundlich applaudierenden Publikum geht sie nach vorne ans Mikrofon. Sie hat die Wahl, stehend oder sitzend vorzutragen – und bleibt stehen. Im Saal kann sie wegen der Scheinwerfer kaum jemanden erkennen, also beginnt sie:

Weiße Küsse, kalte Küsse, heiße Küsse.
Ich werde dich bannen mit meinen Gletscheraugen.
Nur das Blaue wird bleiben.
Aus meiner Polar-Lunge atme ich kalte Luft in dein Gesicht.
Ich blase dir warme Düfte um die Nase.
Ich bringe Frost auf deine Lippen.
Küss mich, ich werde sie tauen.
Ich bin cool, umfange dich mit Eiseskälte.
Das reizt mich auf, ist schneidend, geil.
Du wirst gestöbert und verschneit,
bis du nichts mehr sehen kannst.
Dann taste ich mit warmen Fingern deine weißen Wangen.
Ich bin fest und schön und bleibe.
Du bist schön. Aber ich werde dich auflösen und schmelzen.
Du liebst mich nicht.
Ich liebe dich, aber die Liebe duldet kein Weißes.

Die letzte Zeile haucht sie ins Mikro. Einen Augenblick ist es ganz still, dann klatschen die Ersten und im ganzen Saal brandet Beifall auf. Sie lächelt, nickt und geht zurück auf ihren Platz, um den folgenden Beiträgen zuzuhören.

Sie kennt einige der auftretenden Autorinnen und Autoren, fühlt sich aber von keinem der vorgetragenen Texte besonders angesprochen. Vielleicht liegt dies daran, dass ihr erst allmählich wärmer geworden ist.

Als letzter Redner tritt ein rothaariger junger Mann ans Mikro, den sie noch nie im Stadtteil gesehen hat, der ihr aber auf Anhieb sympathisch ist – noch bevor er irgendetwas ins Mikrofon gesprochen hat. Langsam und mit ruhiger Stimme legt er los:

Der Winter soll bleiben.
Die Sonne wird stärker. Wohliges Rekeln.
Sie öffnet die Augen und lächelt.
Langsam wendet sie sich
von mir ab – ihm zu.
Das Haar fällt hinter ihre Schultern.
Bald wird es Frühling – sie geht.
Ein Auge ist zusammengekniffen,
das andere fehlt. Seine Wange ist
zerfetzt, das Kinn wie weggeschlagen.
Vor ihren Augen zerläuft seine Nase.
Kurz und heftig hat er gelebt,
draußen – vor der Scheibe.
Und doch: Auch ich
bin der Schneemann.

Das Publikum klatscht Beifall – etwas verhalten, wie ihr scheint. Aber der präsentierte Text ist eher melancholisch und reizt nicht zu stürmischem Jubel.

Und schon geht es auf in die Pause, die meisten Zuschauer holen sich beim Gang nach draußen ihre Stimmzettel und an der Bar etwas zu trinken, um mit ihren Gläsern ins Kino zurückzukehren und ihre Wahl abzugeben.

Nachdem alle wieder Platz genommen haben, tritt die Leiterin der Jury ans Mikrofon und gibt unter großem Beifall die Gewinner dieses Slams bekannt. Eine ihrer Freundinnen ist dabei, sie hat hundert Euro gewonnen. Sie selbst ist nicht enttäuscht, ihr ist die Teilnahme wegen der kommenden Berichterstattung in der Presse wichtig gewesen.

Beim Herausgehen hört sie eine Stimme dicht hinter sich: „Hast du noch Lust auf ein Glas Wein in der Kultur-Bar hier um die Ecke? Dein Text hat mir übrigens am besten gefallen.“

Sie lacht und fühlt sich sehr gut gelaunt, der Rothaarige steht jetzt neben ihr. Das könnte noch ein sehr schöner Abend werden.

Jochen Stüsser-Simpson lebt in Hamburg, liest, schreibt und joggt gern. Er unterrichtet Philosophie und Deutsch am Christianeum in Hamburg-Othmarschen, seit 2022 auch „Deutsch als Fremdsprache“ in einer Ukraine-Klasse. Er freut sich immer wieder über verschiedene Publikationen. Auch im Papierfresserchen- und dem Herzsprung-Verlag wurde der ein oder andere Text veröffentlicht, als Einzelveröffentlichung „Schauderwelsch“.

Auf Abwegen –
Unterwegs im Eichkopf

Verschlafen zog ich den Rollladen hoch und war schlagartig hellwach. Die Straßenlaternen leuchteten im Morgengrauen und ihr orangefarbenes Licht ließ die weiße Schneedecke beinahe surreal wirken. Es hatte so sehr geschneit, dass man nicht einmal mehr erkennen konnte, wo die Grenze zwischen Bürgersteig und Straße war.

Schnell zog ich mich warm an, holte die Schneeschaufel aus dem Keller und wagte mich hinaus. Auch die Nachbarschaft war schon fleißig. Aus allen Richtungen drang das Kratzen verschiedener Schneeschaufeln. Bereits die Stufen zur Haustür waren mit einer dicken Schneeschicht bedeckt. Es knirschte herrlich unter den Füßen, kaum dass ich hinausgetreten war. Ich holte tief Atem und blies hauchend in die Luft. Zwar war die Luft kalt, dennoch wunderbar klar und rein.

Kurz genoss ich dieses Gefühl mit all meinen Sinnen. Die Kälte kribbelte in der Nase und biss sich an den Ohren fest. Ich schaufelte den Schnee von Gehweg, der locker und flockig war, frühstückte und war dann bereit, mit Lex hinauszugehen. Auch der Hund schien regelrecht begeistert. Er schnupperte aufgeregt und sprang wild durch den Schnee. Ich hatte den Eindruck, seine Nase würde die Gerüche noch intensiver aufnehmen.

Wir liefen durch die noch nicht geräumten Straßen, auf denen nur wenige Autos, dafür aber viele Schlitten unterwegs waren, während es auch in den Gärten munter zu sich ging. Dumpf hallten die Schreie der tobenden Kinder zu mir, die sich gerade eine Schneeballschlacht lieferten. Ein paar Schneemänner waren auch schon gebaut.

Schließlich erreichten wir den Wald und bahnten uns einen Weg durch den Tiefschnee. Hier war es angenehm ruhig und die Atmosphäre schien nahezu magisch. Mittlerweile war der Himmel strahlend blau, die Sonne schien auf die verschneiten Tannen und es glitzerte, als wären die Bäume mit Diamanten besetzt. Trotz der kalten Luft schien ich innerlich zu glühen, denn es war recht anstrengend

voranzukommen. Auch fiel es mir heute sehr schwer, jene Trampel-
pfade zu finden, die ich normalerweise gerne benutzte, doch Lex
schien dieses Problem nicht zu haben und lief zielstrebig voran.

Mit einem Mal blieb Lex abrupt stehen, spitzte die Ohren und
schien etwas zu beobachten. Ich folgte seinem Blick, bis auch ich sie
entdeckte. Drei Rehe standen wie angewurzelt am Rossertfelsen über
uns und schienen auf uns hinunterzublicken.

Froh, den Hund angeleint zu haben, zog ich schließlich weiter.
Irgendwann erreichten wir dann auch den Rossertfelsen. Die Rehe
waren mittlerweile weitergezogen und da es hier draußen so schön
war, beschloss ich – jetzt, wo wir die unliebsame steile Strecke hinter
uns hatten, weiter Richtung Eichkopf zu ziehen. Also überquerten
wir kurzerhand die Landstraße und marschierten erneut durch den
Wald. Auch hier wurden die Wege von einer dicken Schneeschicht

bedeckt und den Fußspuren nach zu folgen waren hier einige Hundebesitzer und weitere Spaziergänger auf dem Viktoriaweg unterwegs. Ich beschloss, auf einsamen Wegen weiterzugehen und den Kaltebornsweg zu nehmen. Ich änderte jedoch kurzerhand die Richtung, als ein paar riesige Fußspuren meine Aufmerksamkeit erregten, deren Abstand voneinander beträchtlich war, da ich es nicht einmal mit zwei großen Schritten schaffte, diese Distanz zu überbrücken.

Fasziniert folgte ich dieser Yeti-Spur, die steil über die Eichkopfschneise hinauf verlief und dann in den Wald führte. Womöglich war hier tatsächlich Bigfoot unterwegs gewesen, dachte ich mit einem etwas unbehaglichen Gefühl. Seltsamerweise verlor sich die Spur irgendwann und ich war froh, als ich endlich oben angekommen war. Eine Weile betrachtete ich das Panorama und erholte mich vom Anstieg, dann zog ich weiter und beschloss kurzerhand, im Naturfreundehaus etwas zu essen.

Gestärkt lief ich erneut los, doch anstatt dem mittlerweile ziemlich belebten Kossweg zu folgen, entschied ich mich dazu, rechts auf einen Pfad abzubiegen, und hoffte, auf diese Weise abkürzen zu können. Allerdings endete der schmale Weg mitten im Wald und ich hatte komplett die Orientierung verloren. Auf einer Lichtung blieb ich stehen und überlegte, ob ich je in diesem Teil des Waldes gewesen war. Eigentlich kannte ich die Gegend recht gut und hatte, so zumindest meinte ich, bereits jeden Weg und jeden Pfad erkundet. Aber nun war ich mir nicht mehr sicher, je über diesen Pfad gelaufen zu sein. Vielleicht lag es am Schnee, der plötzlich alles anders erscheinen ließ, aber ich konnte mich nicht an diese Lichtung erinnern.

Lex schien das wenig zu interessieren, er schnüffelte eifrig in der Gegend herum und würde vermutlich dem interessantesten Geruch folgen, anstatt uns auf direktem Weg nach Hause zu bringen. Ich hatte bereits überlegt, meiner Spur zurück zu folgen, als es im Unterholz plötzlich raschelte und knackte. Während ich noch überlegte, aus welcher Richtung die Geräusche kamen, preschte plötzlich eine Rotte Wildschweine aus dem Unterholz. Glücklicherweise befand ich mich auf der linken Seite der Lichtung, während das gute Dutzend Wildschweine am rechten Waldrand entlangjagte, ohne mich zu beachten.

Dennoch blieb ich noch eine ganze Zeit lang wie angewurzelt stehen und versuchte, mein Herz zu beruhigen, während Lex winselte und wie wild an der Leine zog, da er wohl am liebsten hinterhergerannt wäre. Nun, in die Richtung, in welche die Wildschweine sich verzogen hatten, würde ich gewiss nicht gehen. Also blieb mir nichts anderes übrig, als dem Instinkt zu folgen und weiter geradeaus zu ziehen.

Es erwies sich als recht mühselig, mitten durch den Wald zu laufen, da die Bäume dicht aneinander standen, der Boden uneben war und ich mich ständig am Geäst verfing, was sich unter dem Schnee verbarg. Mehrmals stolperte ich auch über Baumstämme und schrie erschrocken auf, als ich mich geduckt durch eine Tannenschonung quetschte und mir dabei eine ganze Ladung Schnee in den Nacken fiel. Einmal musste ich über eine ganze Reihe querliegender Tannen klettern und blickte fasziniert auf einen Hirsch, der seelenruhig dastand und so unauffällig war, dass nicht einmal Lex ihn bemerkte.

Mir entging völlig, dass sich mit einem Mal das Wetter veränderte. Der Himmel hatte sich zugezogen und nach einer Weile begann es zu schneien. Die Flocken schienen nun schwerer und das Schneetreiben nahm binnen kurzer Zeit zu. Eine ganze Weile stolperte ich wild durch die Gegend, bis wir dank der guten Hundenase tatsächlich einen Pfad gefunden hatten, der zwischen den Bäumen hindurch den Berg hinab führte.

Ich war mir nun ziemlich sicher, dass der Kossweg direkt unterhalb verlaufen musste. Ich war noch keine zwei Schritte gegangen, als der Schnee unter mir nachgab und ich zu rutschen begann. Lex, der angeleint war, nahm dies als Aufforderung, loszurennen, ich landete auf meinem Allerwertesten und glitt schwungvoll hinab. Es war ein Baum, der meiner wilden Rutschpartie ein Ende setzte. Glücklicherweise hatten mich Zweige kurz zuvor ein wenig abgebremst, dennoch war der Aufprall ziemlich heftig.

Vorsichtig öffnete ich die Augen und blickte in verwunderte Hundeaugen. Lex stand über mir und legte den Kopf schief. Ich blickte böse zurück, doch das war dem Hund ziemlich egal. Es dauerte eine Weile, bis es mir endlich gelang, mich aufzurappeln. Glücklicherweise hatte ich mir vermutlich nur ein paar Prellungen zugezogen. Vorsichtig stieg ich weiter den Hang hinab und landete tatsächlich auf einem Weg. Aber war das tatsächlich der Kossweg?

Je mehr ich dem Wanderweg folgte, desto größer wurden meine Zweifel. Was, wenn ich in die falsche Richtung lief? Nicht nur, dass sich das Wetter nicht zu bessern schien, auch würde es bald dunkel werden. Irgendwann kam ich an eine Weggablung und folgte meinem Instinkt, indem ich nach links einschlug. Ich stolperte weiter durch den Tiefschnee und allmählich begann ich zu verzweifeln. Warum nur hatte ich meinen Fotoapparat, jedoch nicht mein Smartphone mitgenommen? Was, wenn es dunkel wurde und ich noch immer im Wald herumirren würde – und dies bei der Kälte? Ich wusste, dass es nicht mehr viel brauchte, damit meine Verzweiflung sich in Panik verwandelte.

Gerade als meine innere Unruhe kaum mehr auszuhalten war, endete der unbekannte Weg auf einem weiteren Weg, der mir vertraut schien. Sogleich ging ich nach links und nur kurze Zeit später erreichte ich eine Weggabelung, an welcher die Namen der Wege angegeben waren: Ich war den Kunitzkyweg hinuntergelaufen und zu meiner linken Seite befand sich nun der Kossweg, der an dieser Stelle auf den Viktoriaweg traf! Erleichtert atmete ich auf und bog rechts ab. Es war noch ein langer Marsch und es dunkelte bereits, als ich endlich die Lichter des Ortes erblickte. Ein Gefühl der Geborgenheit überkam mich, als ich durch die verschneiten Straßen an den weihnachtlich geschmückten Häusern vorbeischritt und endlich mein Zuhause erreichte. Auch Lex schien hundemüde zu sein. Ich trat in die warme Stube, zog mir etwas Bequemes an und dann bereitete ich mir einen Kakao.

Gemütlich vor dem Kamin sitzend und in meine Kuscheldecke gehüllt dachte ich kurze Zeit später an diese unglaubliche Tour zurück. Alles in allem war es eine tolle Wanderung gewesen, doch ich würde zukünftig nicht mehr so leichtsinnig sein. Das Smartphone würde ich nicht mehr vergessen und vor allem würde ich bei solchem Wetter keine neuen Pfade erkunden. An diesem Abend ging ich recht früh ins Bett und war mir sicher, am nächsten Tag mit einem gehörigen Muskelkater aufzustehen.

Pamela Murtas, 1975 in Frankfurt-Höchst geboren, lebte seit ihrem 10. Lebensjahr in Italien, wo sie an der Deutschen Schule Mailand ihr Abitur absolvierte. Nach drei Jahren Moskauaufenthalt kehrte sie nach Italien zurück, um in Rom Reitsport zu betreiben. Seit 2007 wohnt sie erneut in Deutschland. Neben ihrem vierteiligen Abenteuerroman „Destini" hat sie in verschiedenen Anthologien veröffentlicht.

Minusgrade

Der Grat zwischen Friede und Hass so schmal wie nie zuvor und zwischendrin, ich kann ihn sehen, steigt ein weißer Engel empor. Zündet eine Kerze an, auf jeder Fensterbank der Welt. Zeit, sich was zu wünschen.

Egal, wer an was glaubt, es sollte nichts außer Liebe hinaus. Nicht nur an diesen Tagen, und bevor wir auf irgendwelche Wunder warten, begegnen wir uns menschlich doch erst mal außerhalb der Minusgrade. Ich schreibe in die stille Nacht.

Es fängt zu schneien an. Noch ist es nicht zu spät.

Die Hoffnung, dass der Winter den Hass unter Eis begräbt.

__Denise Schäfer,__ deutsche Autorin, geboren 1989 in Mönchengladbach. Schreiben ist ihr leidenschaftliches Hobby, das ihr über viele Jahre sehr geholfen hat, persönliche Dinge zu verarbeiten. Einige Texte wurden bereits in verschiedenen Anthologien veröffentlicht.

Wintergefühle der Kindheit

„Mist, Mist, Mist." Simone hämmerte gegen das Gebläse ihres Autos. Die Heizung hatte den Geist aufgegeben und sie war noch lange nicht am Ziel. Sie fuhr auf den nächsten Rastplatz und griff nach ihrer kleinen Tasche vom Rücksitz. Dort hatte sie ein paar warme Sachen verpackt – ihre Mütze, Schal, Handschuhe und eine weitere Jacke. Sie zog sich alles an und fuhr zurück auf die Autobahn.

Eine Stunde später parkte Simone direkt vor der Tür des alten, roten Backsteinhauses und starrte es an. Es war ganz schön gut in Schuss. Sie beugte sich so weit vor, wie das Lenkrad es zuließ, um den oberen Teil des Hauses sehen zu können. Dann richtete sie sich wieder auf und sah nach vorne. Das nächste Haus war mindestens einen Kilometer weit entfernt.

„Dann stören einen die Nachbarn wenigstens nicht", dachte sie sarkastisch.

Links von sich sah sie auf ein riesiges Feld, dahinter war Wald. Hier war sie nun, ganz ländlich, fast schon abgeschnitten von der Zivilisation, nach insgesamt drei Stunden Fahrt. Sie zupfte ihre Wollmütze zurecht und stieg aus dem Auto.

„Geh auf! Bitte geh auf." Verzweifelt zerrte sie an der Kofferraumklappe, aber sie bewegte sich kein Stück. Wütend tritt Simone gegen den Autoreifen. „Mistkarre."

Sie fror und wollte ins Warme, also ging sie zur Haustür. Die Klingel spielte eine ihr unbekannte Melodie, noch bevor diese zu Ende war, ging die Tür auf.

„Komm rein!" Eine ältere Dame winkte Simone rein.

Kaum war Simone im Haus, schloss die Dame die Tür und umarmte sie ganz fest. Erst wollte Simone sich aus der Umarmung lösen, aber sie spürte, wie gut es ihr tat, so liebevoll gehalten zu werden. Zudem roch die Dame ganz wundervoll.

Simone konnte ihre Tränen nicht mehr zurückhalten. „Danke, dass du mich aufnimmst, Tante Lotte."

Lotte löste die Umarmung. „Es ist so schön, dass du hier bist. Was ist denn los?“

„Ich weiß gar nicht, wo ich anfangen soll. Der Kofferraum ist zugefroren, ich komme nicht an meinen Koffer. Auf dem Weg hierhin fiel die Autoheizung aus und mir ist furchtbar kalt.“

„Bevor du fährst, lassen wir die Heizung reparieren. Das Problem mit dem Kofferraum ist doch schnell gelöst, ein bisschen heißes Wasser drüber gießen – und voilà. So lange kannst du etwas von mir anziehen und dich in Ruhe aufwärmen. Komm! Ich zeige dir dein Zimmer, dort kannst du dich umziehen. Danach mache ich uns erst mal warmen Kakao.“

Nachdem Simone sich umgezogen hatte, ging sie langsam die Treppe runter. An der Küchentür hielt sie an. Ihre Tante stellte gerade eine Kanne auf ein Tablett, es roch lecker nach frischem Gebäck.

„Kann ich dir helfen, Tante Lotte?“

„Ich bin schon fertig, lass uns ins Wohnzimmer gehen.“

Als Simone das Wohnzimmer betrat, tadelte sie sich selbst für ihre Vorurteile gegenüber Leuten, die auf dem Land lebten. Sie hatte altbackene Möbel erwartet, Sofa und Sessel mit hässlichen Mustern und uralte Tapeten. Aber nichts davon traf zu.

„Nimm ruhig Platz.“

Simone setzte sich auf die hellgraue Couch.

Ihre Tante stellte das Tablett auf den Tisch, setzte sich neben sie und begann, das Tablett leer zu räumen. Sie stellte die gefüllte Tasse und einen Teller mit Keksen vor Simones Nase. „Die Kekse sind selbst gemacht.“

Simone nahm sich einen Keks und schloss kurz die Augen, er schmeckte so unglaublich gut.

Lotte beobachtete sie dabei. „Geht es dir jetzt besser?“

Simone nickte und nippte am warmen Kakao. „Ich hasse den Winter.“

„Es ist nie gut, irgendjemanden oder irgendwas zu hassen. Das vergiftet die Seele.“

„Der Winter ist die schlimmste Jahreszeit, er bringt nur Ärger. Dauernd muss man die Wege freischaufeln und streuen, damit niemand ausrutscht. Man muss eher aus dem Haus, weil man noch die Scheiben vom Auto freikratzen muss. Der Verkehr staut sich, und wenn es ganz schlimm kommt, bleibt man im Schnee stecken. Es können Dinge zufrieren, Lebewesen erfrieren, alles ist matschig und dreckig. Oder die Kälte zerstört Rohre und schon steht die Wohnung unter Wasser, so wie bei mir.“

Lotte lächelte Simone liebevoll an. „Liebes Kind, du siehst den Winter mit den Augen eines typisch verbitterten Erwachsenen. Jede Jahreszeit hat ihren eigenen Zauber.“

Am nächsten Morgen war Simone sehr früh wach. Die Sonne ging gerade erst auf. Sie stellte sich ans Fenster und war fasziniert von dem Anblick, der sich ihr bot. In der Nacht musste es geschneit haben, denn auf dem Feld lag eine dicke Schneeschicht. Sie war ganz weiß und nicht so verdreckt wie in der Stadt. Dieses Glitzern, wenn die Sonnenstrahlen darauf schienen, als wäre der Schnee etwas sehr Wertvolles.

Es klopfte sanft an der Tür. „Bist du schon wach?“

„Komm ruhig rein.“

Lotte war schon vollständig angezogen. „Ist alles in Ordnung?“, fragte sie.

„Hier auf dem Land sieht der Schnee wirklich wunderschön aus, kein Wunder, dass du denkst, der Winter wäre zauberhaft.“

„Folge mir, ich zeige dir etwas.“ Lotte führte Simone in ihr Künstleratelier. Lotte malte nämlich wunderschöne Bilder. Sie war nicht berühmt, aber hin und wieder verkaufte sie ein Bild. Lotte zeigte ihr drei Bilder, auf jedem war ein Baum zu sehen, er stand auf einer weiten Wiese. Jedes Bild zeigte eine andere Jahreszeit.

„Mir fehlt nur noch der Winter.“

Simone sah aus dem riesigen Fenster. „Es ist der Baum dort draußen, oder?“ Auch auf der Wiese glitzerte der Schnee so wundervoll.

„Ja, ich musste warten, bis er mit Schnee bedeckt ist für mein letztes Bild.“ Lotte stellte eine zweite Staffelei auf. „Versuch doch einfach mal, den Winter zu malen.“

„Ich kann doch gar nicht malen.“

„Das ist Blödsinn, selbst Affen können malen.“ Lotte lächelte, weil sie an den Bericht denken musste, bei dem es um die Versteigerung von Bildern ging, die Affen gemalt hatten.

Lottes Pinsel flog über die Leinwand. „Nicht lange nachdenken, male drauflos! Den Schnee malst du zum Schluss.“

Simone folgte dem Rat ihrer Tante und malte einfach los. Das fühlte sich gut an, frei und ohne Druck kreativ sein zu können. Am Ende malte sie den Schnee und Tante Lotte pustete etwas silbernen Glitzerstaub auf die noch nasse weiße Farbe. Simones Bild war alles andere als perfekt, aber sie war überrascht, wie gut es geworden war.

Lotte packte die Sachen zusammen. „Während die Bilder trocknen, lass uns einen Spaziergang machen."

Simone war dem glitzernden Schnee jetzt ganz nah. Sie konnte nicht anders, als hineinzugreifen.

„Man könnte meinen, du siehst zum ersten Mal Schnee", lachte Lotte.

„In der Stadt ist er dreckig."

„Und ein Ärgernis, nicht wahr?"

Simone sah traurig auf den Schnee hinab. Plötzlich traf sie ein Schneeball an der Seite. Als sie sich zu Lotte drehte, traf sie ein weiterer Schneeball am Bauch.

„Na los!" Lotte formte schon den nächsten Schneeball. „Oder willst du nur dastehen und dich treffen lassen?"

Simone antwortete mit einem eigenen Schneeball. Nach der Schneeballschlacht bauten sie einen wundervollen Schneemann mit Schneehund. Und dann war beiden eisig kalt und sie gönnten sich im Wohnzimmer einen warmen Kakao.

„Ich habe lange nicht mehr so viel Spaß gehabt, danke, Tante Lotte."

„Weil du den Winter in dein Herz gelassen hast. Schneeballschlachten, Schneefiguren bauen, den Winter wie ein Kind erleben. Aber es fehlt noch etwas."

Simone sah ihre Tante fragend an.

„Schlitten fahren. Es gibt hier in der Nähe einen schönen kleinen Berg, dort bin ich fast jeden Winter, um mit meinen Schlitten den Hang hinunterzusausen. Wir können morgen hin."

„Okay." Simone war skeptisch. Für sie war Schlittenfahren nur für Kinder, aber sie wollte ihre Tante nicht traurig machen.

Am nächsten Tag fuhren sie mit Tante Lottes Wagen zum Hügel. Simone war überrascht, wie viele Erwachsene sich zwischen den Kindern tummelten. Noch mehr war sie überrascht, wie viel Spaß sie hatte. Zwischendurch aßen sie zu Mittag in dem Restaurant, das sich in der Nähe befand.

„Hier ist es schön warm." Simone rieb sich die Hände.

„Ohne die Kälte wüsstest du die Wärme gar nicht zu schätzen."

„Ich möchte noch mehr solche Winter erleben."

„Du bist hier immer willkommen."

Diesmal umarmte Simone ihre Tante. Sie schloss die Augen und genoss das Gefühl, frei zu sein. „Du hast recht, Tante Lotte. Der Winter kann so unglaublich zauberhaft sein."

Jennifer Warwel, *geboren 1980. Sie lebt mit ihrer Familie in Essen. Gemeinsame Spaziergänge werden zu jeder Jahreszeit gemacht. Einige ihrer Gedichte und Geschichten wurden in Anthologien veröffentlicht.*

Stille Nacht, einsame Nacht

Jetzt ist es wieder so weit,
es geht los mit der Heuchelei,
anders als in der Vergangenheit,
bei euch funktioniert es einwandfrei.

Halte meine Gedanken mühevoll zurück,
atme ein und aus, bald ist's endlich vorbei,
mit meiner Familie habe ich doch Glück,
nach ein paar Stunden bin ich wieder frei.

Nichts ist mehr so, wie es mal war,
Weihnachten hat seine Bedeutung verloren,
kein Spaziergang wäre früher undenkbar,
eine neue Tradition wurde auserkoren.

Damals gab es weiße Weihnacht,
Häuser waren bunt geschmückt,
zeigte mich in schönster Pracht,
war von all der Atmosphäre verzückt.

Plätzchenbacken gehörte auch dazu,
Weihnachtsmusik laut aufgedreht,
zu der Zeit hatten wir noch unsere Ruh –
und der Tag immer langsamer vergeht.

Filme oder Serien schauen,
um uns so richtig einzustimmen,
draußen Schneemänner bauen,
Kerzen im schwachen Schein glimmen.

Wohlige Wärme umfasst mich,
Erinnerungen an schöne Momente,
dennoch ist eines sehr bedauerlich,
nie wiederzuhaben dieses Ambiente.

Der Weihnachtszauber ist verschwunden,
möchte nur noch, dass es endlich vorbei ist,
verbrachte einsam jene Abendstunden,
bin die, die man in der Familie leicht vergisst.

Es war keineswegs eine ruhige und stille Nacht,
Stürme wüteten, Regen peitschte gegen die Fenster,
habe in den Tag hineingelebt, ihn mit Lesen verbracht,
hatte keine Lust auf Kevin und die beiden Gangster.

Mein erstes Weihnachten alleine zu Hause,
gewöhnen möchte ich mich daran ungern,
brauche von meinem Leben mal 'ne Pause,
dieser Wunsch rückt leider in weite Fern.

Ob ich jemals wieder solch ein Fest erlebe?
Pure Aufregung und leuchtende Augen,
wie ich ein Gedicht zum Besten gebe
und mich traue wieder an Wunder zu glauben.

Ein Fest, welches der Liebe gewidmet ist,
die ich endlich zulasse und geben kann,
das Leben hat eine gewisse Frist,
meine Uhr läuft auch ab – irgendwann.

Möchte Freude und Glückseligkeit
in meinem Herzen tragen
und das bis in alle Ewigkeit,
nicht mehr all das Gute hinterfragen.

Eine Mischung aus Grinch und
Ebenezer Scrooge wohnen noch in mir,
tun deren Abneigung andauernd kund,
herrschen mit Boshaftigkeit und Gier.

Lass die Vergangenheit ruhen, mein Kind,
schaue nach vorne und nicht mehr zurück,
es sind deine Taten, die wichtig sind,
diese ebnen dir den Weg zu deinem Glück!

***Lily N. Hope** ist eine deutsche Autorin, die unter Pseudonym schreibt. Sie wurde im August 1994 in Mönchengladbach geboren. Neben ihrem leidenschaftlichen Hobby dem Lesen, schreibt sie gerne Gedichte und Geschichten, um darin ihre persönlichen Erfahrungen zu verarbeiten. Einige ihrer Texte wurden bereits in verschiedenen Anthologien veröffentlicht.*

Schneetauglich

Kurz nachdem meine eigenen Kinder auf der Welt waren, erzählte meine Großmutter immer mal wieder eine Geschichte aus der Zeit, als sie selbst Mutter war, und erinnerte sich dabei an viele nette Begebenheiten.

Weihnachten rückte näher und sie sprach von den Weihnachtsfesten nach Kriegsende. In dieser Zeit war es sehr schwierig, Weihnachtsgeschenke für die Kinder zu kaufen. Dringend benötigte Kleidungsstücke wie Schals, Mützen oder Fäustlinge wurden gestrickt. Doch sie achtete darauf, dass ihre Kinder wenigstens ein Spielzeug bekamen. Da sie drei Kinder im Alter von acht, zehn und zwölf Jahren hatte, überlegte sie recht früh, wem sie wie eine Freude machen konnte.

Mein Großvater war Dachdecker und hatte durch den begonnenen Wiederaufbau gut zu tun und war oft wochenlang unterwegs. Ein Gutsbesitzer bat ihn, sein marodes Dach teilweise neu einzudecken. Mein Großvater nahm den Auftrag nur zu gerne an, da Weihnachten vor der Türe stand und er so länger bei der Familie sein konnte, erzählte Oma mit funkelnden Augen aus ihrer Erinnerung.

Der Gutsbesitzer hatte, wie fast alle Menschen in jener Zeit, kaum Geld. So bot er meinem Großvater ein Puppenhaus mit filigranen Schränken, Tischen und Stühlen an. Der Miniaturschrank hatte zwei Türen und ließ sich öffnen. Eine kleine Truhe war dabei sowie ein Puppenbett mit seidenen Kissen. Damit war die Spielzeugfrage gleich für beide Töchter überraschenderweise gelöst. Nun fehlte nur noch ein Geschenk für ihren Sohn. Der schraubte und bastelte liebend gern an allem herum, zerlegte die Dinge, bis sie entweder wieder funktionierten oder unbrauchbar geworden waren.

„Der Gutsbesitzer kannte unsere drei Kinder und verhandelte bereits mit deinem Großvater über eine weitere Reparatur. Er besaß einen mechanisch angetriebenen Spielzeuglastwagen aus Holz. Dein Großvater stimmte begeistert zu", erzählte meine Großmutter weiter. Das Weihnachtsfest kam. Sie hatten einen kleinen Weihnachtsbaum mit roten Äpfelchen und selbst gebackenen Lebkuchenmännchen geschmückt. Schon am Vortag hatte es zu schneien begonnen und am Heiligen Abend schneite es den ganzen Tag.

„Die Bescherung sorgte für eine große Freude und Überraschung bei den Kindern. Doch schon nach zwei Stunden gab es Streit", erinnerte sie sich. „Deine Mutter und deine Tante stritten darum, wer die dazugehörige Puppe haben durfte. Deine Tante war die Ältere und so beanspruchte sie die Puppe für sich. Daraufhin räumte deine Mutter die Puppenmöbel aus dem Haus, stellte sie beiseite und das große Zetern begann. Während die beiden Mädchen sich zankten, lud ihr Bruder die Puppenmöbel auf seinen Lastwagen und fuhr sie durch die gesamte Wohnung. Er spielte Umzug", lachte sie aus ihrer Erinnerung. „Nachdem die Puppenmöbel wieder abgeladen wurden, entdeckte er, dass der Puppenschrank winzige Scharniere besaß. Das war der Anfang vom Ende. Er holte sich einen kleinen Schraubenzieher, denn die Möbel mussten ja ab- und aufgebaut werden, wie im richtigen Leben", zwinkerte sie mir zu.

Ich ahnte schon, was geschehen war. Zuletzt heulten alle drei Kinder. „Gerhard, weil die filigranen Schrauben in die Ritze des Holzbodens gerollt waren und der Schrank wie das Bett nicht mehr zusammengebaut werden konnten. Ja, und die Mädchen heulten, weil der die Möbel kaputtgemacht hatte. Doch dein Opa blieb zur Überraschung aller völlig entspannt. Er erklärte ihnen, sie müssten jetzt alle Geschenke ausprobieren. Also sollten sie Mützen und Schals anlegen und kurz vor die Haustüre gehen, um zu sehen, ob sie auch schneetauglich seien." Sie machte eine kurze Pause und lächelte still vor sich hin.

„In der Zwischenzeit suchte dein Opa die kleinen Schrauben aus seinem Werkzeugkasten zusammen, legte sie zu den Puppenmöbeln und danach ging auch er hinaus und machte mit ihnen eine Schneeballschlacht, bis es dunkel war. Später, als alle nach dem Toben und dem Abendbrot müde ins Bett fielen, reparierte er die Sachen und nahm am nächsten Tag seinem Sohn das Versprechen ab, nie wieder etwas auseinanderzuschrauben, was ihm nicht gehörte."

Dorothea Möller lebt und arbeitet in Westfalen. Unter www.Dorothea-Moeller.de erfahren Sie mehr über ihre Bücher, Geschichten.

Winterliche Eindrücke

strenger Winterhauch
baut zwischen den Bachufern
eisige Brücke

tänzelnde Flocke
landet auf ihresgleichen
so stirbt sie noch nicht

erste Schneeflocken
zergehen auf den Zungen
wie auf dem Asphalt

kalt ist es geworden
ein unbekannter Nachbar
kratzt an der Scheibe

Winter im Wohnzimmer
das Räuchermännchen
und sein Privileg

kurze Wintertage
aus dem Morgenmantel
ins Nachthemd schlüpfen

mit Schlittschuhläufern
über dickes Eis
Gedankenkreise

Schneeballschlachtenlärm
wehmütig an Fenstern
die Veteranen

die Scheibe vereist
Kindheitsromantik
unter toten Blumen

erster strenger Frost
zugefrorene Pfützen
am stillen Teich ein Angler

Warten aufs Winterkleid
draußen die kahlen Bäume
wirken geduldig

vereister Gehweg
das unverschämte Grinsen
eines Schneemannes

minus fünfzehn Grad
Spaziergang im Schnee
gegen kalte Füße

Temperatursturz
die Regenschirme
werden immer schwerer

Händchenhalten wärmt
die ganz kühlen Jungs
lutschen Eiszapfen

Tauwetterperiode
ein kleiner Schneemann
in der Gefriertruhe

sichtbare Kälte
die Kinder spielen
Zigarettenrauchen

klirrende Kälte
Winterspaziergang
kein Laut unterwegs

keine wie die andre
bestaunte Schneeflocken
auf Kinderzungen

Wintervollmond strahlt
kalt erwischte Sonnenuhr
macht Andeutungen

durch die Winterstille
Schritt für Schritt voran
ins Ungesagte

Wolfgang Rödig lebt in Mitterfels. Er hat bislang mehr als 800 belletristische Kurztexte in Anthologien, Literaturzeitschriften, Tageszeitungen, Magazinen und Kalendern sowie den Gedichtband „Punkt – Nach Komma, Strich und Faden" veröffentlicht.

Winterfreude

Winterzeit ist erst mal Advents- und Weihnachtszeit. Eine Zeit, die allen sehr zu Herzen geht. Eine Zeit der Besinnung wie aber auch der Freude. Vor allem Kinderherzen erreichen und erweichen nun die Leute. Denn ihre Wünsche sind jetzt von besonderem Belang. Insbesondere die Kinder jetzt im Mittelpunkt stehen – ausgerechnet sie aber die ernste Welt der Erwachsenen noch gar nicht so richtig verstehen ...

Doch mit Kinderaugen Weihnachten entgegenfiebern, voller Spannung aufs Christkind warten, Heiligabend kaum erwarten können. Weihnachten im Familienkreis dann quasi wie Geburtstag feiern, sich total erfreuen, ganz aus dem Häuschen sein.

Der Freudentaumel geht nämlich sogar noch weiter ... Denn sind die Weihnachtsfeiertage vorbei, stehen schon der Jahreswechsel und somit die nächste Party an. An Silvester mit Familie und Freunden die Korken knallen lassen, freudig und hoffnungsvoll ins neue Jahr starten. Und noch die Heiligen Drei Könige erwarten. Auch noch ganz viel Schnee mitten im Winter erwarten.

Kinder können es nämlich kaum erwarten: trocken kalt und ganz viel Schnee. Schlittschuhlaufen auf dem gefrorenen See! Supertolle, megacoole Schneemänner bauen. Rasante Schlitten- und Skifahrten steile Berghänge hinab. Aufregende Schneeballschlachten unten im Tal auf einer großen, mit ganz viel Schnee bedeckten Wiese. Hemmungslose Toberei im superweichen Schnee. Unbändiger Spaß! Vor Freude nur so kreischen und lachen! Der Kinder überglückliches Gekreische und Gelächter durch die weiße Winterwelt schallt und die ganze Welt erhellt und erfreut.

Und die Wintersonne dabei so herrlich scheint und herzlich lacht ... und so auch mal den Erwachsenen eine kleine Freude macht. Einen besinnlichen wie auch erholsamen Spaziergang durch den bilderbuchartig anmutenden, wunderschönen weißen Winterwald auch sie sichtlich erfreut.

Doch Kinder durchbrechen mit ihrem nicht zu bändigenden Spieldrang und Freudengeschrei bei diesem, besonders für sie supertollen Winterwetter immer wieder spontan die Stille und ziehen einfach alle Aufmerksamkeit auf sich.

Welch eine aufregende Winterzeit! Besonders für Kinder ist diese eiskalte Zeit also trotzdem oder gerade deswegen auch eine superschöne und megatolle Jahreszeit. Winterwelt ist also vor allem Kinderwelt. Schließlich ist Winterfreude insbesondere Kinderfreude. Viel Spaß und Freude haben auch in der kältesten Jahreszeit!

An Fastnacht der Winter dann meist kulminiert: er dann oftmals zu einem großartigen Höhepunkt gelangt und gleichzeitig dann aber auch allmählich zu seinem Ende gereicht. Jetzt wird es nämlich noch einmal so richtig toll bzw. doll. Mit zünftigen Faschingsfeiern und dem närrischen Blick aufs alte wie neue Jahr geht es dann für nahezu alle gleichermaßen außerordentlich gut gelaunt, ach ja, aber auch schon alsbald ins wesentlich wärmere Frühjahr …

Juliane Barth, Jahrgang 1982, lebt im Südwesten Deutschlands. Sie schreibt als Hobby seit jeher sehr gerne, u. a. Gedichte, Kurzgeschichten und Sachtexte. Veröffentlichungen in diversen Anthologien: https://sacrydecs.hpage.com.

Der Winterexpress

„Jetzt wird es aber höchste Zeit für meinen Kakao!", dachte ich mir, als ich in den Zug einstieg. Der Schultag heute hatte sich furchtbar lang angefühlt und mir war eiskalt. Außerdem regnete es in Strömen, was meine Laune auch nicht gerade verbesserte. Ich entdeckte einen freien Platz und machte es mir bequem.

„Entschuldigung, ist neben Ihnen noch ein Platz frei?", erkundigte sich eine ältere Dame. Ich nickte ihr freundlich zu und sie setzte sich.

„Schreckliches Wetter heute, nicht wahr?", fragte sie, um die Stille, die uns im Zug umgab, zu durchbrechen.

„Ja, Sie haben recht. Es regnet schon seit Tagen in Strömen", stellte ich fest. Ich öffnete meinen Rucksack und zog meinen neuen Thermosbecher und ein paar übrig gebliebene Weihnachtskekse heraus. Wenigstens eine Kleinigkeit, die meine Stimmung etwas aufhellte.

Die fremde Dame lächelte mich freundlich an.

„Möchten Sie auch welche?", erkundigte ich mich und hielt ihr die Keksdose hin.

„Oh, das ist aber lieb von Ihnen. Wissen Sie, mit meinen Enkelkindern habe ich auch ganz viele Kekse gebacken. Sie lieben es einfach, diese zu dekorieren", erzählte die Frau aufgeregt.

„Wie schön. Ich habe meine auch mit meiner Oma gebacken", antwortete ich und sie nahm eine Handvoll Leckereien.

Während sie kaute, verfielen wir wieder in Schweigen und sahen nachdenklich zum Fenster hinaus. Langsam setzte sich der Zug in Bewegung.

Weit und breit war nicht die geringste Spur von Schnee zu sehen. Auch zu Weihnachten hatte er sich hier auf der Erde nicht blicken lassen. Trotzdem war es eiskalt, wenn ich mich in der Früh auf den Weg zur Schule machte. Auch der Regen wollte nicht aufhören.

„Ach, schauen Sie nur, wie die Kinder dort drüben den Hügel hinunterrutschen! Dabei liegt doch gar kein Schnee!", rief die Dame überrascht und deutete aufgeregt in die Ferne.

Ich schmunzelte und erinnerte mich an meine eigene Kindheit, als ich mit meinen Geschwistern im Schnee spielte.

„Wow, die haben ja eine schöne Weihnachtsbeleuchtung!", meinte ich ebenfalls begeistert.

Eine Weile verging, in der wir laut kommentierten, was wir draußen sehen konnten und was uns Freude bereitete. Es war ein unbeschreiblich schönes Gefühl, diese Gedanken mit jemandem teilen zu können.

Als die Sonne untergegangen war und wir allmählich draußen nichts mehr erkennen konnten, begann die Dame eifrig von ihrem diesjährigen Weihnachtsfest zu erzählen. Auch ich schilderte ihr von unseren Traditionen und Erlebnissen und wir lachten die ganze Zeit, während wir in Erinnerungen schwelgten.

„Bei der nächsten Station muss ich leider aussteigen", sagte ich schließlich. „Es war wirklich sehr nett, mit Ihnen zu plaudern. Vielleicht sehen wir uns ja wieder einmal im Zug."

„Das geht mir genauso. Dank Ihnen hatte ich gerade so ein unbeschreiblich schönes Wintergefühl. Wissen Sie, was ich meine?", fragte die Dame.

„Oh ja. So ein wunderbares Gefühl hatte ich gerade auch." Ich zwinkerte ihr zu und stieg aus dem Zug aus.

Ich zog den Reißverschluss meiner Jacke hoch und atmete die kalte Winterluft ein. Irgendetwas hatte sich seit dem Gespräch mit der netten Dame geändert. Es roch auf einmal so winterlich und fühlte sich auch so an. Ganz plötzlich begann es auch nach Winter auszusehen: Aus den dicken Wolken rieselten winzig kleine Schneeflocken hinab auf die Erde. Ich lächelte, als eine davon auf meinem Handschuh landete. Und da wusste ich, in meinem Leben gab es nun pure Wintergefühle.

Hanna Walder, 16 Jahre alt, ist eine leidenschaftliche Leserin und schreibt seit ihrer Kindheit eigene Geschichten. Ihr Traum ist es, Kinderbuchautorin zu werden und mit ihren Werken junge Leser zu verzaubern.

Jeder wird gebraucht

In den Wintermonaten ließ sich der König mit der Kutsche durch die Stadt fahren. Die Kutsche war zwar ohne Heizung, aber zumindest war der König vor dem scharfen und kalten Wind und den nassen Schneeflocken geschützt. Sobald aber die Kälte vorbei war, benutzte er gern eine Sänfte. Dabei saß er praktisch wie in einer Kutsche, doch waren nicht die Pferde zum Ziehen angespannt, sondern vier Männer trugen an vier Griffen das Häuschen, in dem der König thronte.

Immer am Dienstagvormittag wurde der König in die Stadt getragen, damit er sich seinem Volk zeigen konnte. Der König freute sich riesig, wenn Frauen bei seinem Anblick einen Knicks und die Männer eine Verbeugung machten. Kinder, die ihn sahen, winkten ihm begeistert zu und der König winkte mit einem weißen Taschentuch zurück. Am letzten Dienstag aber geschah etwas, das unbedingt erzählt werden muss.

Die Träger des Königs hatten schon mehr als die Hälfte des Weges in die Stadt zurückgelegt, da erblickte der König aus seiner Sänfte am Wegesrand zwei Jungen, die sich gegenseitig anstießen, tuschelten und fürchterlich zu lachen anfingen.

„Anhalten, sofort anhalten“, befahl der König seinen Trägern. Das kam denen gerade recht, denn sie hatten an dem dicken König schwer zu tragen.

„He, ihr beiden“, rief er zu den Jungen, „tretet näher und sagt mir, wer ihr seid und weshalb ihr lacht!“

Die Jungen hörten auf zu lachen und machten eine ehrerbietige Verbeugung. Einer der beiden antwortete zögerlich „Das ist der Eberhard und ich bin der Gunter.“

„Also Eberhard und Gunter, was gab es da eben zu lachen, als ihr uns gesehen habt? Sagt es mir“, forderte der König die beiden zum Sprechen auf.

„Das sah so komisch aus, als Ihr, werter König, getragen wurdet.

Eure Träger sind ja alle nicht ganz in Ordnung“, begann Eberhard. „Da hat ja jeder einen Schaden“, fügte Gunter hinzu. „Der da hinten links“, er zeigte mit ausgestrecktem Zeigefinger auf einen dünnen Mann, „der humpelt. Und der vorne links, der zieht immer ein Bein nach. Der schlurft seinen Fuß immer so über den Boden, dass er bestimmt bald keine Schuhsohle mehr unter seinem Schuh hat.“

„Ja, und der vorne rechts, der schielt ganz fürchterlich“, ergänzte Gunter und zog dabei eine Grimasse.

„Richtig“, fuhr der König mit tiefer und fester Stimme dazwischen, „und der hinten rechts hört nichts. Aber ist denn das zum Lachen? Sie alle zusammen können etwas, nämlich mich tragen. Und sie sind zuverlässig, fleißig und dazu noch sehr kräftig. Und weil sie so gut sind, werden sie von mir gut entlohnt und dazu dürfen sie in meinem Palast wohnen. Was sagt ihr nun?“

Gunter und Eberhard wussten nicht, was sie dazu sagen sollten.

„Na, hats euch die Stimme verschlagen? Nur frei heraus mit eurer Antwort“, forderte der König die beiden nochmals auf.

Die vier Träger standen mit gesenktem Kopf still daneben. Einerseits waren sie sehr beschämt, dass sich die beiden Jungen so über sie lustig gemacht hatten. Andererseits waren sie stolz, dass der König derartig gut über sie sprach.

„Keiner der Träger kann etwas für seine Behinderung, alle sind sie mit diesem Fehler geboren worden. Seid ihr beiden lieber froh, dass es euch gut geht und dass ihr gesund seid. Überlegt doch mal“, fuhr der König jetzt wieder leise sprechend und die beiden Jungen heranwinkend fort, „wie es euch ergehen würde, wenn fremde Leute nur wegen eures Aussehens über euch lachen würden, wenn sie mit dem Finger auf euch zeigen oder einen weiten Bogen um euch machten.“

Eberhard und Gunter standen sprachlos da. Dann nahmen sie allen Mut zusammen und entschuldigten sich bei jedem einzelnen der Träger.

„Dann wollen wir es für heute mal gut sein lassen“, sagte der König zu Eberhard und Gunter und forderte seine Träger zum Weitergehen auf. Winkend verabschiedete er sich von den Jungen. Über Leute, die anders als sie selbst waren, lachten sie nie wieder.

__Charlie Hagist__ wurde 1947 in Berlin-Steglitz geboren. Er ist verheiratet, hat einen Sohn.

Liebesjagd im Schnee

Alles war mit einer dicken, weißen Schicht zugedeckt. Wunderschön, aber kalt. Ab und zu fiel etwas Schnee von den überladenen Ästen. Marina stand am Fenster und blickte hinaus in die Winterlandschaft. Sie trug einen dicken Pullover und wärmte ihre Finger an einer Tasse Tee. In diesem Urlaub muss es mit einem Millionär klappen, nahm sie sich vor. „Ich habe die Nase voll von meinem jetzigen Job." Einen Sugardaddy wollte sie nicht, sondern einen Ehemann, der ihr Leben finanzierte und sie vergötterte. Er sollte jung und spendabel sein. Sportlich wäre von Vorteil. Marina hatte auch schon einen Mister Perfekt ins Auge gefasst.

Am Abend zuvor war sie ihm auf einer After-Ski-Party begegnet. Ein blonder und athletischer Mann mit blauen Augen, in denen sie versinken wollte. Nun suchte sie ihn und würde sofort das Hotel verlassen, wenn sie ihn entdeckte. Sie musste sich ihn angeln, bevor es eine andere tat.

„Wo steckst du denn nur?", fragte sie gedanklich. „Komm doch endlich her! Ich will dich verführen." Sie seufzte. Warum hatte ich ihn nicht nach seinem Hotel gefragt? Weil das zu aufdringlich gewesen wäre!

Am Nachmittag entschied sie sich, einen Bummel durch das Bergstädtchen zu machen. Sie hoffte, dass sie ihrem Mister Right ohne Begleitung begegnen würde. So locker und entspannt wie möglich schlenderte sie durch die Gassen. Doch blickte sie sich ständig um. Nirgendwo war er zu sehen. Enttäuscht ging sie langsam zu ihrem Hotel zurück. „Dann suche ich mir halt einen anderen", dachte sie entschlossen, als sie den Platz, an dem ihr Hotel stand, erreicht hatte.

„Hallo, meine Schöne. Ich habe dich vermisst", sagte plötzlich eine samtweiche Stimme hinter ihr.

Erschrocken drehte sie sich um und rutschte beinahe aus. Sie war sich sicher gewesen, dass niemand hinter ihr war. Zwei starke Arme fingen sie noch rechtzeitig auf.

„Hoppla", rief er amüsiert. „Vorsicht unter der dünnen Schnee-schicht ist Eis."

Marina blickte in Isadors lächelndes Gesicht. „Wo hast du nur den ganzen Tag gesteckt?", wollte sie wissen.

„Na ja, hier und da", wich Isador aus.

„Was hast du heute noch so vor?" Marina hakte sich bei ihm unter.

„Och, so dies und das." Er kam ihrem Ohr ganz nah. „Vielleicht bei vorgeschrittener Stunde eine nette Dame vernaschen." Das Wort *vernaschen* betonte er besonders.

Marina kicherte und stieß ihn an. „Ich würde mich vernaschen lassen."

„Das habe ich gehofft", flüsterte er.

Sie gingen in ein gemütliches Wirtshaus. Isador bestellte alkohol-haltige Getränke und zog sie in eine Tischnische. Marina bemerkte nicht, dass Isador nur mit seinem Glas spielte. Sie trank und trank und wurde regelrecht von ihm abgefüllt.

Stunden später verließen sie das Wirtshaus. Marina war betrunken und stolperte über ihre Füße.

„Warte, meine Schöne." Isador stützte sie und führte sie durch das Städtchen bis an den Rand des Wohngebietes zu einem herunterge-kommenen Haus. Es wirkte verlassen. „Hier entlang", lockte er sie.

„Wo sind wir denn?", lallte sie.

Sie gingen auf die Rückseite des Gebäudes.

„Moment." Isador nahm sie auf die Arme.

„Muss ich nicht vorher Ja sagen?" Marina kicherte albern. „Wohnst du hier?"

„Ja." Er drückte sich vom Boden ab und sprang auf den verschnei-ten Balkon im ersten Stock.

„Wow! Du kannst ja fliegen", rief sie.

„Manchmal." Isador lachte leise, setzte sie vorsichtig ab und öffne-te die verzogene Glastür. Er lockte sie in den dunkeln Raum.

Neugierig folgte sie ihm ins Innere. „Du hast vergessen zu heizen. Es ist arschkalt hier drinnen."

„Mir macht die Kälte nichts aus." Er schloss die Tür. „Endlich ist es so weit." Er zog sie auf ein altes Sofa. Über seine Unterlippe scho-ben sich seine beiden spitzen Eckzähne. Zärtlich nahm er sie in den Arm und befreite ihren Hals von dem Schal. Sanft strich er über die dünne Haut an ihrer Kehle.

Marina bekam eine Gänsehaut.

„Du riechst gut. Ich mag Blut mit Promille", raunte er ihr ins Ohr und biss zu. Gierig trank er.

Durch den Alkohol konnte Marina sich kaum wehren. Ihre Empfindungen waren betäubt. „Er ist ein Vampir", dachte sie und kicherte albern.

Nachdem Isador sich gesättigt hatte, sagte er: „Meine Liebe, ich danke dir. In welchem Hotel und Zimmer wohnst du?" Er strich ihr sanft über die Wange.

Mit einem tiefen Seufzer antwortete sie ihm.

„Ich bringe dich hin." Isador nahm sie wieder auf die Arme.

Der Vampir kannte sich in dem Bergstädtchen gut aus. Auch die Hotels. Er sprang auch auf den Balkon vor Marinas Zimmer. Geschickt öffnete er die Tür. Sanft legte er sie auf das Bett. „Du wirst vergessen, dass du mir je begegnet bist, hörst du?" Er blickte ihr intensiv in die Augen.

„Ja, ich höre dich", lallte Marina. „Aber ich möchte dich nicht vergessen."

„Was?", rief er verwirrt und runzelte seine Stirn. „Du vergisst mich jetzt sofort. Schlaf!"

Die Sonne schien schon hell vom Himmel, als Marina erwachte. Sie hatte starke Kopfschmerzen und spürte das Stechen an ihrem Hals. Schwankend stand sie auf. Im Badezimmer sah sie sich die Wunden genauer an.

„Blöde Mücken", dachte sie. „Jetzt stechen sie auch im Winter." Sie schlürfte zurück zum Bett. „Ich fühle mich abscheulich." Sie stöhnte und blickte auf den Kalender. „Nein, warum habe ich so viel Zeit verplempert?"

Sie rieb sich über die Stirn und arbeitete wieder an ihrem Plan. Ein reicher Mann musste her!

__Nicole Gabrys,__ geboren 1975, aus Duisburg, Mutter von zwei erwachsenen Kindern, hat schon zwei Enkelkinder. Sie nahm an den Online Schreibkurs der VHS teil. Von ihr sind schon einige Kurzgeschichten in verschiedenen Anthologien erschienen. Mittlerweile sind von ihr schon zwei Romane erschienen. Sie ist auf facebook und Instagram zu finden und hat einen Tiktok-Kanal.

Lebender Schnee

Voller Vorfreude blickte Lieutenant-Commander Steven Darwin aus dem Fenster seiner Raumfähre Schlücht. Er war wieder auf dem Weg nach Lahasaria. Letztes Jahr hatte er auf der Urlaubswelt einen Sommerurlaub gebucht. Dieses Mal war er an den kalten Polen dieser Welt unterwegs. Skifahren, das war seine Absicht. Der Kontakt mit den Lhe'hassem hatte ihm gereicht. Diese Unterwasserspezies wollte isoliert bleiben. In den Tárhalasaw-Bergen gab es kein Wasser, sah man mal von einigen Bergseen ab, die aber jetzt im Winter sowieso zugefroren waren.

Schon näherte er sich dem Planeten. Wie würde das herrlich. Winterspaziergänge, etwas Skifahren oder Rodeln, mal sehen, was es noch gab. Außerdem war er diesmal nicht allein. Er hatte sich mit seiner Urlaubsbekanntschaft aus dem Sommerurlaub verabredet. Er hatte sie sehr gemocht und er glaubte, dass das gegenseitig war.

Das Dorf Tárhalesia lag in den Bergen, eingebettet von hohen Gipfeln inmitten herrlicher Nadelwälder. Steven meinte schon, den Wald riechen zu können. Das würde herrlich. Langsam landete die Schlücht neben einem Blockhaus aus türkisen Baumstämmen. Verwundert stieg Steven aus. Wäre der Himmel nicht von einem roten Zwerg erhellt, so hätte man meinen können, man befände sich in einem kanadischen Blockhaus auf der Erde.

„Hey, Steven!", ertönte da eine wohlbekannte Stimme.

„Hallo Cora-Lynn!", grüßte er zurück und stieg die grob gezimmerten Treppenstufen der Berghütte hinauf. Innig umarmten sich die beiden.

„Endlich sehen wir uns mal wieder", rief die Diwersifikatierin fröhlich.

Steven lachte. Genau das Gleiche dachte er auch gerade. Es war schön, dass sie immer noch auf einer Wellenlänge lagen. „Allerdings, mir kommt es wie eine Ewigkeit vor, dabei sind es nur anderthalb Jahre gewesen", erwiderte er lächelnd. Es tat gut, sie wiederzusehen.

„Sieh dir das an! Ist das nicht herrlich hier?", rief sie begeistert. Steven blickte sich um. Westlich erblickte er schneebedeckte Hänge, ideal zum Skifahren. Er sah durch einige Bäume auch Wanderwege, die freigeräumt schienen.

„Ich freue mich schon jetzt auf eine gemeinsame Wanderung", erwiderte er schelmisch grinsend.

Cora-Lynn verdrehte die Augen. „Da habe ich mich ja auf jemanden eingelassen. Aber wenn du willst, können wir ja mal einen kleinen Waldspaziergang machen. Das ist bestimmt auch sehr schön", stimmte sie zu.

Steven lachte. Ganz offensichtlich war seine Bekanntschaft nicht gerade der Wanderfreak. Skifahren war aber auch sehr schön. „Wir können auch Schlittschuhlaufen. Der Zyrbelzyxyryksee ist immer ganz und zuverlässig zugefroren", schlug er vor. Cora-Lynn nickte erfreut. Arm in Arm betraten sie ihre Unterkunft.

Darwin fand das Blockhaus ganz entzückend. Die Lahasarianar benutzten ihre türkisen Tarsarstämme, was den Häusern ein skurriles Aussehen bescherte. Sonst war das Haus perfekt auf menschliche Bedürfnisse abgestimmt und bot allen Luxus, den man sich vorstellen konnte – vom Assistenzandroiden bis hin zu einem Synthetisierer. Auch Cora-Lynn schien hin und weg zu sein. Doch nachdem sie sich häuslich eingerichtet hatten, wollten sie natürlich auch etwas von der Gegend sehen.

„Wir könnten doch etwas Schlitten fahren, nur wir zwei auf dem Isoschlitten", schlug Cora-Lynn vor.

Steven konnte sich ein Grinsen nicht ganz verkneifen. „Traust du dich wirklich mit mir allein auf so einen Schlitten?", neckte er sie.

„Die Frage ist wohl eher umgekehrt gemein", konterte sie lachend.

„Komm, wir fragen mal den Computer, der wird uns schon sagen können, wo wir einen Verleih finden", meinte Steven.

Gesagt, getan.

„Isoschlitten können beim Tárhalesia Wintersport Center gemietet werden", verkündete der Computer. „Sie können bei uns Ihre Buchung bei unserem Partner ganz leicht aufgeben und dann entweder Lieferservice oder Abholung beauftragen", verkündete der Computer. Steven verdrehte die Augen. Bei *unserem Partner* bedeutete, dass es vermutlich eher Werbung als eine objektive Empfehlung war. Aber man konnte weder dem Betreiber der Unterkunft, noch dem TWC einen Vorwurf machen. So war eben das Geschäft.

„Meinst du wirklich, wir sollen das einfach so riskieren?", gab Steven etwas kritisch zu bedenken.

„Ach komm schon, was ist schon dabei? Also ich habe nur Gutes über das TWC gehört", wischte Cora-Lynn seine Bedenken weg.

„Computer, die Isorodelausrüstung bestellen und direkt hierher liefern lassen", ordnete Steven an.

„Bestellung bestätigt. Ihre Ausrüstung steht in einer Stunde zu Ihrer Verfügung. Danke für Ihre Buchung beim Tárhalesia Wintersport Center", bestätigte der Computer und zeigte die Buchungsbestätigung in Stevens Postfach an.

Eins musste man dem TWC lassen, sie lieferten pünktlich und der Isoschlitten war von bester Qualität, das sah Steven gleich.

„Die beste Schlittenabfahrt ist auf dem Sarandal, etwa zehn Kilometer von hier", stellte Cora-Lynn fest.

„Ist das nicht etwas zu schwierig? Ich habe gehört, dass es da Lawinen geben soll", gab er zu bedenken.

Doch seine Freundin war da anderer Ansicht. „Dann müssen wir eben aufpassen. Mach dir mal keine Sorgen, ich bin da schon mit Isoschlitten hinuntergefahren", versuchte sie, Darwin zu beruhigen.

Steven seufzte. „Also los, ich freue mich schon auf die Abfahrt", meinte er etwas gezwungen lächelnd. Hoffentlich ging das gut.

Der Teleporter ihrer Unterkunft brachte die beiden Wintersportler direkt auf die Spitze des Sarandal – direkt an den Eingang der Abfahrt. Die Piste war ganz offensichtlich präpariert worden. Warum also sollte sich Steven Sorgen machen? Bestimmt wollten doch die Wintersportverantwortlichen von Lahasaria nicht, dass ihre Gäste zu Schaden kamen. Prüfend blickte Steven über die Landschaft.

„Komm, wir fahren los, ich steuere. Ich kenne mich mit solchen Pisten aus. Ich bin schon Isoschlitten auf vielen Welten gefahren, sogar mal auf der Streif auf der Erde."

Das wunderte Steven nun schon, denn immerhin war das eigentlich eine Skiabfahrt. Doch wenn Cora-Lynn sich so gut auskannte, dann war er bestimmt in guten Händen bei ihr. „Also gut, dann überlasse ich dir das Steuer", erwiderte er. „Ich schiebe an, immerhin will ich ja auch etwas zu tun haben", beschloss er.

Eigentlich war das nicht nötig, Isoschlitten konnten vollautomatisch starten, aber immerhin war das ja der Spaß an der Sache. Sonst konnte man es gleich lassen, fand Steven. Er packte die Griffe und schob den Schlitten an. Immer schneller rannte er, bis die Energie der Isokufen das Kommando übernahmen und den Schlitten schnell zu Tal gleiten ließen. Im selben Moment sprang er auf.

„Huhu!", schrie Steven und streckte die Arme aus dem schnell ins Tal rutschenden Schlitten. Cora-Lynn jauchzte vor Vergnügen. Noch nie hatten sich die beiden so amüsiert. Da donnerte es auf einmal laut. Was war denn jetzt geschehen?

Besorgt versuchte Steven sich umzusehen, aber das war in dem den Hang hinabrasenden Schlitten gar nicht so einfach. Oh nein! Da näherte sich mit enormem Tempo eine Lawine. Wie war das denn möglich? Dieses Skigebiet hatte immerhin damit geworben, dass Sicherheit großgeschrieben wurde und die Lawinengefahr praktisch nicht existent sei.

„Cora-Lynn!", schrie Steven entsetzt. Im selben Augenblick wurden sie von der Lawine erfasst. Steven biss die Zähne zusammen, als sein Körper umhergewirbelt wurde. Er hörte nur noch einen Schrei von Cora-Lynn, dann wurde alles dunkel.

Stöhnend erwachte Steven aus seiner traumlosen Bewusstlosigkeit. „Was ist passiert?", stöhnte er verwirrt. Richtig! Sie waren in eine Lawine geraten und dabei wohl etwas durcheinandergewirbelt worden. „Cora-Lynn?", rief Darwin besorgt. „Cora-Lynn, wo bist du?", wiederholte er seinen Ruf.

Mühsam erhob er sich. Er mochte sich gar nicht ausmalen, was wäre, wenn seiner Urlaubsgefährtin etwas zugestoßen wäre. Besorgt und erleichtert zugleich sah er sie auf der anderen Seite eines Schneehügels liegen, der offenbar von der Lawine übrig geblieben war. Etwas wunderte er sich schon. Warum hatte er keine größeren Verletzungen davongetragen? Ja, ihm brummte etwas der Schädel, was angesichts des Sturzes ja auch kein Wunder war, aber eigentlich hätte er mit Knochenbrüchen oder Schlimmerem gerechnet.

Da hörte er seine Partnerin stöhnen. „Was ist denn passiert?", fragte sie und setzte sich vorsichtig auf.

„Wir wurden von einer Lawine überrollt. Seltsam, dass nicht mehr passiert ist", meinte er noch.

Auch Cora-Lynn erhob sich.

„Wie geht es dir?", wollte Darwin wissen.

„Gut so weit, etwas durchgerüttelt", erwiderte sie.

Steven schüttelte den Kopf. „Wieso sind wir nicht schwerer verletzt? Nach so einer Lawine sollten wir eigentlich mehr spüren", bemerkte er argwöhnisch.

Cora-Lynn runzelte die Stirn. „Mich würde viel mehr interessieren, wo wir sind und wie wir hierher gelangten. Es sieht nicht so aus, als befänden wir uns noch unter irgendwelchen Schneemassen", stellte sie trocken fest.

Das stimmte! Wieso war ihm das nicht früher aufgefallen? Jemand musste sie in diese Schneehöhle gebracht haben. Kaum hatte Steven das gedacht, als mit einem Mal der Schnee um sie herum aufzuwirbeln begann. Zunächst war es kaum merklich, doch dann wurde es immer heftiger.

„Steven, was geht hier vor?", brüllte die Diwersifikatierin über den Sturm hinweg.

„Ich weiß es nicht!", gab der Geologe zur Antwort.

Da begann der Schnee sich zusammenzuballen und mit einem Mal stand ein Schneemann vor ihnen. Was war denn das? Zu gerne hätte Steven jetzt einen Scanner zur Hand gehabt.

„Wer seid ihr und warum pflügt ihr durch unser Reich?", fragte die Gestalt in galaktischem Bundesstandard.

Wie vom Donner gerührt sahen die beiden Menschen den Schneemann an. Steven erwachte als Erster aus seiner Erstarrung. „Ich bin Lieutenant-Commander Steven Darwin vom Galaktischen Bundesschiff Eternity. Das ist meine Begleiterin Cora-Lynn Canberra. Wir wussten nicht, dass dies Ihr Gebiet ist. Uns wurde gesagt, es sei ein Skiresort", erklärte der Bundesoffizier.

„Pah, Lahasarianar! Arrogantes Zweibeinerpack. Sie halten sich immer noch für die Größten auf dieser Welt, dabei gibt es noch andere, die sie teilen. Zum Beispiel uns Lusurrtírrim", erklärte der Fremde. „Wir sind Energiewesen, die in den Schneekristallen leben. Bewusstsein können wir nur erlangen, wenn wir, wie jetzt, zusammenhängen. In dieser Form nennt man mich Sirrít", erklärte der Schneemann.

„Es freut mich, Sie kennenzulernen. Was haben Sie jetzt mit uns vor?", erkundigte sich Steven vorsichtig.

Sirrít zuckte mit den Schultern. „Gar nichts. Ich wollte euch nur kennenlernen. Immerhin sollte man wissen, wer durch seinen Garten fährt, nicht wahr?", erwiderte er.

„Vielleicht sollten wir jetzt besser gehen. Wir werden den Lahasarianar von euch erzählen. Vielleicht lässt man euch dann eher in Ruhe", schaltete sich Cora-Lynn ein.

„Wartet! Wir möchten mehr von euch hören. Wir erzählen auch etwas über uns!", hielt Sirrit sie auf.

Cora-Lynn war nicht ganz glücklich über dieses Angebot, aber Steven hielt das für keine schlechte Idee. Immerhin war er immer noch Offizier des Galaktischen Raumflugbundes und ein Teil der Missionen der Eternity, dem Schiff, auf der er diente, war der Erstkontakt mit unbekannten Lebensformen. „Also schön, dann wollen wir uns mal austauschen", stimmte er zu.

Die beiden Menschen verbrachten fast die ganze restliche Ferienzeit in der Gesellschaft der Lusurrtírrim und erfuhren so eine ganze Menge über dieses Volk, über seine Geschichte, wie sie von Wesen aus reiner Energie in Symbiose mit den Schneekristallen lebten und so eine körperliche Form bekamen. Und auch über ihre Kultur. Steven war klar, dass er diesmal wohl einen Bericht schreiben musste. Nun, so war es eben. Auch Cora-Lynn genoss die Gesellschaft der Lusurrtírrim nach anfänglicher Skepsis sehr.

Steven stand in der Tür seines Gleiters Schlücht und winkte wehmütig Cora-Lynn hinterher, während sein Schiff abhob. Der Urlaub war viel zu schnell vorübergegangen. Doch eins hatten sich beide versprochen. Sie würden einander wiedersehen, ganz bestimmt.

Florian Geiger, wohnhaft in Lörrach, geboren am 10. Februar 1982 in Heidelberg, schreibt seit seiner Kindheit gerne Geschichten, besonders aus den Bereichen Science-Fiction und Fantasy. Bisher konnte er Kurzgeschichten in verschiedenen Verlagen veröffentlichen. Website: https:// floriantobiasgeiger.jimdofree.com, Friendica im Fediversum: https:// opensocial.at/profile/anarcheron.

Fieber-Idylle –

vorweihnachtlich

Hektisches Treiben am Münchner Hauptbahnhof. Reisewillige wuchten Gepäck mühsam über aufgeschüttete Schneemassen oder balancieren vorsichtig auf Glatteis. Alle plötzlich desorientiert durch das Schneechaos. Totaler Zugausfall sorgt auf elektronischen Abfahrtstafeln für gähnende Leere, als hätte im Dezember niemand den Wintereinbruch erwartet … Die Gestrandeten, Vereinzelte und kleine Gruppen, sammeln sich allmählich im *Rechthaler Hof* – hungrig und verfroren – genießen die Wärme im urigen Ambiente und bestaunen den Tannenbaum, der ganz mit kleinen roten Nikolausmützen behängt ist.

Heftig bauscht sich im Flugwind das Porzellankleid des weißen Engels, der im Entrée gerade auf den Tisch geflogen zu sein scheint, auf dem er nun thront: Mit ausgebreiteten Flügeln, an den Rändern golden getuscht, hält er ein Notenblatt in der Hand und hebt zum Gesang an.

Die Kellnerin, ein schmales ältliches Mädchen mit frech wippendem Pferdeschwanz, pechschwarz gefärbt, fegt im Rushhour-Tempo um die Tische, balanciert gewagt mehrere Maß Bier und die deftige Vesper durch eng besetzte Reihen. Üppig blüht aus dem Dekolleté des Dirndls ein Beet schwarzer Tattoo-Blumen empor. Ein rundlicher Glatzkopf macht Stielaugen, als sie sich mit dem Tablett zu ihm hinabbeugt. Und auch manch anderer Mann würde gern zum heimlichen Botaniker, um in den Tiefen des Ausschnitts den Wuchs der Blumenstängel weiter abwärts zu ergründen …

Bewundernde Seitenblicke gelten dem routinierten Hüftschwung der Frau, die weiterhin allzu emsig durch den Gastraum eilt, – und werden doch hämisch durchkreuzt vom heimlichen Lauern auf ein Malheur. – Und das kommt tatsächlich – wie bestellt: Einem asketischen Mittfünfziger mit grauem Stoppelhaar gießt sie nur wenig später einen Schwung Teewasser auf die Holzbank, das heiß auf seine Hose spritzt. So groß ist ihr Entsetzen, dass sie sich ihm spontan sofort im Übermaß zuwendet, beherzt seine Serviette packt und damit den benetzten Schenkel tätschelt, als könnte sie das Heißwasser dadurch wieder ins halb leere Glas zurückzaubern.

Schon zückt eine Zeugin der Szene belustigt den Bleistift, während die Kellnerin ihr einen riesigen Zander filetiert ... Als sie später wieder fiebernd im Hotelbett liegt, zieht der Zander sanft seine Bahn durchs Kamillentee-Meer und löst Wogen wohliger Wärme aus ... Die Heimkehr aber ist ungewisser denn je ... Zumindest für die nächsten Tage …

Im nächtlichen TV-Programm schlägt Weihnachtsidylle abrupt ins Groteske um, als eine Kommissarin am Nordsee-Strand Schießübungen zelebriert und dabei Weihnachtsmann-Zielscheiben ins Visier nimmt. Kaltblütig zerschießt sie alle Gesichter: Riesige schwarze Löcher klaffen auf den Pappen, verschandeln die Bilder – und geben doch jedem der zuvor so gleichförmig-gutmütigen Nikoläuse nun eine unverwechselbare individuelle Note ... Ein gewalttätiges Ende optischer Monotonie, während das ganze Hotelbett weiterhin fiebrig pulsiert …

Doch – wo bleibt Morpheus? – Sie trudelt ratlos in den oberen Regionen des Schlafes herum – wie ein Herbstblatt, das vom Sturm immer wieder in die Höhe gewirbelt wird, ohne ausruhen zu dürfen. Erschöpft ist sie, aber unfähig, endlich wohlig abzusinken ... Und die Schneelandschaft, deren kalter Zauber von draußen hereinleuchtet, täuscht das Morgengrauen nur vor: 3.05 zeigt unbeirrbar der Digitalwecker an – voller Hohn, wie ihr scheint.

__Barbara Neymeyr__ (Jahrgang 1961), Studium in Münster, weitere Qualifikationen in Freiburg i. Br., Professorin in Österreich. Zahlreiche Veröffentlichungen.

Letzter Wintertag

Vorsichtig gingen wir
über den gefrorenen Fluss
doch stützten uns nicht

Ein Vogelschwarm lenkte ab
von möglichen Worten
ließ eine Weite erahnen
die ich nicht ersehnte

Es krachte im Eis
sie griff nach meiner Hand
und ein stummer Fluch
trieb im Dunst
vor meinem Mund

Helmut Blepp, *geboren 1959 in Mannheim, studierte Germanistik und politische Wissenschaften; selbstständiger Trainer & Berater (Arbeitsrecht); lebt in Lampertheim; vier Lyrikbände, zahlreiche Veröffentlichungen in Anthologien und Zeitschriften.*

Rätselspaß: Entfessle deinen Geist!

Alarmstufe Rot:
Rätsel für kluge Brandbekämpfer
ISBN: 978-3-96074-847-2

Rätselgrill:
Scharfe Fragen für heiße Köpfe
ISBN: 978-3-96074-848-9

Tüftler-Rätsel:
Denksport für pfiffige Heimwerker
ISBN: 978-3-96074-849-6

Rätselbiker:
Coole Fragen für heiße Motorradfahrer
ISBN: 978-3-96074-855-7

Rätselgarten:
Kniffliger Denksport für grüne Dau-
men
ISBN: 978-3-96074-852-6

Katzen-Knobelei:
Rätselspaß für clevere Katzenliebhaber
ISBN: 978-3-96074-856-4

Schrauber-Rätsel:
Kniffliger Ratespaß für Autofreaks
ISBN: 978-3-96074-846-5

***

Taschenbücher, 140 Seiten
von **Nanja Holland** im Buchhandel, bei
Amazon und unter
www.papierfresserchen.de

Heimat erleben

Geschichten erzählen

**Neue Anthologiereihe öffnet Türen
zu literarischen Schätzen Deutschlands**

Die neue Anthologie-Reihe „Heimat erleben, Geschichten erzählen" widmet sich der Vielfalt des literarischen Lebens in Deutschland. Mit 41 deutschen Regionen und vier Großstadtmetropolen im Mittelpunkt, wie beispielsweise dem Schwarzwald, dem Siegerland, der Lüneburger Heide, der Uckermark, dem Harz, der Sächsischen Schweiz oder den Städten Hamburg und München, stellt diese Reihe das reiche kulturelle Erbe, die vielfältigen Traditionen und die besonderen Charakteristika der deutschen literarischen Regionen heraus. Ziel ist es, eine Plattform zu schaffen, die Autorinnen und Autoren die Möglichkeit bietet, ihre Werke in einem breiten, literarischen Kontext zu veröffentlichen und so die literarischen Schätze der deutschen Regionen zu bündeln.

Mit dieser Anthologie startet ein neues Projekt, das dazu einlädt, das literarische Leben Deutschlands authentisch und kreativ zu erkunden. Schon in früheren Ausschreibungen wurden ähnliche thematische Schwerpunkte gesetzt, doch „Heimat erleben, Geschichten erzählen" verfolgt nun das umfassende Ziel, die literarischen Stimmen der Regionen auf eine größere Bühne zu heben und zusammenzuführen.

Die Auswahl an Genres und Themen ist bewusst breit gefächert: Eingereicht werden können Erzählungen, Sagen und Märchen, Gedichte, Anekdoten, Mundarttexte, Historisches, Reiseberichte, Kurzkrimis, Fabeln, Legenden, Tagebucheinträge, Porträts, Lieder und Autofiktion – um nur einige zu nennen. Auch Bilder, historische Fotografien und Illustrationen sind willkommen, um die einzelnen Regionen noch anschaulicher darzustellen. Die Ausschreibungen sind für Schreibende jeden Alters offen, die Geschichten können unabhängig von der Herkunftsregion der Autorin oder des Autors eingereicht werden. Auch Mundarttexte sind ausdrücklich erwünscht, um die kulturelle Vielfalt Deutschlands authentisch einzufangen und den Charme der einzelnen Regionen erlebbar zu machen. Einsendeschluss für die Anthologie-Ausschreibungen ist der 30. Juni 2025.

Weitere Informationen unter

https://papierfresserchen.eu/heimat-erleben/